Raftul Denisei

Colecție coordonată de
DENISA COMĂNESCU

HIRO
ARIKAWA

Memoriile unui motan călător

Traducere din japoneză și note de
RALUCA NICOLAE

HUMANITAS
fiction

Redactor: Raluca Popescu
Coperta: Angela Rotaru
Tehnoredactor: Manuela Măxineanu
Corector: Marilena Vasile
DTP: Iuliana Constantinescu, Veronica Dinu

Tipărit la Livco Design

HIRO ARIKAWA
TABINEKO RIPŌTO

Publication rights for this Romanian edition
arranged through Kodansha Ltd., Tokyo.

Descrierea CIP a Bibliotecii Naţionale a României
ARIKAWA, HIRO
Memoriile unui motan călător / Hiro Arikawa;
trad. din japoneză de Raluca Nicolae. –
Bucureşti: Humanitas Fiction, 2020
ISBN 978-606-779-640-7
I. Nicolae, Raluca (trad.)
821.521

EDITURA HUMANITAS FICTION
Piaţa Presei Libere 1, 013701 Bucureşti, România
tel. 021 / 408 83 50, fax 021 / 408 83 51
www.humanitas.ro

Comenzi online: www.libhumanitas.ro
Comenzi prin e-mail: vanzari@libhumanitas.ro
Comenzi telefonice: 0723 684 194

Prolog

ÎNAINTE SĂ PORNIM ÎN CĂLĂTORIE

Eu sunt Măria-Sa motanul. Deocamdată n-am nume.[1] Acestea sunt cuvintele unui motan celebru, care mi-a fost compatriot.

N-aș putea spune cu mâna pe inimă cât de celebru era, dar, cel puțin în privința numelui, l-am luat.

Sigur, e cu totul și cu totul altă chestiune dacă sunt de acord cu numele primit, care, la drept vorbind, n-are a face cu ce am sub codiță, căci, la drept vorbind, sunt un mascul de toată frumusețea.

Numele l-am căpătat acum cinci ani, când îmi serbam „majoratul". Apropo, circulă tot soiul de zvonuri despre cum se calculează vârsta unei pisici în funcție de cea a oamenilor, dar, după cum se pare, cea mai răspândită teorie este aceea în care primul an din viața unei feline ar echivala, *grosso modo*, cu douăzeci de ani omenești.[2]

---

1. Începutul celebrului roman al lui Natsume Sōseki *Motanul are cuvântul.*

2. Majoratul în Japonia se sărbătorește la vârsta de douăzeci de ani.

Pe vremea aceea îmi picase cu tronc capota argintie a unei dubițe din parcarea unui bloc, pe care, de altfel, o transformasem în dormitor personal. Zic îmi picase cu tronc întâi și-ntâi pentru că nimeni nu-mi dădea cu flit când dormeam pe ea sau nu mă lua cu „hai, zât de-aici!" Uneori, oamenii pot fi din cale-afară de îngâmfați, cu toate că, după mine, nu sunt decât niște maimuțe mătăhăloase, al căror unic merit este să umble în două picioare.

Nu pricep nici în ruptul capului cum e să-ți lași mașina în ploaie și-n ger, dar să te apuce pandaliile când găsești două-trei labe de pisică pe ea. Felinele sunt ființe libere, care calcă pe unde vor mușchii lor. Dar, dacă ești căscat și lași urme pe capotă, păzea, că disperații dau imediat fuga să te gonească.

Una peste alta, dubița argintie era dormitorul meu preferat. Îmi amintesc de prima mea iarnă, când razele soarelui încinseseră capota și o preschimbaseră într-o podea încălzită – un loc numai bun de tras un pui de somn.

Primăvara a sosit pe nesimțite, încheind lin ciclul anotimpurilor la care fusesem martor. Pentru pisici este un privilegiu să vină pe lume primăvara. Sezonul nostru de împerechere este de două ori pe an, primăvara și toamna, dar pisoii născuți toamna supraviețuiesc cu greu gerului.

Cum stăteam covrig pe capota încălzită de soare, am simțit o privire sfredelitoare ațintită asupra mea. Am întredeschis binișor ochii. Un tânăr înalt se uita la mine printre gene, măsurându-mă din cap până-n picioare, de parcă aș fi fost a opta minune a lumii.

— Deci aici ți-ai făcut culcuș?

Ei, și? Care-i buba?

— Ce drăguț ești!

Mda, mi s-a mai spus.

— Pot să te mângâi?

Nu prea cred! Mi-am agitat ușor labele ca să par cât mai amenințător.

— Chitrosule! s-a strâmbat bărbatul.

Ce, ție ți-ar plăcea să te ia cineva la smotocit în timp ce dormi?

— Aha, vrei ceva în schimb, nu?

Hai că mai vii de-acasă! Dacă tot m-ai deranjat din somn, n-ar fi rău să te revanșezi cumva. Mi-am ridicat brusc capul și l-am fixat cu privirea. Bărbatul a început să scotocească prin sacoșele de la minimarket.

— Hm... Asta nu-i mâncare de pisici.

Las' că găsești tu ceva! Să știi că pisicile vagaboande nu-s deloc mofturoase. Uite, scoicile alea sunt numa' bune. Am amușinat pachetele care se ițeau din sacoșă. Bărbatul mi-a zâmbit ironic și m-a bătut pe cap. *Hei, nu te cam grăbești cu drăgălitul?*

— Nu-s de tine. O să-ți ia gura foc!

Nu zău! Crezi că un motan vagabond, care trăiește pe apucate, își permite să facă pe cusurgiul? Important e să-și pună burta la cale!

Într-un final, bărbatul a scos o bucată de carne pane dintr-un sendviș, i-a dat deoparte crusta și mi-a întins felia.

Adică să-ți mănânc direct din palmă? Hai, treacă-meargă, fă-te-ncoace, că nu de puține ori am eu bafta asta! În timp ce molfăiam cu poftă, am simțit mâna lui dreaptă strecurându-mi-se pe sub bărbie, apoi la baza urechilor. Degetele au continuat să mă scarpine pe după urechi. Din când în când, las oamenii să mă atingă, mai ales dacă-s drăguți și-mi aduc de păpică, dar ce-i al lui e-al lui, bărbatul ăsta știa să mângâie! *Dacă-mi mai dai ceva bunuț, poți să mă mai mângâi sub bărbie.* Mi-am frecat cu subînțeles capul de mâna lui. *Perfect!*

— Doar sendvișul ăsta-l mai am...

Cu un zâmbet trist, a scos ultima bucată de carne pane din cel de-al doilea sendviș, i-a îndepărtat crusta și mi-a întins felia de carne.

Să știi că nu mă supăr dacă mi-o dai cu crustă cu tot. Așa... Super! Sărut-mâna pentru masă!

L-am lăsat să mă mai mângâie nițeluș, în contul mâncării. *Hai, gata, acum fii bun și șterge-o!*

Mi-am agitat labele în aer, ca să-l fac să priceapă să-și țină mâinile acasă.

— Bine, bine. Pe curând!

Bărbatul și-a retras într-o clipă mâna, s-a ridicat și s-a îndreptat spre scările de la intrarea în bloc.

La naiba! Omul ăsta chiar știa când să vină și când să plece!

Aceasta a fost prima noastră întâlnire. Dar povestea de-abia de-acum urmează!

*

Seară de seară, au început să se materializeze sub dubiță, lângă roata din spate, delicii de tot felul. O porție de mâncare adusă de om egal o masă copioasă pentru motan.

La miezul nopții, când bărbatul se întorcea acasă, îmi lăsa, ca din întâmplare, mâncare. Dacă se nimerea să fiu acolo când venea, mă mângâia de câteva ori, iar când nu eram în preajmă, își lăsa respectuos ofranda și pleca.

Uneori, păpica lipsea pentru că alte pisici dăduseră deja iama-n ea. Alteori, bărbatul umbla creanga toată noaptea și se întorcea dimineața. Una peste alta, lucrurile intraseră în normal și măcar o dată pe zi îmi puneam burta la cale. Oamenii sunt oricum niște creaturi capricioase, așa că nu mă puteam baza pe ei sută la sută. Talentul unei pisici vagaboande constă tocmai în a-și dezvolta o rețea complexă de relații cu ajutorul căreia să supraviețuiască pe străzi.

Așadar, ne știam din vedere – nici nu ne ocoleam, nici nu ne sufocam cu dragostea. Și tocmai când stabilisem acest gen de distanță confortabilă, soarta a venit tăvălug peste noi.

Și, ce să zic, soarta asta doare ca naiba!

Într-o noapte, pe când traversam strada, m-am pomenit cu niște faruri în ochi. S-a auzit un claxon strident, iar eu am dat să mă feresc. De aici, totul a luat-o razna.

Am fost așa de năucit, că atunci când am vrut s-o zbughesc, buf, mașina a dat peste mine. Am zburat cât colo din pricina izbiturii. „Ce mama naibii?" mi-am zis.

După un timp, m-am trezit în tufișurile de pe marginea drumului. Durerea mi-a săgetat corpul – o durere cruntă, cum nu mai simțisem până atunci. Cu toate acestea, eram în viață!

Hait! Am vrut să mă ridic, dar ridică-te dacă poți. Laba dreaptă din spate mă durea de-mi venea să urlu.

M-am așezat în fund, sucindu-mă să-mi ling rana, când, ce să vezi? Osul îmi ieșise prin blană! Nu-i rană în lume, mușcătură, tăietură, sau mai știu eu ce, pe care limbuța mea să n-o vindece, dar acum eram depășit de situație: una bucată os rupt, bașca o durere insuportabilă, ce-mi sfredelea fiecare fibră a corpului. Mamă, ce mă mai durea!

Ajutor! Mă aude cineva?!

Dar cine s-ajute un motan vagabond?

Deodată, mi-am amintit de bărbatul care îmi lăsa bunătăți în fiecare seară.

Oare m-ar fi ajutat? Ne știam din vedere, dar nu ne împrietenisem la cataramă. Din când în când îl lăsam să mă mângâie ca să capăt de mâncare, dar… cam atât. Oare mi-ar fi sărit în ajutor?

M-am urnit din loc, trăgându-mi laba după mine. Fiecare pas îmi trimitea junghiuri de durere prin tot corpul. Pe drum m-au trecut toate amețelile și, oricât m-aș fi silit, nu mai eram în stare să merg. „Gata, pân-aici mi-a fost!“, mi-am zis.

Deși eram la o aruncătură de băț de bloc, când am ajuns la dubița argintie, se luminase deja de ziuă.

Nu-Mai-Puteam! Eram PRAF!

Am urlat cât mă țineau bojocii:

Ajutoooor!

Am țipat o dată, de două ori, de foarte multe ori, încât de atâta zbierat începuse să mă lase vocea. Zău dacă vă mint!

La un moment dat, cineva a coborât în goană scările. Mi-am ridicat cu greu capul și l-am văzut.

— Tu erai?! a strigat bărbatul, pălind brusc.

Într-o secundă a fost lângă mine.

— Ce-ai pățit? Te-a lovit mașina?

Nu-mi făcea plăcere să recunosc, dar o făcusem lată.

— Te doare? Normal că te doare.

Dacă știi răspunsul, de ce mă mai întrebi? Nu mă face să-mi ies din sărite. Ai milă de un biet motan rănit!

— Mieunai așa de tare, c-ai fi sculat și morții. M-ai trezit. Pe mine mă strigai?

Pe tine, evident că pe tine, dar tu, nimic. N-ai fost deloc pe fază!

— Vrei să te-ajut, nu?

Nu că asta ți-ai fi dorit, am dat eu să fac pe grozavul, dar, vă vine să credeți sau nu, bărbatul începuse deja să se smiorcăie. Culmea! Tot el bocea!

— Bine că ți-ai amintit de mine!

Pisicile nu-s așa sentimentale ca oamenii și nu varsă lacrimi cu una cu două.

În fine, o băgasem rău de tot pe mânecă. Și, dintr-o dată, hop, mă străfulgerase ideea să-l caut. Avea să găsească el ceva să mă scoată din belea, dacă tot bătusem atâta drum.

Hai, nenică, m-ajuți odată?! Nu mai am mult și dau colțul!

— Lasă, o să fie bine!

Bărbatul m-a așezat într-o cutie de carton, în care pusese un prosop moale, s-a urcat la volanul dubiței argintii și m-a dus la clinica veterinară. A fost iadul pe pământ! Pentru majoritatea animalelor, clinica este un loc unde n-ar vrea să mai pună a doua oară piciorul. Nici pentru mine n-a fost o experiență prea fericită, așa că n-o s-o mai lungesc.

Am rămas la el acasă până mi s-au vindecat rănile. Locuia singur, într-o casă curată, unde domnea o ordine desăvârșită. Mi-a pus litiera în baie, iar în bucătărie, farfuria cu mâncare și vasul cu apă.

În ciuda aparențelor, sunt un motan isteț și cât se poate de manierat, așa că am prins din zbor cum se folosește litiera și nu mi-am făcut niciodată nevoile pe unde apucam. Am băgat la cap când mi se zicea unde să *nu*-mi ascut ghearele, ca, de pildă, de pereți și de stâlpi. În schimb, am optat pentru mobilă și covor, fiindcă el nu mi-a spus explicit că n-ar fi voie. (La început, i-am surprins o privire tristă. Zău, sunt o pisică foarte perspicace și flerul îmi spune exact ce se poate și ce nu. Iar mobila și covorul nu mi s-au părut pe lista neagră.)

Peste aproape două luni mi-au scos copcile și osul mi s-a vindecat. În acest răstimp am aflat că îl cheamă Satoru Miyawaki.

În perioada de convalescență, Satoru mă striga cum îi venea la gură: „pisi“, „motane!“, „domnule motan“ și alte variațiuni pe aceeași temă. Normal, atâta vreme cât n-aveam nume...

Și, chiar dac-aș fi avut, Satoru nu înțelegea graiul motănesc, așa că ar fi fost aiurea să încerc să i-l spun. Nu-i ușor să ai de-a face cu oamenii, mai ales că nu pricep decât limba lor. Animalele vorbesc mai multe limbi, adică sunt *poliplate*, cum vă place vouă să spuneți.

De fiecare dată când dădeam să ies, Satoru se încrunta și încerca să mă convingă să mai stau.

— Dacă pleci, s-ar putea să nu te mai întorci. Ai răbdare până te faci bine. Vrei să rămâi toată viața cu copcile în picior?

Deși mă mai durea, ajunsesem să mă deplasez binișor și nu mi se părea mare scofală să stau cu copcile în picior, dar, când vedeam ce mutre făcea Satoru, îmi pierea orice poftă de plimbare. Și așa am stat pe bară două luni. Cum să mă încaier cu alți motani, dacă eu de-abia șontâcăiam?

În sfârșit, rănile mi s-au închis.

În ziua aceea, am cerut afară, iar Satoru a făcut fețe-fețe în holul de la intrare, încercând să mă convingă să mă răzgândesc. *Gata. Mulțumesc de găzduire. Îți sunt foarte îndatorat. Și, pentru că mi-ești simpatic, te las să mă mai mângâi nițel la dubița argintie, chiar dacă nu mi-ai adus nimic de mâncare.*

De data asta, Satoru, în loc de figurile obișnuite, s-a întristat. Avea aceeași privire ca atunci când îmi ascuțeam ghearele de covor sau de mobilă.

— Tot mai bine-i afară, nu?

Hei, ce-i cu fața asta?! Iar te pui pe bocit? Nu mă face să mă simt prost!

— Pisi, nu vrei să rămâi?

La asta chiar nu m-așteptam! Sunt un motan vagabond pursânge și nu mi-a trecut niciodată prin cap că m-aș putea transforma într-un cotoi de apartament.

La început, mă gândisem c-o să mă îngrijească până mă fac bine, și apoi, pa și pusi… Ba nu, mai degrabă crezusem c-o să fiu nevoit să plec. Și dacă tot trebuia s-o iau din loc, n-ar fi fost o mișcare mai isteață să mă evapor din proprie inițiativă, decât să-mi dea el papucii? Noi, pisicile, avem mândria noastră!

Dacă tot voiai să rămân, puteai să-mi fi spus mai devreme!

M-am strecurat pe ușa pe care Satoru o deschisese de voie, de nevoie, apoi m-am întors spre el și i-am zis:

— Miau!

Adică *haide, vino!*

Cu toate neajunsurile speciei, Satoru ajunsese să rupă binișor graiul motănesc, așa că a priceput ce-i spuneam. Surprins, m-a urmat fără să comenteze.

Era o noapte în care luna strălucea puternic. Zgomotele orașului se potoliseră.

Am săltat pe capota dubiței argintii, mândru că săritura îmi ieșise impecabil, în ciuda celor două luni de convalescență. Apoi, am sărit iar pe pământ și m-am tăvălit pe jos după pofta inimii.

O mașină a trecut prin apropiere și am simțit cum mi se zbârlește coada. Groaza de a nu fi iar călcat era încă acolo, în străfundul oaselor. Într-o secundă eram deja în spatele lui Satoru, care mă privea cu un zâmbet drăgăstos.

Am dat o tură prin cartier, după care ne-am întors. La prima ușă de la etajul întâi, am zis:

— Miau!

Adică *deschide-mi!*

M-am uitat în sus la Satoru, care zâmbea cu ochii în lacrimi.

— Pisi, te-ai întors acasă!

Îhm, deschide odată!

— Vrei să rămâi?

Da. Numai să mă mai scoți din când în când la plimbare.

Așa am ajuns motanul lui Satoru.

*

— Când eram mic, am avut un cotoi care semăna cu tine ca două picături de apă, mi-a zis Satoru, scoțând din dulap un album foto. Uite!

Albumul era ticsit de poze cu o pisică. „Aha, alt țăcănit leșinat după pisici!" mi-am spus.

Motanul din poză chiar îmi semăna. Era alb, iar pe mutriță avea două zbenghiuri colorate. Coada neagră îi era îndoită ca un cârlig, invers de cum era a mea, însă cele două pete de pe față semănau leit cu ale mele.

— I-am pus numele Hachi[1], din cauza petelor în forma cifrei opt.

Halal nume! Dintr-odată, am început să dau din colț în colț ca nu cumva să-i vină ideea să mă blagoslovească și pe mine cu un nume. Oare o să-mi spună Kyū[2]?

— Ce zici de Nana?

Nana, adică șapte? Carevasăzică acum îi ardea de scăderi!

— Fiindcă ai coada îndoită invers decât a lui Hachi. Dacă te uiți de sus, arată fix ca cifra șapte.

---

1. În japoneză, cifra opt se scrie 八 și se pronunță *hachi*.
2. Nouă.

Îhm, acum i se pusese pata pe coadă!

Ia stai așa! Nu ți se pare că Nana-i nume de domnișoară? Nu ți-am spus că-s un mascul de toată frumusețea? Numele se potrivește ca nuca-n perete.

— E un nume frumos, nu? Nana, ca în Lucky Seven. Un nume și un număr norocoase.

Alo, domnu'! Concentrează-te puțin!

Am mieunat, iar Satoru și-a mijit ochii și m-a gâdilat sub barbă.

— Hai, că și ție îți place!

Îmi place pe naiba! Joci murdar dacă mă iei la chestionat în timp ce mă mângâi sub bărbiță! Numai că, în loc să protestez, m-am trezit torcând.

— Vezi că-ți place?

BA NUuuu… Mă copleșise cu mângâierile, așa că mi-am luat adio să mai pot pune piciorul în prag. Și așa mi-a rămas numele: Nana.

— Numai că va trebui să ne mutăm, a concluzionat el.

Proprietarul nu voia animale în apartament, dar, la rugămințile lui Satoru, consimțise să mă lase să stau până mă puneam pe picioare. Așadar, ne-am luat catrafusele și ne-am mutat într-un apartament din același cartier. Știu că sună ciudat din gura mea, dar era limpede că Satoru chiar era unul dintre „țăcăniții leșinați după pisici“ dacă a acceptat să se mute de dragul meu. Așa ne-am început viața „la comun“. Satoru era pentru mine un coleg ideal de cameră, cum și eu eram pentru el un tovarăș excelent. Și, pe nesimțite, s-au scurs cinci ani fericiți.

*

Eram acum în floarea vârstei, iar Satoru trecuse de treizeci de ani.

— Scuze, Nana.

Satoru m-a mângâiat pe cap cu un aer spășit.

Lasă, lasă, nu face nimic.

— Îmi pare rău că s-a ajuns aici.

Nu trebuie să-mi explici. Sunt un motan isteț.

— N-aveam intenția să te las...

Așa-i viața – te ia pe nepregătite când te-aștepți mai puțin.

Dacă nu mai puteam locui cu el, n-aveam decât să mă întorc la existența mea de acum cinci ani, înainte de accidentul de mașină. Îmi ieșisem puțintel din mână, dar, de mâine, nimic nu mă împiedica să mă transform iar într-un motan vagabond.

N-aveam nimic de pierdut. Dimpotrivă, căpătasem un nume și îmi petrecusem alături de Satoru cinci ani fericiți.

Te rog, nu mai face mutra asta! Pisicile știu să strângă din dinți și să meargă înainte. În fine, mai puțin atunci când mi-am rupt lăbuța și am dat fuga să te caut...

— Haide!

Satoru mi-a deschis portița cuștii, iar eu am intrat înăuntru, ascultător. De cinci ani încoace devenisem un motan docil. De pildă, chiar și când mă ducea la Porțile Iadului, adică la veterinar, intram cuminţel în cușcă și nu mă dădeam în spectacol.

Haide, să mergem! Ți-am fost coleg de cameră, iar acum o să-ți fiu tovarăș de drum.

Cu cușca în mână, Satoru s-a urcat la volanul dubiței argintii.

1
KŌSUKE

„Salut! Ești bine? Nu mai știu nimic de tine."

Așa începea mailul.

Era de la Satoru Miyawaki, un prieten din copilărie, care plecase din oraș la sfârșitul școlii primare. Satoru își tot schimbase domiciliul, dar, ca prin minune, rămăseseră în legătură. Deși trecuse mult timp de la ultima lor întâlnire, vorbeau ca și cum s-ar fi despărțit ieri, uniți de o trainică prietenie.

„Poate că rugămintea mea te va lua puțin prin surprindere..."

Satoru îi zicea, pe scurt, că, deși ține mult la motanul său, este forțat de împrejurări să-i caute un alt stăpân. Nu intra în prea multe amănunte. Dacă avea să consimtă, o să i-l aducă să-l vadă.

Atașase și două poze cu un cotoi cu două pete pe frunte, ce aduceau cu cifra opt.

— Măi să fie, dar e leit Hachi! a exclamat uimit Kōsuke Sawada.

Motanul din fotografie semăna într-adevăr cu Hachi, pisica pe care o găsiseră pe străzi cu mult timp în urmă. Cea de-a doua poză era un prim-plan cu coada neagră, în forma cifrei șapte. „Pisicile de acest soi știu să prindă norocul cu coada." Kōsuke nu mai ținea minte de unde auzise vorba asta... „Ah", și-a zis el cu o strângere de inimă. O știa de la soția lui, care se mutase înapoi la părinți, fără să-i spună când și dacă avea să mai vină înapoi. „Poate n-o să se mai întoarcă niciodată..." Deodată, l-a străfulgerat un gând nebunesc: „Dac-aș avea un motan norocos, cu coada-cârlig, lucrurile s-ar putea îndrepta. O asemenea pisică s-ar plimba de colo-colo prin casă, pescuind mici cioburi de fericire, iar viața în doi ar fi poate mai ușoară... chiar și fără copii."

„În fond, de ce să nu iau motanul? Arată exact ca Hachi, are codița norocoasă, în formă de cârlig, și, în felul acesta, îl ajut și pe Satoru."

„Un prieten m-a întrebat dacă poate să-mi lase mie motanul. Ce părere ai?" i-a scris el soției. „Fă ce vrei", i-a răspuns ea sec. Și totuși, ținând cont că până atunci nu dăduse nici un semn de viață, era mai bine decât nimic.

„M-am hotărât să-l iau. N-ai vrea să-l vezi?" Spera s-o înduplece să vină înapoi, fiindcă știa cât de mult îi plac pisicile. „Cum îți ziceam, prietenul meu o să-l lase la mine, dar n-am nici cea mai vagă idee ce să fac cu el." Poate că așa mai avea o șansă să se întoarcă, dacă nu de dragul lui, măcar de mila motanului.

„Hm... Nu știu dacă-i o idee prea bună... Tata nu poate suferi pisicile", și-a zis el intimidat.

De fapt, acesta fusese motivul pentru care se îndepărtase de soție. Era ciudat să-i mai pese de absolut tot ce zicea tatăl lui.

Mânat de o pornire rebelă, Kōsuke i-a scris amicului său să aducă motanul.

Satoru Miyawaki s-a mișcat repede. Miercurea următoare își făcea deja apariția într-o dubiță argintie, împreună cu prețiosul cotoi.

*

La auzul motorului mașinii, Kōsuke a ieșit în pragul studioului foto tocmai când Satoru își parca dubița.

— Salut, Kōsuke! Nici nu mai știu de când nu ne-am văzut...

Satoru și-a luat mâna de pe volan și și-a fluturat-o energic pe fereastra deschisă.

— Hai, parchează odată, l-a zorit Kōsuke, cu un zâmbet ștrengăresc.

Nu se mai văzuseră de trei ani, dar se bucura de fiecare dată când se întâlneau. Satoru nu se schimbase prea mult din copilărie.

— Puteai să parchezi la capătul celălalt. Ți-ar fi mai la-ndemână.

În parcarea din fața studioului erau trei locuri pentru clienți, iar Satoru oprise aproape de intrare, în apropierea unei magazii și a unei stive de cutii, care îi îngustau trecerea. De obicei, clienții foloseau primul loc liber din cealaltă extremitate, departe de mașina lui Kōsuke, parcată pe aleea neasfaltată din spatele casei.

— Mă gândeam să nu iau locul vreunui client.

— Ai uitat că azi nu lucrez?

Studioul foto, moștenit de la tatăl lui, era închis miercurea. Deși se oferise să-și ia liber sâmbătă sau duminică, fiindcă pentru amicul său miercurea era zi de lucru, Satoru insistase să se plieze pe programul lui Kōsuke, mai ales că urma să-i ceară o mare favoare.

— Da, așa-i, a zis Satoru, scărpinându-se încurcat în cap.

Apoi, a luat de pe locul din spate cușca și a ieșit din mașină.

— Acela-i Nana?

— Da. Ți-am trimis poze cu el. Îl cheamă așa pentru că are coada în formă de șapte. Nu găsești că-i un nume drăguț?

— Hm... La fel ai făcut și cu Hachi: i-ai pus primul nume care ți-a trecut prin minte.

Kōsuke și-a invitat oaspetele înăuntru, dar, când a vrut să-i arunce o privire lui Nana, acesta s-a mulțumit să miaune morocănos din fundul cuștii. Era limpede că n-avea chef să iasă. Kōsuke a cercetat cu atenție cușca, dar nu i-a zărit decât posteriorul alb și coada-cârlig, de culoare neagră.

— Ce-i cu tine, Nana? a zis Satoru mieros, încercând, fără prea mult succes, să-l înveselească. Scuze... e agitat. Îl mai apucă uneori, mai ales într-o casă străină. Fii pe pace, o să-și revină.

Satoru a lăsat deschisă portița de la cușcă și a început să turuie, ca în vremurile bune.

— Ce bei? O cafea? Un ceai? Din păcate, nu te pot îmbia cu alcool, că ești cu mașina.

— O cafea, te rog.

Kōsuke a făcut două cafele.

— Și soția? a întrebat Satoru pe un ton nevinovat, după ce a luat o gură de cafea.

Kōsuke a dat s-o scalde, dar, după o tăcere stânjenitoare, n-a fost în stare să găsească nici o scuză.

— E la părinți.

— Aha... a făcut Satoru, jenat că atinsese un subiect delicat. Sper să nu vă certați când s-o întoarce. Poate trebuia să-i fi cerut și ei părerea în legătură cu Nana?

— Soției îi plac pisicile. Mă gândeam că așa o să-i mai treacă supărarea și o să vină înapoi, a zis Kōsuke, mai în glumă, mai în serios.

— Da, dar poate n-o să-i placă de Nana. Oamenii au gusturi diferite în materie de pisici.

— I-am trimis pe mail o poză cu motanul tău și mi-a zis să fac ce vreau.

— Nu sună prea încurajator.

— Să fiu sincer, a fost singurul mail la care mi-a răspuns de când a plecat.

În adâncul inimii, Kōsuke trăgea nădejde că venirea lui Nana ar putea s-o îmbuneze întrucâtva pe soția sa.

— Să știi că nu-i genul de femeie care să dea afară o pisică – asta dacă se mai întoarce, dacă nu, oricum Nana rămâne în grija mea. Și într-un caz, și-ntr-altul, n-ai de ce să-ți faci probleme.

Satoru n-a mai insistat. Acum era rândul lui Kōsuke să-l ia la întrebări.

— Mai bine spune-mi de ce nu-l mai poți ține?

— Păi... a râs Satoru încurcat, scărpinându-se în cap.

„Oare Satoru rămăsese fără serviciu, ținând cont că se oferise să vină în vizită chiar la mijlocul săptămânii?" s-a întrebat Kōsuke.

— Te-au dat afară?

— Mă rog... Nu chiar...

Kōsuke nu voia să-l mai descoasă, pentru că era evident că se eschiva.

— Mi-am dat seama că n-o să mai pot avea grijă de Nana, așa că am început să-mi întreb toți prietenii dacă nu vor să-l ia la ei, a mai adăugat Satoru.

Kōsuke își dorea din tot sufletul să-l poată ajuta.

— Ceva planuri de viitor?

— Deocamdată, cea mai presantă chestiune este să-i găsesc un stăpân lui Nana.

Kōsuke știa că nu mai trebuia să insiste. Nu voia să-și bage nasul unde nu-i fierbea oala.

— Motanul tău seamănă cu Hachi ca două picături de apă, cel puțin așa mi s-a părut în poză.

— De aproape asemănarea este și mai izbitoare, a zis Satoru, aruncând o privire fugară spre cușca din spatele său.

Însă Nana n-avea poftă să iasă.

— Și eu am rămas fără glas când l-am văzut prima dată. O clipă am crezut că-i Hachi.

Râsul acela vesel i-a trezit lui Kōsuke amintiri dureroase.

— Până la urmă ce s-a întâmplat cu el?

— A murit într-un accident de mașină când eram la liceu sau, cel puțin, așa mi s-a spus.

Probabil că vestea fusese o adevărată lovitură pentru Satoru!

— De ce nu mi-ai zis și mie?

Amândoi îl știau pe Hachi și în doi durerea ar fi fost mai ușor de suportat.

— Îmi pare rău. Am fost așa de dat peste cap, că nu eram în stare să mă gândesc la altceva.

— Lasă, nu-ți mai cere atâtea scuze!

Kōsuke s-a prefăcut că-i trage un ghiont, dar Satoru s-a ferit cu dibăcie.

— Cum mai zboară timpul! Parcă ieri l-am găsit pe străzi. Mai ții minte?

— Bineînțeles. Cum să uit așa ceva? a zis Kōsuke cu un surâs sarcastic, la care Satoru i-a răspuns cu un zâmbet jenat.

*

Nu departe de studioul foto Sawada, pe un teren în pantă se afla un mare complex rezidențial. Acum treizeci de ani, zona era în plin avânt, populată de case ca de expoziție și blocuri elegante. Familia lui Satoru locuia într-un apartament din cartier. Familia – adică el și părinții.

În clasa a doua, Kōsuke și Satoru s-au apucat de înot. De mic, Kōsuke fusese predispus la o dermatită atopică, și mama sa, convinsă că apa de la bazin îi va face bine, l-a trimis la cursurile de înot. Satoru se înscrisese din alte motive. Înota așa de rapid, c-ai fi zis că are labe de gâscă. Văzându-l atât de talentat, profesorii de la școală i-au recomandat să se antreneze „într-un cadru adecvat".

Câteodată, la cursurile de înot, Satoru, care era poznaș din fire, se prefăcea că-i o salamandră de pe fundul bazinului și speria copiii, sărindu-le brusc în față.

— Parc-ai fi un *kappa*[1], i-a zis instructorul înfuriat.

Și așa i-a rămas porecla: Kappa, însă uneori, în funcție de dispoziție, profesorul îi mai spunea și „Labe de gâscă".

Satoru a fost repartizat la avansați, alături de alți înotători rapizi, pe când Kōsuke a ajuns în grupa de intermediari, unde predominau copiii cu alergii de piele.

În ciuda poreclelor nu tocmai atrăgătoare, amicul său arăta extraordinar când înota. Deși îi era prieten, Kōsuke recunoștea că în astfel de momente Satoru era de-a dreptul enervant. Fusese chiar puțintel gelos că nu putea să înoate ca el până când Satoru, care făcea, ca de obicei, pe măscăriciul, a sărit în cap și și-a spart căpățâna de fundul bazinului. Din acea zi, Kōsuke a lăsat invidia deoparte și a revenit la sentimente mai bune.

Pe la începutul verii, la doi ani după ce începuseră cursurile de înot, Kōsuke venea agale de la școală. La locul de întâlnire de la poalele complexului rezidențial a dat cu ochii de o cutie de carton, lăsată chiar sub indicatorul cu harta zonei. Kōsuke a deschis cutia cu băgare de seamă și a descoperit înăuntru două ghemotoace albe, cu câteva pete colorate pe blăniță. S-a holbat la ele în tăcere. „Ce făpturi neajutorate!" și-a spus. „Sunt așa de mici, că mi-e și frică să le ating."

1. *Kappa* sunt creaturi fantastice din folclorul japonez, de statura unui copil, nu au păr, iar în loc de piele, au solzi de culoare galben-verzuie sau carapace de broască țestoasă. Pe cap au o proeminență care trebuie să fie permanent umedă, altfel își pierd puterile. Trăiesc în râuri, lacuri, heleșteie și le place să le joace farse oamenilor.

— Ia te uită, niște pisoi! a răsunat vocea lui Satoru, de undeva de deasupra sa. De unde i-ai pescuit? a zis el, așezându-se pe vine lângă Kōsuke.

— I-am găsit.

— Sunt tare drăgălași!

O vreme au stat aproape nemișcați, trecându-și cu teamă degetele prin blănița lor moale.

— Nu vrei să ții în brațe unul? a rupt Satoru tăcerea.

„Ești alergic! N-ai voie să pui mâna pe animale." Lui Kōsuke îi răsuna în urechi vocea alarmată a mamei. Dar cum să se lase mai prejos ca Satoru, care mângâia cu atâta entuziasm puii de pisică? La urma urmei, el îi găsise! A ridicat un pisoi și l-a așezat în podul palmei. Era ușor ca un fulg!

După o vreme, și-au dat seama că mai aveau puțin și întârziau la antrenament. S-au ridicat amândoi fără nici o tragere de inimă și au pornit-o spre bazin.

De atunci, și-au făcut obiceiul ca, înainte de cursurile de înot, să treacă să vadă pisoii. Dacă nu ajungeau la timp, instructorul le trăgea o scatoalcă zdravănă după ceafă. La sfârșitul antrenamentului, o luau din nou la fugă spre poalele dealului. Cutia de carton era în continuare sub indicator, numai că în ea nu mai rămăsese decât un pisoi. Cine să-l fi luat pe celălalt? Acum erau singurii răspunzători de soarta „ultimului supraviețuitor" – un pisic cu două pete pe frunte, ce aduceau cu cifra opt, și coada neagră, în formă de cârlig.

S-au așezat amândoi lângă cutie și s-au holbat la pisoiul care dormea făcut covrig, înduioșați de făptura aceea mititică și pufoasă. „Dacă am lua-o noi?“ Kōsuke și-a dat seama că Satoru se gândea la același lucru. Numai că, din cauza alergiei sale, maică-sa i-ar tăia repede entuziasmul, iar pe taică-su, care nu era mare iubitor de animale, nu putea pune nici o bază.

Satoru s-a mișcat mai repede decât Kōsuke, pe care îl încercau tot felul de presimțiri sumbre.

— O să vorbesc cu mama.

— Da' nu-i cinstit!

Reacția lui Kōsuke se datorase, în parte, întâmplării de acum câteva zile, de la cursul de înot, când fetei de care-i plăcea îi scăpase o exclamație de admirație la adresa lui Satoru, care se mișca precum peștele prin apă.

Amicul său înota, într-adevăr, foarte bine și nu avea alergii. Mai mult ca sigur că părinții lui, care erau foarte cumsecade, o să fie de acord să ia la ei pisoiul. Până și fata pe care o plăcea îl ridica în slăvi, iar acum, colac peste pupăză, avea să ia la el și pisoiul cu blănița moale. Chiar nu era cinstit!

Satoru a rămas năucit, de parcă ar fi primit o lovitură în moalele capului. Lui Kōsuke i-a părut rău că-și vărsase nervii pe el.

— Adică... ăăă... eu l-am văzut primul! a îngăimat el.

— Îmi pare rău, a zis Satoru înțelegător. Ai dreptate. Pisoiul e al tău. Tu l-ai văzut primul.

Kōsuke se simțea prost că se răstise la prietenul lui. Cu toate acestea, a dat din cap ofensat și a luat țâfnos cutia cu pisoiul.

Spre surprinderea lui, maică-sa a fost destul de rezonabilă.

— De mult nu ți-a mai apărut dermatita aia urâtă. Cred că de la înot ți se trage. Dacă îmi promiți că faci curat, nu văd de ce n-ai ține pisoiul. Ultima dată când te-ai jucat cu pisica unchiului tău, nu ai mai făcut alergie.

Chiar așa! De ceva timp, mama sa nu-l mai bătuse la cap cu dermatita, iar vizitele la spital se răriseră simțitor.

Numai că tatăl lui a luat pur și simplu foc.

— Nu! Categoric nu! Pisoiul n-are ce căuta la noi!

Discuția începuse cu stângul și știa că de acum putea să-și ia adio de la pisic.

— Să te văd ce-o să faci când o începe să-și ascută ghearele peste tot? Să știi că îngrijirea unei pisici costă. Eu unul nu vreau să mă spetesc muncind ca să aibă mâța ta ce mânca.

Degeaba mama sa a dat să-l ia cu binișorul, că a pus și mai mult gaz pe foc și, înainte de cină, tatăl lui a zbierat la el să ducă înapoi puiul de pisică.

Cu lacrimile șiroindu-i pe obraji, cu cutia de carton în brațe, băiatul s-a întors la locul cu indicatorul din zona rezidențială. Nu-i venea să lase jos cutia. Cu toate că se simțea vinovat că nu se despărțise în termeni prea buni de Satoru, Kōsuke s-a pomenit îndreptându-se spre casa prietenului său.

*

— Ți-am adus pisoiul. Tata nici n-a vrut să audă să-l ținem, i-a spus Kōsuke printre suspine.

— Fii pe pace, i-a răspuns Satoru din pragul ușii. Am o idee!

Și a dispărut imediat în casă. Kōsuke a așteptat, gândindu-se că Satoru se dusese să-i ceară voie mamei lui să ia pisoiul, dar, când colo, acesta a apărut pe umăr cu geanta cu care venea la cursurile de înot.

— Unde te duci cu aia? Dintr-o clipă într-alta trebuie să vină și taică-tu, să luăm cu toții cina.

— Mâncați fără mine, a spus el în timp ce se încălța în hol. Eu și Kō-chan[1] o să fugim de acasă.

— Ce?

Era prima dată când Kōsuke o auzea pe blânda și distinsa doamnă ridicând vocea.

— Satoru, ce-i cu vorbele astea?

Și doamna Miyawaki, care tocmai pregătea niște *tempura*[2], a scos panicată capul pe ușa de la bucătărie.

— Kō-chan, ce tot spune Satoru?

Dar Kōsuke era la fel de nedumerit.

— Haide, i-a zis Satoru trăgându-l de mână, în vreme ce ieșea pe ușă.

— Odată, am citit o carte de la biblioteca școlii despre un băiat care a găsit un cățeluș, dar tatăl lui l-a certat și i-a zis să-l ducă înapoi. Fiindcă nu voia să se despartă de cățel, băiatul a fugit de acasă, iar tatăl lui s-a văzut nevoit să plece la miezul nopții să-l caute. În cele din urmă, s-a lăsat înduplecat de fiul său și i-a dat voie să țină cățelușul, cu condiția să aibă grijă de

1. Apelativ asemănător cu *–san* (domn, doamnă), dar care arată un grad mai mare de familiaritate, folosit uneori și ca termen de alint.

2. Creveți și legume pane, servite cu un sos special, numit *tsuyu*.

el, a conchis entuziasmat Satoru. Zău, Kō-chan, strategia asta e imbatabilă, chiar dacă, în cazul tău, e vorba de un pisoi. O să vezi!

Nu numai că povestea inițială era cu un câine, dar nu se pomenea nimic de un prieten binevoitor, gata să-i sară într-ajutor. Kōsuke avea mari dubii că într-adevăr așa se petrecuseră lucrurile, dar i se părea tentantă ideea unui tată disperat, care, până la urmă, îi face pe plac fiului fugit de acasă. Așadar, a intrat în jocul lui Satoru.

Primul popas a fost la minimarket, să cumpere hrană de pisici.

— Mâncare pentru *pisoi*, vă rog, au cerut ei la casă.

— Poftiți, le-a zis vânzătorul cu păr roșu, întinzându-le o conservă cu un soi de pastă de carne.

Vânzătorul roșcovan arăta destul de înspăimântător, dar, până la urmă, se dovedise de treabă.

Masa de seară au luat-o în parcul din complexul rezidențial. Satoru apucase să subtilizeze de acasă pâine și niște dulciuri, așa că au avut cu ce-și potoli foamea, iar pentru pisoi au deschis conserva cumpărată de la minimarket.

— În carte scria „la miezul nopții", deci trebuie să așteptăm până la douăsprezece noaptea.

Prudent, Satoru strecurase în bagaje și un ceas deșteptător.

— Cred că taică-miu e negru de supărare că s-a făcut așa de târziu, iar eu tot nu mi-am făcut apariția.

La prima vedere, tatăl lui Kōsuke părea destul de prietenos, dar, când îl luai la bani mărunți, era încăpățânat ca un catâr și una-două îi sărea muștarul.

— Lasă, Kōsuke, că-i pentru o cauză nobilă! O să vezi că până la urmă tatăl tău o să te ierte și o să te lase să ții puiul de pisică.

Poate că tatăl din cartea lui Satoru o fi fost mai iertător, dar al lui... Se lăsase orbit de entuziasmul molipsitor al lui Satoru, dar Kōsuke știa prea bine că tatăl lui era făcut din alt aluat și se îndoia profund că planul lor ar avea sorți de izbândă. Numai că nu avea inima să spună cu glas tare ce gândea...

Prin urmare, au rămas în parc și s-au hârjonit cu puiul de pisică. Pe lângă ei s-au perindat rând pe rând o mulțime de oameni ieșiți să ia o gură de aer sau să-și plimbe câinele.

— Ce-i cu voi la ora asta? i-a apostrofat o doamnă cu câinele. Familiile voastre și-or face o mie de griji pentru voi!

Fiindcă vecinii de cartier îi cunoșteau din vedere, lui Kōsuke i se părea că „locul de pândă" era total neinspirat, dar Satoru nu părea câtuși de puțin îngrijorat.

— Stați liniștită, doamnă. Noi doar am fugit de acasă.

— Zău? Să faceți bine să vă întoarceți!

Evident, nu așa se fugea de acasă! Kōsuke nu știa cum anume trebuie să-ți iei tălpășița, dar cert era că o dăduseră rău de tot în bară.

După ce alte cinci doamne le-au făcut observație, Kōsuke i-a zis alarmat prietenului său:

— Satoru, nu cred c-am nimerit-o cu fuga de-acasă.

— Cum așa? În carte scria că tatăl băiatului vine după el în parc.

— Ce aiureală!

Inițial, Kōsuke crezuse că tatăl lui i-ar putea trece cu vederea năzbâtia și o să-l lase să țină pisoiul, numai că acum știa sigur că pentru el povestea va avea cu totul și cu totul alt deznodământ.

Tocmai atunci s-au auzit niște strigăte impacientate. Era mama lui Satoru.

— Satoru! E târziu. Lasă prostiile și vino acasă! Și familia lui Kō-chan este îngrijorată.

Satoru a tresărit.

— N-aveau cum să ne dea atât de repede de urmă!

— Ce, nu credeai c-or să ne găsească?

Satoru era de-a dreptul șocat. Sigur că toate doamnele acelea care trecuseră pe-acolo și intraseră în vorbă cu ei îi dăduseră imediat raportul mamei sale.

— Scuze, mamă, dar nu trebuia să ne găsești încă, i-a strigat Satoru. Vino după mine, Kō-chan! și-a îndemnat el prietenul, înșfăcând cutia de carton și rupând-o la fugă.

Kōsuke, neavând încotro, a zbughit-o după el. Povestea nu mai semăna deloc cu cea din carte, dar situația se putea schimba. Satoru era încă încrezător!

Au fentat-o cu dibăcie pe doamna Miyawaki și au fugit la poalele dealului.

— Hei, băiete! a tunat dintr-odată vocea tatălui lui Kōsuke.

„Adio, final fericit!“ Era cât pe ce să se oprească să-și ceară scuze, când Satoru i-a strigat:

— Dușmanu-i pe urmele noastre! Fugi!

Lucrurile o luaseră cu totul razna. Povestea din carte părea un vis îndepărtat. Kōsuke n-avea nici cea mai vagă idee cum aveau s-o sfârșească, dar se ținea după Satoru, care fugea de-i sfârâiau călcâiele.

La primul colț, îl lăsaseră deja în urmă pe tatăl lui Kōsuke, care avea un pântec rotunjor și nu era în cea mai bună formă fizică. Din păcate, s-au trezit în mijlocul unei străzi netede ca-n palmă. Și să fi vrut, și n-ar fi avut unde să se ascundă!

— Pe aici, Kō-chan!

Satoru a intrat în trombă pe ușa minimarketului de unde cumpăraseră mai devreme hrana pentru pisici. Înăuntru erau câțiva clienți care răsfoiau niște reviste și, bineînțeles, vânzătorul roșcovan, care aranja tacticos marfa pe rafturi.

— Trebuie să ne ascunzi! Suntem urmăriți!

Vânzătorul s-a întors spre ei, mirat de strigătele lor disperate.

— Dacă ne prind, o să ni-l confiște!

Din cutia de carton pe care Satoru o băgase sub nasul vânzătorului se auzeau niște țignale ca de sirenă de poliție. În goana lor, îl zgâlțâiseră atât de tare, că pisoiul se speriase și începuse să miaune cu îndârjire.

Vânzătorul s-a uitat lung la cutie și, fără un cuvânt, s-a îndreptat spre spatele magazinului. După doi-trei pași, s-a întors și le-a făcut semn să-l urmeze până la ieșirea din dos.

— Mulțumim mult!

Satoru a rupt-o la fugă, urmat de Kōsuke, care s-a întors să facă o plecăciune scurtă. Roșcovanul le-a făcut, nu foarte încântat, cu mâna.

*

O vreme au bătut coclaurile. În cele din urmă, s-au refugiat la școală. Vestea că fugiseră de acasă făcuse înconjurul cartierului. Se lăsase deja seara când au reușit să se furișeze în interiorul școlii, cu o armată de oameni pe urmele lor.

Au forțat o fereastră – de care toți elevii știau că avea încuietoarea stricată și nu se închidea bine – și au pătruns înăuntru. Urmăritorii, care habar n-aveau pe unde să intre, s-au învârtit în jurul școlii, în timp ce băieții se uitau disprețuitori la ei de la primul etaj. De acolo s-au strecurat binișor pe acoperiș și au lăsat jos cutia.

— Sper că pisoiul e bine. Cred că l-am amețit cu atâta zgâlțâit...

Au deschis în grabă cutia, din care nu se mai auzea nici un sunet, și au găsit puiul de pisică ghemuit într-un colț. Kōsuke l-a atins cu teamă.

— Miaaaauu! a urlat pisoiul cât îl țineau plămânii.

— Ssst! Gura! O să ne dai de gol! au încercat ei să-l potolească, însă pisicile nu-s prea ascultătoare.

— Se aude un mieunat!

— E de sus, de pe acoperiș!

Oamenii au început să se strângă din ce în ce mai mulți.

— Kōsuke, încetează! s-a auzit din mulțime vocea furioasă a tatălui său.

Sigur avea să-i tragă o mamă zdravănă de bătaie dacă-l prindea!

— S-a dus naibii planul! Satoru, ești un mincinos, i-a reproșat Kōsuke cu ochii-n lacrimi.

— Ai răbdare! Încă nu-i totul pierdut! Lucrurile se mai pot schimba.

— Satoru, coboară imediat! a zbierat o altă voce din mulțime.

Tatăl lui Satoru se alăturase grupului de urmăritori.

— Putem s-o luăm pe scara de incendiu, și-a dat cineva cu părerea, într-un exces de zel.

Tatăl lui Kōsuke, care vedea deja roșu înaintea ochilor, urca, hotărât, spre ei.

— Sunt terminat! și-a zis Kōsuke, cu capul în mâini.

Satoru s-a dus la balustrada montată de jur împrejurul acoperișului și s-a aplecat peste ea.

— Stați pe loc! Dacă mai faceți un pas, mă arunc de pe acoperiș.

Jos, adulții se agitau și vociferau.

— Așa mi-a zis Kōsuke să vă spun.

— Ceee?

Kōsuke era siderat.

— Ce te-a apucat?! a exclamat el, trăgându-și amicul de mânecă.

Satoru și-a ridicat un deget în aer și a râs sardonic:

— Ți-am spus că lucrurile se mai pot schimba!

În orice caz, Kōsuke nu se așteptase la așa o schimbare!

Cuvintele l-au făcut pe tatăl lui Satoru să se oprească-n loc.

— Vorbește serios? a țipat doamna Miyawaki.

— Foarte serios! a urlat Satoru ca răspuns. S-a descălțat deja.

De jos s-au auzit alte țipete panicate.

— Kōsuke, nu te pripi! a strigat tatăl lui Satoru.

— Kōsuke, lasă dracului prostiile! a zbierat și tatăl său, care se vedea de la o poștă că spumega de furie. Termină cu circul că vin la tine și te urechez de nu te vezi!

— Domnule, dacă urcați, Kō-chan o să se sinucidă, cu pisoi cu tot. Este super-super hotărât!

Satoru – creierul din spatele întregului plan – s-a întors spre Kōsuke cu o mină gravă.

— Kō-chan, ești drăguț să te urci pe balustradă?

— Nici nu mă gândesc! Te rog să nu te mai joci cu viața mea după cum ți se năzare!

— Bine, dar vrei sau nu vrei pisica?

— De vrut, o vreau, dar...

Dar... nu crezuse că trebuia să-și pună pielea la saramură. Ceva nu era în regulă! Mai mult ca sigur că povestea citită de Satoru nu se termina cu personajul principal sărind în cap de pe acoperiș, cu câinele după el.

— N-ar fi fost mai ușor să-i rogi pe-ai tăi să iei tu pisica? i-a zis Kōsuke.

— Ce?

Satoru făcuse ochii cât cepele.

— Îmi lași *mie* pisica?

— Era mai plauzibil decât să mă pui să sar de pe acoperișul școlii.

— Și nu puteai să-mi zici asta mai devreme?!

Radiind de fericire, Satoru s-a întors către cei de jos și le-a strigat:

— Mami, tati, Kō-chan mi-a lăsat mie pisoiul.

— Bine, dragule, bine, numai convinge-l pe Kōchan să nu se arunce de pe acoperiș.

Dar jos furtuna nu se potolise încă…

*

Hai, c-ai făcut-o lată! Zău, Satoru, când erai mic, nu te prea dădea inteligența afară din casă!

Din cușca de unde mă pitisem, auzisem fiecare cuvințel. Ce poveste nebunească!

— Oricum, greul ne aștepta abia după ce-am coborât de pe acoperiș.

— Tatăl tău ne-a cărat scatoalce cu nemiluita. În dimineața următoare aveam un cap cât al Marelui Buddha din Nara[1].

Lasă-mă să ghicesc! Pisoiul care făcuse valuri în cartier nu era nimeni altul decât Hachi, predecesorul meu.

— Hachi era motan, nu? Din câte știu, cotoii calico[2] sunt foarte rari.

Pe bune? Atunci, poate că și eu… Mi-am ciulit urechile să aud mai bine.

— Păi… a râs Satoru, când l-am întrebat pe veterinar, mi-a spus că avea prea puține pete colorate ca să fie calico.

— Într-adevăr. În afară de frunte și de coadă, era în întregime alb.

---

1. Marele Buddha din Nara (din templul Tōdai) este cea mai mare statuie din bronz din Japonia, având 15 metri înălțime și reprezentându-l pe Buddha în poziția lotusului.

2. Colorit care constă în pete de trei culori (albe, negre și maro-roșcat). În general, coloritul calico este specific femelelor. Pentru ca o pisică să fie considerată calico, petele trebuie să fie bine evidențiate și distribuite în proporții egale.

De printre gratiile cuștii l-am văzut pe Kōsuke agitându-și mâinile în aer, apoi încrucișându-și-le pe piept.

— Poate vestea că motănelul era o raritate l-ar mai fi îmbunat pe tata, sau... a oftat el, l-ar fi lăsat, ca de obicei, rece.

Kōsuke a aruncat o privire spre cușca mea. Mi-am întors iute capul, să nu vadă că mă uitam la el. Adevărul e că mă deranjează când un necunoscut se bagă în sufletul meu.

— Și Nana?

— Nici el nu-i calico, ci doar o corcitură.

Vai, ce vocabular! M-am holbat insistent la ceafa lui Satoru.

— Dar pentru mine face cât toate pisicile de rasă din lume! a continuat el. La început, asemănarea cu primul meu motan, Hachi, mi s-a părut izbitoare. De cum l-am văzut, am știut că, la un moment dat, o să fie pisica mea de suflet.

Lasă, lasă, că nu mă impresionezi! Spui asta fiindcă știi că trag cu urechea. Și totuși... în ziua în care m-a călcat mașina ai bocit nițeluș. Ar fi fost a doua oară când îți pierdeai pisica din cauza unei nenorocite de mașini, dacă punem la socoteală faptul că Hachi a murit într-un accident. Hm...

— Îmi amintesc cât de cuminte era Hachi, a zis Kōsuke și Satoru i-a răspuns cu un surâs.

— Da, în schimb, nu prea avea vână.

Pun pariu că Hachi era unul dintre motanii ăia nătăfleți cărora, nici una, nici două, li se blegeau picioarele când erau apucați de ceafă și habar n-aveau ce-i aia vânătoarea de șoareci. Jalnic! Un cotoi care se respectă știe să-și strângă bine picioarele sub el. Eu? Bineînțeles că-s drăcos! Am prins prima mea vrabie la nici jumătate de an. Și vă rog să rețineți că zburătoarele sunt mai greu de prins decât patrupedele!

— Uneori amețea dacă îl lăsam să se joace prea mult cu pămătuful.

— Dar Nana cum e?

— O, Nana e leșinat după jucăriile-șoricel – cele din blană de iepure.

Ei, hai că-mi placi! De unde și până unde eu – „leșinat" după nesuferiții ăia de șobolani falși? Sigur, miros ca unii adevărați, și, dacă mi-i arunci în nas, normal că sar la atac! Însă, spre deosebire de șoarecii zemoși din realitate, după ce-mi înfig colții-n ei, puah, au un gust de toată jena. Problema e că-mi dau seama de șmecherie abia după ce mă trezesc din beția vânătorii.

Nu se poate să nu fi văzut la televizor desenele animate cu un samurai care hăcuiește niscaiva coate-goale și apoi exclamă:

— Uite pe cine mi-am stricat bunătate de sabie!

La fel îmi venea și mie să zic după ce măcelăream șoarecele-impostor:

— Uite pe cine mi-am stricat bunătate de colți!

(Apropo, lui Satoru îi plac mai mult filmele cu împușcături, decât cele cu săbii și samurai.)

Și măcar dac-ar umple amărâtele alea de jucării cu niște fâșiuțe de piept de pui. Poate totuși trimiteți sesizarea mea companiilor de jucării pentru pisici. Vă rog eu mult! Nu-i frumos să le caute în coarne stăpânilor de pisici și să-i doară-n spate de clienții reali, adică de noi, felinele.

În fine, să trecem peste asta. De obicei, îmi consum energia la plimbare. Dar, cu Satoru ținându-se de capul meu, vânătoarea era un adevărat chin. De pildă, tocmai când puneam ochii pe un vânat mai acătării, hop, apărea Satoru și se ducea naibii totul: trântea, bufnea, scotea tot felul de sunete, care mai de care mai ciudate, și nu stătea locului o clipă. Eu îi aruncam priviri ucigașe, dar el se făcea că plouă. *Mersi frumos că m-ai dat de gol!* Și dacă mișcam nervos din coadă, se uita la mine spășit. „N-ai destule bunătăți acasă? Chiar trebuie să omori animalele? Oricum nu le mănânci..." *Zău, Satoru, nu mi-o lua în nume de rău, dar ai o droaie de gărgăuni în cap! Animalele au din născare instincte ucigașe – sper că măcar atâta lucru știai! Bine, bine, o s-o dai cotită și o să-mi scoți ochii cu tabăra vegetarienilor, numai că singura diferență este că plantele nu țipă când le omori. Deci, o pisică normală vânează tot ce-i iese în cale. Câteodată prinde animale doar ca să se păstreze în formă, nu neapărat să le mănânce.*

Din punctul ăsta de vedere, oamenii sunt niște ființe tare neajutorate, fiindcă nu-s în stare să-și ucidă singuri hrana. Păi cum să priceapă asta Satoru?!

— Nana e bun la vânătoare?

— O, da. Mai demult a omorât un porumbel în balcon!

Zburătoarele alea obraznice se dădeau mereu mari pe teritoriul oamenilor! Imediat ce am pus ochii pe ele, m-am gândit să le dau o lecție să le meargă fulgii.

După ce i-am venit de hac porumbelului tupeist, Satoru mi-a zis lăcrimând: „De ce l-ai omorât?" *Știi ceva? Pe viitor, fii drăguț și nu-mi mai sta pe cap când ieșim la plimbare.* Parcă nu tot el mi se plânsese zilele trecute că rufele din balcon erau pline de găinaț. Deci, mi s-a părut o idee genială să-i fac felul porumbelului. Pe lângă faptul că l-aș fi scăpat pe Satoru de o pacoste, aveam și eu ocazia să-mi arăt talentul de vânător. Și acum, poftim, Satoru se smiorcăia că i-am omorât porumbelul. Cine să-l mai înțeleagă?! Cert este că din acea zi nici un porumbel n-a mai avut neobrăzarea să se apropie de balcon. Ce, credeți că Satoru mi-a mulțumit pentru osteneală? Aș!

— Habar n-aveam ce să fac cu ditamai porumbelul. Dacă ar fi fost o vrăbiuță sau un șoricel, l-aș fi îngropat sub tufele din jurul blocului... Într-un final, l-am dus în parc. Mai mult ca sigur că trecătorii au intrat la bănuieli, văzând un bărbat în toată firea care voia să se descotorosească de cadavrul unui porumbel.

— Aveau și ei dreptate, cu atâția ciudați în jur...

— De fiecare dată când trecea pe acolo cineva, mă fâstâceam și începeam: „Îmi pare rău, nu eu, motanul...", iar individul îmi arunca niște priviri, mai-mai să mă-nghită. Și, ca un făcut, Nana nu era cu mine să mă susțină.

Dacă tot te dai lovit, de ce nu mi-ai spus să vin și eu?

— Deci Nana este mai bătăios ca Hachi?

— Nana are multă personalitate, dar știe să fie și drăgăstos. Când sunt abătut sau nu mă simt bine, nu se dezlipește de lângă mine.

Și de ce, mă rog, crezi că mi-ar face plăcere să te văd în halul ăla?

— Câteodată mi se pare că înțelege ce-i spun. Este isteț foc.

Eu aș spune că, dimpotrivă, oamenii care cred că animalele nu pricep o iotă din ce li se zice sunt tare mărginiți.

— Îmi amintesc ce tandru era Hachi! Când veneam la tine să-mi ling rănile după „vreun meci" cu taică-miu, Hachi stătea tot timpul în poala mea.

— Simțea când cineva avea ceva pe suflet. Când ai mei se ciorovăiau, el îi ținea partea „echipei învinse". De la Hachi am învățat să-mi dau seama cine ieșea „mai șifonat" dintr-o ceartă.

— Și Nana?

— Nana e un motan foarte afectuos.

Slavă Domnului că n-ai spus „Nana e și el *un motan foarte afectuos", pentru că m-am săturat să fiu comparat cu răposatu'. Hachi-n sus, Hachi-n jos! Dacă Hachi ăsta era atât de mirobolant, poate ar fi trebuit să miros și eu florile de la rădăcină ca el, nu?*

— Îmi pare rău... a murmurat Kōsuke din senin. Îmi pare rău că nu l-am putut ține pe Hachi după ce ai plecat din oraș.

— Nu face nimic.

În tonul lui Satoru nu era nici urmă de dușmănie, însă, pe undeva, simțeam că amicul său, Kōsuke, îi purta puțintică pică.

*

Deși Hachi ajunsese la familia Miyawaki, Kōsuke era convins că motanul era pe jumătate al lui.

Când venea la Satoru, era liber să se joace cu Hachi cât voia. Câteodată, prietenul lui i-l aducea acasă. La început, fiindcă tatăl său refuzase cu încăpățânare să-l lase în casă, au fost nevoiți să stea cu el în garaj. După aceea, mama sa i-a dat drumul în casă, dar niciodată în studioul foto. Încet-încet, tatăl său a lăsat-o mai moale. Rămăsese pe poziții în privința ascuțitului ghearelor de mobilă sau de pereți, dar uneori îi făcea plăcere să se joace cu motanul.

Kōsuke încă mai suferea că nu l-a putut păstra, dar se bucura când tatăl lui se hârjonea când și când cu Hachi. În astfel de momente îl simțea mai puțin distant, mai puțin sever. În orice caz, era nemaipomenit să ai pisică! Când rămânea peste noapte la Satoru și dormeau în aceeași cameră, la miezul nopții se pomenea cu niște lăbuțe care mergeau, pâș-pâș, peste plapumă. Era o senzație divină să simți pașii unei pisici trecând peste tine în toiul nopții! Kōsuke deschidea încetișor un ochi și îl zărea pe Hachi ghemuit pe pieptul lui Satoru, gata să adoarmă. Amicul lui se întorcea în somn, simțind probabil mica greutate care-i apăsa pieptul. Ce noroc pe Satoru! Să aibă un motan... Să doarmă cu el...

— Cred că tata îl place pe Hachi. Dacă mai găsesc un pisoi, s-ar putea să-l înduplec să mă lase să-l păstrez.

— Grozav! Dacă reușești, Hachi ar avea cu cine să se joace.

Kōsuke era așa de entuziasmat de idee, că trecea de fiecare dată după cursurile de înot să vadă dacă nu cumva mai apăruse vreo cutie cu pisoi. Dar norocul nu i-a surâs! Nici o cutie nu și-a mai făcut apariția sub indicatorul cu harta zonei. În principiu, nu era rău că nici un pisic nu mai fusese aruncat în stradă... Și, chiar dacă ar fi găsit unul, fără îndoială că tatăl său ar fi strâmbat iar din nas...

*

Au trecut doi ani de când Satoru îl avea pe Hachi. Kōsuke trecea într-a șasea[1]. Pe la mijlocul toamnei, a plecat într-o excursie cu clasa, care marca încheierea școlii primare. Sigur, din partea lui se putea lipsi bucuros de templele din Kyōto, care semănau leit unul cu celălalt, dar era mai mult decât încântat să călătorească alături de Satoru. Pentru excursia aceasta, primise de acasă o sumă frumușică, pe care în mod normal n-ar fi căpătat-o. Își drămuise banii cu atenție: cu o parte din ei avea să-și cumpere ce dorea, iar cu restul urma să ia cadouri pentru cei dragi.

Într-un magazin de suveniruri, a dat peste prietenul său, care părea într-o mare dilemă.

— Ce s-a întâmplat? l-a abordat el.

— Nu știu pe care să le cumpăr....

Satoru era la raionul de cosmetice, holbându-se la niște șervețele matifiante.

— Mama mi-a zis să-i cumpăr șervețele matifiante, dar am uitat cum se cheamă... Ceva de genul... ăă... nu știu cum -ya.

— Nu-s toate la fel?

Satoru părea foarte încurcat.

1. În sistemul de învățământ japonez, școala primară are șase ani, iar gimnaziul și liceul au fiecare trei ani.

— Ce-ar fi să lași la urmă cadoul pentru mama ta? i-a sugerat Kōsuke.

Satoru a dat din cap cu entuziasm.

— Atunci o să-i iau ceva tatei!

— Bună idee! O să caut și eu un cadou pentru taică-miu.

O vreme s-au învârtit amândoi prin magazine, dar Kōsuke a fost cel mai rapid. Pusese ochii pe un breloc cu o *maneki-neko*[1] cu o zgardă pe care scria: „Succes în afaceri". Pe lângă mesajul evident, Kōsuke ochise mâța norocoasă în speranța că tatăl său avea să ajungă cândva să iubească pisicile.

— Super!

Lui Satoru i-au sticlit ochii când a văzut expresia nostimă a pisicii-breloc.

— Noi nu avem studio foto, așa că n-am cum să-i duc tatei un suvenir cu „succes în afaceri".

— Mai sunt și alte modele.

Tatălui său i s-ar fi potrivit un breloc cu „sănătate înainte de toate" sau „protecție în trafic". Mai era un model pe care scria „armonie în cămin", dar nu prea știa ce înseamnă asta. Într-un final, l-a ales pe cel cu „protecție în trafic", pentru că figurina *maneki-neko* semăna mult cu Hachi. Pentru șervețelele matifiante mai avea timp și mâine.

A doua zi, după masa de prânz, Satoru era de negăsit. Profesorii au reunit toate clasele și le-au explicat

1. Figurină-talisman reprezentând o pisică albă, cu o lăbuță mobilă ridicată în sus, cu care invită norocul să se apropie de posesorul ei. În general, este plasată la intrarea în magazine, restaurante, săli de jocuri de noroc etc.

elevilor că „Miyawaki-kun[1] a trebuit să se întoarcă din cauza unei probleme personale".

— Săracu' Satoru, s-a auzit un cor de voci, căinându-l că plecase la jumătatea excursiei.

— Sawada-kun, tu ce știi de el?

Kōsuke nu știa nimic. Trebuie să fi fost ceva grav dacă Satoru plecase fără să-și ia la revedere de la cel mai bun prieten al lui. Și uitase și de șervețelele de care îl rugase mama sa. Bine măcar că apucase să cumpere brelocul cu *maneki-neko*! Doamna Miyawaki avea să fie foarte dezamăgită! Ar fi putut să ia el șervețelele pentru mama lui Satoru, numai că habar n-avea ce marcă erau.

Kōsuke s-a tot frământat ce să facă. Adâncit în gânduri, nici n-a observat când ajunseseră la Templul de aur, care sclipea de-ți lua ochii. Era complet diferit de templele austere de până atunci, iar elevii au rămas toți gură-cască.

— Mamă, ce frumos e!

Lui Kōsuke i s-a strâns inima. Păcat că nu era și Satoru să-l vadă!

După vizita la Templul de aur, a dat peste câteva colege care se hlizeau într-un magazin de suveniruri și l-a străfulgerat ideea să le întrebe de „șervețelele matifiante". N-aveau cum să nu știe.

— Bună! a zis el către grupul de fete vesele, care ciripeau ca niște păsărele gureșe. Știți cumva niște

1. Apelativ atașat numelor masculine și care se traduce prin domn.

șervețele matifiante, o marcă celebră... Ceva cu -ya la coadă.

Răspunsul a venit prompt:

— Yōjiya!

Spre marele lui noroc, fetele voiau să ajungă și ele la magazinul Yōjiya, iar Kōsuke s-a ținut după ele.

Cel mai ieftin dintre pachetele de șervețele de față costa peste trei sute de yeni. A stat puțin în cumpănă, căci, dacă l-ar fi cumpărat, ar fi rămas cu banii pe sponci. Și totuși, îi părea rău că Satoru nu putuse să rămână până la sfârșitul excursiei. Ce nu făcea el pentru cel mai bun prieten al său? Din câte îl cunoștea pe Satoru, știa c-o să-și facă procese de conștiință că nu-i cumpărase nimic mamei.

Habar n-avea de ce erau așa de speciale șervețelele acelea, dar, în cele din urmă, a ales un pachet pe care era desenat o păpușă *kokeshi*[1]. Pachețelul era așa de subțire, că începuse să aibă dubii dacă acestea erau într-adevăr șervețelele pe care și le dorise doamna Miyawaki.

— Sawada-kun, șervețelele Yōjiya sunt pentru mama ta?

— Nu, sunt pentru mama lui Satoru. El n-a mai apucat să i le cumpere...

— Ce tare ești! au exclamat fetele la unison, impresionate de gestul lui.

Lui Kōsuke nu i-a displăcut complimentul.

— Mai mult ca sigur că mamei lui Miyawaki-kun o să-i placă suvenirul. Magazinul ăsta este super faimos.

---

1. Păpușă tradițională, fără mâini și picioare, făcută dintr-un cilindru de lemn.

Zău? Kōsuke era pe jumătate surprins, pe jumătate ușurat. În cazul acesta, doamna Miyawaki va fi mulțumită de șervețele acelea subțiri. Îi părea rău că nu luase și pentru mama lui același lucru, dar acum era prea târziu – îi cumpărase cadoul de ieri, iar bugetul nu-i mai permitea să mai ia încă un pachet... O fracțiune de secundă s-a văzut dându-i mamei sale două cadouri, sub privirile ucigașe ale tatălui său. Nu, mai bine să stea în banca lui!

*

S-a întors din Kyōto în seara celei de-a treia zile.

— Bună!

Tocmai scosese din bagaj suvenirurile și se pregătea să le povestească părinților de excursie, când taică-su l-a înghiontit.

— Nu fi nesimțit!

Acum ce mai făcuse? Voise doar să le dea cadourile... Nu era drept! Era sigur că nici unul dintre colegii săi n-avusese parte de așa o primire! Mai-mai să-l podidească lacrimile.

— Schimbă-te imediat. O să mergem să-l vedem pe Satoru, i-a spus mama, cu o mină gravă.

— S-a întâmplat ceva?

Mama și-a lăsat privirea în pământ, căutându-și cuvintele, dar taică-su i-a zis fără menajamente, pe un ton îmbufnat:

— Părinții lui Satoru s-au dus.

S-au dus? Cum adică „s-au dus"? Abia peste câteva secunde i-a picat fisa că asta însemna „au murit".

Satoru... Săracul Satoru! Ce nenorocire!

Cu o zi înainte de excursie fusese acasă la Satoru. În timp ce se hârjonea cu Hachi, doamna Miyawaki îi zisese:

— E târziu. Mai bine te duci acasă. Mâine trebuie să vă sculați devreme pentru excursie. Cu Hachi te poți juca și altă dată.

Nici nu-i trecuse prin cap că la întoarcere soții Miyawaki n-o să mai fie... Întotdeauna avusese senzația că, dacă venea în vizită la Satoru, îi putea întâlni oricând.

Ce-o fi fost în sufletul bietului Satoru când se întorsese din excursie și aflase că i-au murit părinții!

— Au avut un accident de mașină. Pe drum, au încercat să evite o bicicletă care le ieșise brusc în cale...

De evitat, au evitat-o, dar ei și-au pierdut viața...

— Astăzi are loc priveghiul...

După ce Kōsuke s-a îmbrăcat cu hainele pregătite de mama sa, au pornit-o toți trei spre Satoru. Când au ajuns la indicatorul cu harta complexului rezidențial, Kōsuke a realizat că uitase ceva.

— E chiar așa de important? l-a întrebat tatăl lui.

Kōsuke a cerut cheia, să se întoarcă. O luase deja la fugă când l-a auzit pe taică-su, comentând în urma sa:

— Ce pămpălău!

*

Priveghiul nu fusese organizat acasă la Satoru, ci la Centrul Comunitar din oraș.

Femei în negru roboteau de colo-colo. În fața altarului unde se aflau cele două sicrie stătea Satoru, îmbrăcat în haine de doliu, privind pierdut în jur.

— Satoru?!

Deși acesta a răspuns prompt, se vedea că era cu gândurile într-altă parte.

Îndată ce l-a strigat, Kōsuke și-a dat seama că nu mai știa ce să-i spună.

— Ține, și a scos din buzunar pachețelul subțire, după care se întorsese acasă, în bombănelile tatălui său.

— Sunt șervețelele matifiante – cele pe care și le dorise mama ta. Sunt de la Yōjiya.

Satoru a izbucnit în plâns. Abia după mai mulți ani, Kōsuke avea să înțeleagă semnificația expresiei „a jeli“, care se potrivea perfect situației de atunci.

O femeie în doliu a venit grăbită la el. Era mai tânără decât celelalte doamne din jur, mai tânără chiar și decât răposata doamnă Miyawaki. Femeia a stat puțin de vorbă cu Satoru, și, după felul în care îl mângâia pe spate, Kōsuke și-a dat seama că era o rudă.

— Ești prietenul lui Satoru?

— Da, a răspuns el, străduindu-se să stea drept.

— Poți să mergi cu Satoru acasă, să se odihnească puțin? Sărmanul de el, de-abia acum a plâns prima oară de când s-a întors din excursie.

Și asta, datorită lui Kōsuke! În ochii umflați de plâns ai femeii a înflorit un surâs imperceptibil.

— Mulțumesc.

Kōsuke l-a luat pe Satoru de mână și s-au întors acasă. Pe drum, Satoru a vorbit puțin, mai mult printre suspine.

— Amuleta *maneki-neko*... de „protecție în trafic“... am ajuns prea târziu cu ea... Acum nu mai e bună de nimic.... N-am apucat să-i iau mamei nici un cadou... Noroc că ți-ai amintit tu!

Kōsuke era singurul care înțelegea ce spunea Satoru. Oricine altcineva, oricât de atent ar fi ascultat, n-ar fi auzit decât niște hohote de plâns.

Hachi îi aștepta în holul de la intrare. Satoru plângea întruna. Motanul s-a îndreptat spre camera de zi, ca și cum le-ar fi arătat pe unde s-o ia. Sleit de puteri, Satoru s-a prelins pe un scaun, iar cotoiul i s-a așezat în poală și i-a lins cu delicatețe mâinile.

Când îl pescuise de pe stradă fusese doar un pisoiaș, dar acum Hachi părea mai matur ca Satoru.

*

În timpul înmormântării, Satoru a stat țeapăn lângă femeia cea tânără. Mai erau acolo și alte rude, dar nu foarte apropiate.

Colegii de clasă au venit și ei să aprindă bețișoare parfumate în memoria răposaților. Fetele suspinau, în schimb, Satoru le-a salutat fără o lacrimă în ochi. „Se ține tare", și-a zis Kōsuke, impresionat, deși se vedea că prietenul său avea un aer absent. Nu știa ce s-ar fi făcut în locul lui, dacă și-ar fi pierdut în aceeași zi mama, chiar și pe tatăl său, care, ceva mai devreme, îl făcuse „pămpălău". Ar fi fost înnebunit de durere.

După înmormântare, Satoru n-a mai venit la ore. Kōsuke îi aducea zilnic xeroxurile de la școală. Satoru era foarte tăcut. După ce se jucau o vreme cu Hachi, Kōsuke o pornea înapoi, spre casă.

Femeia cea tânără a stat tot timpul cu Satoru. În cele din urmă, a aflat că era mătușa lui, sora mai mică a doamnei Miyawaki.

„Oare o să rămână și ea aici?“ se întreba Kōsuke. Își făcuse obiceiul să treacă pe la Satoru chiar și când nu avea xeroxuri de la școală. Mătușa acestuia îl știa deja pe nume.

— Bună, Kōsuke, îl întâmpina ea.

Spre deosebire de răposata doamnă Miyawaki, care era întotdeauna veselă, mătușa era o persoană liniștită, și, uneori, Kōsuke avea mereu senzația că nimerise într-altă casă.

— În curând o să ne mutăm, a murmurat Satoru într-una din zile.

Mătușa, care urma să-i devină tutore, locuia într-un oraș îndepărtat.

Pentru că Satoru nu mai dădea deloc pe la școală, Kōsuke se așteptase la vestea aceasta, dar acum simțea un gol imens în piept. Oricum, nu putea face nimic – hotărârea fusese deja luată. A început să-l mângâie în tăcere pe Hachi, care stătea în poala lui Satoru și îi lingea mâna cu delicatețe.

— Hachi vine cu voi?

Dacă ar fi luat cu el motanul, Satoru nu s-ar mai fi simțit singur și ar fi avut un suflet care să-i țină de urât, mai ales că pleca într-un loc necunoscut.

Satoru a scuturat din cap.

— Nu-l putem lua. Mătușa mea trebuie să se mute des, din cauza serviciului.

Și pe fața lui Satoru se citea resemnarea – n-avea sens să se împotrivească, fiindcă hotărârea fusese deja luată.

— Și ce-o să se întâmple cu el?

— O să-l ia o rudă.

— O cunoști?

Satoru a clătinat tăcut din cap. Trebuie să-i fie îngrozitor de greu să renunțe la motan... Kōsuke era consternat. Cum să ajungă Hachi în casa cuiva pe care Satoru de-abia-l cunoștea?! Hachi, cotoiul acela sensibil, care-i lingea cu atâta delicatețe mâinile lui Satoru?!

— O să-i întreb pe-ai mei dacă putem să-l ținem noi.

Oricum, se considera și el pe jumătate stăpânul lui Hachi. Dacă motanul rămânea la el, prietenul său putea să-l vadă oricând. Satoru îl aducea de ceva timp la ei acasă, și, când nu era prea ocupat, tatăl său se mai juca din când în când cu el. La început, nici nu voise să audă de motan, dar situația se mai schimbase puțin. Poate avea să se schimbe și acum.

Numai că...

— Nici să n-aud! Pisică ne lipsește nouă!

Tatăl lui rămăsese pe poziții, la fel ca prima dată.

— Bine, dar Satoru... Cum să ajungă Hachi la un necunoscut? Pune-te și tu în locul lui.

— Nu-i nici un necunoscut. E o rudă!

— Satoru spune că nu-l cunoaște.

Din punctul de vedere al unui copil, un necunoscut sau o rudă îndepărtată, pe care a văzut-o doar de două-trei ori în viață, sunt unul și același lucru. Un prieten e cu totul altceva. De ce nu putea pricepe asta tatăl său?

— Să-ți intre bine în cap că motanul n-are ce căuta la noi. Cotoii trăiesc zece-douăzeci de ani. Poți să ai grijă de un motan atâta amar de vreme?

— Pot!

— Nu fi obraznic! N-ai decât să faci asta când oi fi pe picioarele tale!

Văzând că spiritele se încinseseră, mama lui Kōsuke a ieșit să-i ia apărarea, dar tatăl lui era de neclintit:

— Mi-e milă de Satoru, dar înțelege că nu se poate. Du-te și spune-i că Hachi n-are cum să rămână la noi.

Un elev dintr-a șasea n-are absolut nici o șansă împotriva unui asemenea verdict. Plângând cu sughițuri, Kōsuke s-a dus la Satoru cu coada-ntre picioare. A urcat dealul cu complexul rezidențial de-abia târându-se. Aici fusese locul unde îl găsise pe Hachi, iar Satoru se făcuse luntre și punte să-l ajute să-l păstreze. Se alesese praful de planul lor, dar, cel puțin, încercaseră. În cele din urmă, Hachi fusese adoptat de Satoru...

— Îmi pare rău, a zis el cu capu-n pământ, încercând să-și stăpânească lacrimile. Tata nu-l vrea pe Hachi.

Acum Kōsuke nu mai era trist. Era furios pe tatăl lui, care nu putuse nici măcar să ia un amărât de motan, ca să-l ajute pe cel mai bun prieten al fiului său. Până atunci, îi fusese rușine să recunoască cu glas tare, dar singurul lui prieten adevărat era Satoru. „Să te ia dracu', tată! Ai fi putut să-ți dai seama cât de mult înseamnă Satoru pentru mine!“

— Nu-i nimic, i-a zis Satoru, zâmbindu-i printre lacrimi. Apreciez că măcar ai încercat...

În ziua în care a plecat Satoru, Kōsuke a venit să-și ia rămas-bun, și, culmea-culmilor, tatăl său a insistat să-l însoțească. Spunea că așa-i normal, atâta vreme cât Satoru fusese atât de apropiat de familia lor. Ce tupeu! Ce prefăcătorie, după ce îl refuzase cu Hachi, la care Satoru ținea ca la ochii din cap!

Kōsuke își amintea că prima dată când simțise cum i se cuibărește în suflet un dispreț profund față de tatăl său a coincis cu ziua în care s-a despărțit de cel mai bun prieten al lui, care urma să se mute undeva, departe, la sute de kilometri de el.

*

La început și-au scris și au vorbit des la telefon, dar, cu timpul, scrisorile și telefoanele s-au rărit. Kōsuke se simțea vinovat că nu reușise să-l ia pe Hachi. Dacă s-ar fi văzut în mod regulat, prietenia dintre ei l-ar fi ajutat să treacă peste asta, dar distanța n-a făcut decât să-i amplifice sentimentul de vinovăție. Cu toate acestea, nu uitau niciodată să-și trimită felicitări de Anul Nou, în care își promiteau să se reîntâlnească. Mesajele au continuat și după ce au terminat liceul și au intrat la facultate. Cu timpul, le-a fost din ce în ce mai greu să aranjeze o întâlnire, iar anii în care nu apucaseră să se vadă au accentuat și mai mult distanța dintre ei.

După ce a împlinit douăzeci de ani, Kōsuke s-a întâlnit cu foștii colegi, să sărbătorească majoratul. Veniseră din toate colțurile țării, dar Satoru nu se număra printre ei. „Oare unde și-o serba majoratul?“ s-a întrebat Kōsuke. Petrecerea a fost foarte reușită, și, o vreme, au mai organizat și alte reuniuni. Era prea devreme pentru revederea de sfârșit de liceu, dar Kōsuke era bucuros că putea depăna amintiri cu colegii de școală. În principiu, pentru a stabili o întâlnire, colegii rămași în oraș trebuiau să ia legătura cu cei din afara prefecturii și, la un moment dat, i-a venit și lui Kōsuke rândul să fie organizator. Imediat, s-a gândit să-i trimită o invitație lui Satoru. De fapt, era singurul care-i știa adresa.

Satoru l-a sunat imediat. Vocea nu i se schimbase deloc, iar la telefon părea la fel de vesel și de poznaș ca în școala primară. Deși nu se mai auziseră de mult, conversația a decurs cât se poate de firesc. Satoru a turuit ca o moară stricată, de parcă ar fi vrut să recupereze anii de tăcere.

— Mi-a părut bine să te aud! Ținem legătura... i-a zis Satoru și a închis telefonul.

Peste câteva secunde suna din nou. Uitase să-i spună că, bineînțeles, o să vină la reuniunea cu colegii de clasă.

După aceasta, au ținut regulat legătura și se întâlneau de câteva ori pe an. Satoru locuia în Tōkyō, dar acum, pentru că erau amândoi oameni în toată firea, distanța nu mai era o problemă.

Satoru terminase o universitate din Tōkyō, unde și-a găsit un loc bun de muncă, pe când Kōsuke rămăsese în orașul natal după absolvirea facultății.

În urmă cu trei ani, Kōsuke preluase studioul foto al familiei, dar în continuare nu se înțelegea cu tatăl său. Când starea de sănătate a acestuia s-a înrăutățit, s-a mutat la țară, nu foarte departe de orașul unde stătea Kōsuke, pe unul dintre terenurile moștenite de la familia sa, care avea diverse proprietăți în zonă.

Studioul foto unde copilărise Kōsuke stătuse închis o vreme, dar, din cauza cheltuielilor mari cu întreținerea, familia se hotărâse să-l vândă. Kōsuke se întristase, deși auzise discuția de sute de ori. De mic trăise printre fotografii. Tatăl său, așa tiranic și iute la mânie cum era, se transforma într-un cu totul alt om când îi vorbea de fotografie, ba chiar odată îi făcuse cadou un aparat de fotografiat de epocă. De la el învățase noțiunile de bază despre fotografie, și, când Kōsuke a mai crescut, l-a lăsat să asiste la ședințele foto.

Cei doi se înțelegeau de minune când era vorba de fotografie, și, dacă nu i-ar fi unit pasiunea aceasta comună, relațiile dintre ei ar fi fost cât se poate de încordate.

Kōsuke nu voia să piardă studioul. Forțat de situația sumbră de la serviciu, a vorbit cu soția și i-a propus tatălui său să preia el studioul. Spre surprinderea lui, acestuia aproape că i-au dat lacrimile de bucurie.

Măcar acum, într-al doisprezecelea ceas, lucrurile puteau intra pe făgașul normal.

— Sau, cel puțin așa am sperat... a scuipat Kōsuke cuvintele.

— Ce s-a întâmplat? l-a întrebat Satoru îngrijorat.

— Cu un tată așa de egoist și de înfumurat ca al meu, n-ar fi trebuit să mă strofoc să-i arăt că sunt un fiu bun.

După ce au redeschis studioul, tatăl său și-a făcut obiceiul să-l viziteze pe nepusă masă. Deși se mutase la țară, stătea la o aruncătură de băț de orașul unde locuia Kōsuke.

Dădea indicații prețioase despre cum se conduce un studio, ce metode să aplice ca afacerea să meargă bine și făcea pe grozavul, de parcă el ar fi fost patronul, ba, uneori, se lua și de soția lui Kōsuke:

— Mie când îmi faci un nepoțel, să am cui să-i las Studioul Sawada?

Faptul că nu aveau copii era un subiect dureros pentru soția lui. Când și când, mama lui Kōsuke se mai încumeta să-i facă observație soțului ei, dar intervențiile sale îl scoteau și mai tare din sărite. Căpoșenia lui era boală gravă, de care nu se mai vindeca!

În urmă cu un an, soția lui Kōsuke reușise să rămână însărcinată, numai că, din păcate, în primul trimestru de sarcină pierduse copilul.

La spital, orb la suferința ei, tatăl său îi adresase cele mai crude cuvinte de consolare:

— Măcar știm că poți face copii!

Kōsuke a simțit cum se învârte camera cu el. *„Ăsta să fie tatăl meu?"* Își pusese întrebarea de nenumărate ori, încă din copilărie, când acesta refuzase să-l primească la ei pe Hachi, iar apoi avusese neobrăzarea să vină să-și ia rămas bun de la Satoru.

— După această ieșire, soția mea s-a întors la părinți. Bineînțeles că ai ei au fost foarte revoltați. Degeaba am încercat să le cer scuze.

Tatăl lui nu s-a arătat câtuși de puțin impresionat. S-a mulțumit să spună doar: „Tinerele din ziua de azi sunt așa de sensibile!"

— Uneori, am ajuns să-i doresc moartea... a mărturisit Kōsuke.

După ce și-a dat seama ce grozăvie rostise, s-a grăbit să se scuze:

— Îmi pare rău... N-ar fi trebuit să zic asta.

„Se pare că nesimțirea-i o trăsătură de familie", și-a zis el dezamăgit.

— Nici o problemă, i-a zâmbit Satoru. Relația tată-fiu este una foarte personală. Eu nu mi-am dorit niciodată un asemenea lucru, pentru că mă înțelegeam bine cu ai mei. Dar, dacă aș fi avut alți părinți, cine știe ce s-ar fi întâmplat? Nu degeaba se spune: cele mai complicate relații sunt cele de rudenie...

În ciuda încurajărilor, tensiunea dintre ei nu dispăruse. Satoru i-a zâmbit ironic.

— Nu știu dac-aș fi putut să iubesc un tată ca al tău. Unii nu-s făcuți să fie părinți, iar în relațiile de familie nu există niciodată garanții absolute.

Era surprinzător să-l auzi vorbind așa tocmai pe el, care își pierduse părinții de timpuriu.

— Sper să te împaci cu soția, a adăugat Satoru.

— Știu și eu? Poate că-i supărată și pe mine, nu doar pe taică-miu.

Probabil că și Kōsuke avea partea lui de vină pentru că nu era în stare să-și pună la punct tatăl. Când acesta urla la el, Kōsuke avea prostul obicei să mormăie mărunțel în barbă. Nici acum, nici când fusese mic nu știuse să-i țină piept. Rămânea pur și simplu fără replică în fața inepțiilor debitate de tatăl său.

— În ultima vreme, avem din ce în ce mai puțini clienți...

Oamenii nu mai veneau la studiourile foto ca altădată. Vremurile se schimbaseră, iar tatăl lui Kōsuke dădea, bineînțeles, vina pe el, că era prea moale. Îi scotea ochii cu tot felul de mărunțișuri și era convins că, dacă n-ar fi fost el să vegheze din umbră, studioul s-ar fi dus de mult de râpă. Kōsuke putea să-l ignore, dar nu să-l înfrunte...

*

Bine că nu-s și eu la fel. Eu când zic NU, NU rămâne. Pisicile știu să se țină ferm pe poziții!

Deci, în numele demnității feline, refuz cu desăvârșire să rămân în casa acestui papă-lapte, care speră ca soția, „mare iubitoare de pisici", să se împace cu el.

— Nana ar fi trebuit să se fi liniștit până acum.

Kōsuke s-a ridicat de pe canapea și a venit la cușca mea.

Așa... Fă-te-ncoace! Dacă vrei să mă scoți de-aici cu forța, o să-ți las niște urme pe față, de-o să jucăm șah pe ele trei luni.

Kōsuke, încercând să facă pe interesantul, și-a băgat mâna în cușcă. I-am arătat, binevoitor, colții.

Drăguțule, aici sunt în legitimă apărare. Dacă întreci măsura, păzea, încep ostilitățile!

— Tot nu vrea afară! a zis el și și-a retras, abătut, mâna.

— Kōsuke... a spus Satoru prudent, dacă vrei pisică, ar trebui să-ți iei una după ce-i ceri și soției părerea.

— Cum adică?

— Dacă Nana ar rămâne la tine, ar fi ca și cum te-ai răzbuna pe tatăl tău, pentru că nu l-a vrut pe Hachi.

— Nu cred că mai ține minte asta.

— Poate el nu, dar tu, da.

Kōsuke a amuțit.

Uite ce-i... Știu că ai cele mai bune intenții și apreciez ce vrei să faci de dragul prieteniei cu Satoru. În același timp, dacă m-ai lua la tine, e ca și cum ai învia fantomele trecutului. Mai bine ți-ai pune lucrurile la punct cu soția, care și-a luat câmpii din cauza bâzdâcilor tatălui tău.

— Cred că vouă v-ar trebui un motan care să nu vă amintească deloc de trecut.

Kōsuke s-a bosumflat ca un copil răzgâiat.

— Să știi că și eu am ținut la Hachi... Am vrut cu adevărat să-l iau la noi.

— Da, dar Nana e Nana, chiar dacă arată aproape la fel.

— Păi nu ziceai tu că destinul ți-a scos în cale un motan care seamănă cu Hachi? De ce n-aș crede și eu același lucru?

Of! Unii oameni mă scot din minți când nu-s în stare să priceapă chestiuni atât de simple!

— Motanul meu, Hachi, a murit când eram la liceu, pe când motanul tău, Hachi, încă mai trăiește, i-a spus Satoru.

Na, că i-ai zis-o!

Cum-necum, Satoru a reușit să se detașeze, iar Hachi a ajuns pentru el doar o amintire, pe când la tine, Kōsuke, lucrurile stau exact pe dos. Deși în mintea ta ești conștient că Hachi a murit, inima îți spune că încă mai e în viață. Plânge-l, dacă e nevoie, dar pune-ți ordine în sentimente! Trebuie să știi că Satoru mă iubește pentru că sunt Nana. Nana, nu Hachi! Te previn că n-am de gând să fac pe figurantul în locul răposatului. Stai, că n-am terminat! Nu-i frumos să te folosești de mine ca să te răzbuni pe un tată tiranic și să-ți aduci soția înapoi. Sunt un motan isteț, unul la un milion, tocmai de aceea zic pas dacă vrei să mă bagi în această telenovelă și să mă aburești cu tot soiul de relații complicate și deprimante. Nu, mulțumesc frumos.

— Tu și soția ta ar trebui să vă luați o pisică doar a voastră, care să nu vă mai redeschidă rănile trecutului. La naiba cu ce va spune tatăl tău! Lăsați-l în pace să bombăne cât vrea, iar voi luați-vă pisica.

Kōsuke n-a zis nimic, dar se vedea că înțelesese.

Uite, dacă mai bagi o dată mâna în cușcă, de data asta te las să mă mângâi – cadoul meu de rămas-bun.

Iar tu vezi-ți de viață și lasă ce spune tatăl tău. Ia exemplu de la pisici, care la șase luni sunt deja independente și pleacă de lângă părinți.

*

Satoru a luat cușca și a pus-o în dubița argintie, dar, cum nu se îndura să plece, a mai rămas câteva clipe pe trotuar, să stea de vorbă cu Kōsuke.

— Apropo… i-a zis el, lovindu-se cu mâna peste frunte, de parcă și-ar fi amintit ceva. În Tōkyō sunt la mare căutare studiourile foto pentru animalele de companie. E surprinzător cât de mulți vor o amintire cu pisica sau câinele.

Kōsuke părea interesat de idee.

— Tu l-ai dus vreodată pe Nana la fotograf?

— Nu, a zâmbit ghiduș Satoru. Dar am de gând s-o fac când Studioul Sawada se va reprofila.

— Hm... a surâs Kōsuke. Ar fi amuzant să-i flutur babacului pe sub nas un nou plan de afaceri.

Satoru se urcase deja în dubiță.

— Mai ții minte când m-ai invitat la reuniunea cu colegii? i-a zis el după ce a deschis fereastra din dreptul șoferului.

„Ce mult a trecut de-atunci!“ și-a zis Kōsuke.

— A fost un moment tare fericit pentru mine, i-a spus Satoru zâmbind.

— Ce ți-a venit să aduci vorba de asta tocmai acum?

— Fiindcă nu cred c-am apucat să-ți spun cât de bucuros am fost că m-ai chemat.

— Termină cu prostiile! i-a zis Kōsuke.

— Și dacă nu vreau? a glumit Satoru. Nu mi-am imaginat c-o să mai pun vreodată piciorul în orașul ăsta. Rămâi cu bine! l-a salutat el și a pornit mașina.

— Îmi pare rău, Nana! mi-a zis el în timp ce conducea. Din câte mi-am dat seama, lui Kōsuke i s-ar fi potrivit o altă pisică. Dar mai caut... Trebuie să găsesc pe cineva de încredere, care să vrea să te ia...

Lasă, lasă! Că nu țin neapărat!

Dacă m-ai fi forțat să rămân la Kōsuke, ar fi ieșit rău de ambele părți. Eram gata să vă trag niște zgârieturi pe față, de jucam șase luni șah pe ele.

Satoru a observat că acum stăteam pe scaunul de lângă el.

— Nana, pe unde ai ieșit? a ridicat el vocea, impacientat.

Ce nu știai? Încuietoarea cuștii nu se închide bine și, dacă-mi pun mintea cu ea, o deschid cât ai zice pește.

— Aa... Ai învățat să deschizi încuietoarea. O să cumpăr alta.

Asta-i tot ce ai să-mi spui după ce-ai aflat de ce-s în stare? Nu mă lauzi că n-am evadat niciodată, nici măcar atunci când mă duceai la Porțile Iadului, adică la afurisita aia de clinică veterinară?

— Dar nu cred că-i cazul. Ai fost foarte ascultător.

Te rog, continuă... Ridică-mă în slăvi cât sunt de isteț! Cântă-mi osanale că nu mai e altul ca mine!

M-am dus la fereastră și, după ce am contemplat puțin peisajul, m-am făcut covrig pe scaunul de lângă șofer.

La radio se auzeau niște acorduri rock. Basul era atât de puternic, că simțeam cum îmi vibrează burtica. Nu-i tocmai genul meu de muzică!

Apropo, știați că pisicile au propriile preferințe muzicale? Ei bine, aflați acum.

Mi-am lăsat urechile în jos și am început să dau din coadă într-o parte și-ntr-alta. Satoru m-a văzut imediat.

— Ce? Te deranjează muzica? O schimb imediat.

A închis radioul și a pornit casetofonul, din care s-a revărsat o melodie suavă.

Asta da muzică!

— E Paul Mauriat. Mamei îi plăcea mult...

Nu-i rău! Muzica asta îmi inspiră doi-trei porumbei în zbor – o versiune felină a fericirii.

— Habar n-aveam că-ți plac mașinile. Dacă știam, am fi călătorit mai mult.

N-aș zice că mă omor după ele. Ai uitat că m-a călcat mașina? Cred că mai corect ar fi să spunem că-mi place dubița asta. Înainte să te cunosc, era dubița mea. Ce, nici asta nu-ți mai amintești?

Hai, dă-i bătaie! Sunt curios pe capul cui vrei să mă lași…

*

După ce i-a condus pe Satoru și pe Nana, Kōsuke a observat că îi intrase un mail pe telefon. Era de la soție. „Ai luat motanul prietenului tău?" îi scria ea. La început, a vrut să-i trimită tot un mail, dar s-a răzgândit și a sunat-o.

Presimțea că de data asta avea să-i răspundă.

Telefonul a sunat de șapte ori. Cifra norocoasă a lui Nana!

— Alo, a răspuns soția pe un ton înțepat.

Acum depindea de el s-o îmbuneze. „Pe locuri, fiți gata…"

— Salut! Zilele astea m-am tot gândit la noi… Ce-ar fi să ne luăm o pisică?

2
YOSHIMINE

În dubița argintie răsuna din nou muzica aceea care îmi inspira un magician care scotea din pălărie porumbei. Satoru mi-a spus că melodia se numea „El Bimbo“.

Ce mai nume! Aș fi pariat că avea un titlu cu porumbei. Dacă m-ați fi întrebat pe mine, i-aș fi zis ceva de genul: „Relația karmică dintre un porumbel și o pălărie de mătase“.

— Ce bine că și azi e vreme frumoasă, nu, Nana?

Satoru conducea și era într-o formă de zile mari.

Pe ploaie, pisicile trag la somn. Oare vremea-i afectează și pe oameni?

— N-are nici un farmec să conduci când e urât afară.

Aha, deci e o chestiune de dispoziție! Oamenii sunt așa de superficiali! Comportamentul unei feline se bazează pe factori reali, nu pe cai verzi pe pereți. Pentru pisicile maidaneze, o vânătoare reușită depinde foarte mult de vreme...

— Facem imediat o pauză.

Spre deosebire de drumul spre Kōsuke, cel de azi avea mai puține popasuri. În principiu, ne opream ori de câte ori decreta Satoru.

Am înțeles de la el că ne aflăm pe autostradă, adică un fel de drum mai mare, pe care puteai să gonești ca nebunul ca să ajungi mai repede unde doreai. Călătoria a fost *foaartee* lungă. Am plecat ieri dimineață, am mers de ni s-a urât, iar seara am tras la un motel unde era voie cu animale de companie.

Pentru că drumul fusese atât de lung, iar eu stătusem în dubiță o veșnicie, Satoru a încercat să-mi creeze toate condițiile. Mă scuzați o secundă...

De pe locul de lângă șofer, m-am strecurat binișor pe bancheta din spate. Satoru m-a privit întrebător, dar i-a picat imediat fisa.

— A, scuze!

Nu-i bai!

Sub bancheta din spate era litiera. Satoru îmi cumpărase una acoperită, din care nu se împrăștia nisipul... știți voi când.

Ehei! Am fi putut să mergem așa până la capătul lumii! Ce viață!

— Mai avem puțin, Nana.

Da, să trăiți, i-am răspuns eu cu jumătate de gură, scurmând nisipul cu labele.

*

După ce Satoru a găsit un loc în parcare, a scos din portbagaj castronul și vasul de apă, pe care le-a pus pe podeaua dubiței și le-a umplut pe unul cu mâncare, pe celălalt, cu apă.

— Mă duc la toaletă, m-a anunțat el, închizând portiera și îndreptându-se glonț spre WC.

Satoru era un stăpân de nota zece fiindcă până acum pusese nevoile mele mai presus de ale sale.

Nici nu mi-am potolit bine setea, că am auzit ciocănituri în geam. *O, nu, nu din nou!*

M-am uitat în spatele meu și am văzut doi tineri, soț și soție, care se zgâiau la mine, cu fețele lipite de geam. Arătau ca niște nătăfleți.

— O pisică!

Ei și? Ce, n-ați mai văzut niciodată una?

— Uite, mănâncă! Ce drăguță e!

Ce țăcăniți! Voi cum v-ați simți când cineva v-ar arăta cu degetul și ar scoate fel și fel de sunete în timp ce mâncați? Sunt sigur că nu v-ar conveni. Și tocmai acum v-ați trezit, când mă delectam cu piept de pui și fructe de mare.

Iubitorii ăștia de pisici te găsesc și-n gaură de șarpe! Parcă-i un făcut! La fiecare popas, când să-mi trag și eu puțin sufletul, hop și ei!

Sigur, dacă mi-ați fi adus ceva de mâncare, m-aș fi întrecut cu drăgălășenia, dar așa... Până una-alta, Satoru e cel care mi-a dat bunătățile astea, așa că, hai, cărați-vă și lăsați-mă cu pieptul de pui și fructele mele de mare!

Le-am întors spatele și mi-am văzut de înfulecat. Într-un final, și-au luat tălpășița într-un cor de exclamații, chiuituri și strigăte entuziasmate.

Tensiunea plutea în aer. Am simțit o privire sfredelitoare în ceafă. Mi-am ridicat fără să vreau ochii. Un bătrân slut, care îmi amintea de un monstru marin, își ițea capul de la fereastră.

Aolică! M-am tras instinctiv înapoi. Moșulică părea profund jignit... *Iartă-mă, tataie, dar la ce te aștepți cu așa o față?! După ce că m-ai deranjat de la masă, tot eu sunt de vină, nu?*

Deși reacția mea nu-i picase deloc bine, bătrânul a continuat să se zgâiască înăuntru, cu fruntea lipită de geam.

Eu m-am străduit să-mi recapăt prezența de sine după sperietura strașnică de adineauri.

— Bănuiesc că vă plac pisicile... i s-a adresat Satoru, care se întorsese de la toaletă.

— E foarte drăgălaș, a zis el, luat ușor prin surprindere.

Drăgălaș? Pe bune?

Mă simțeam oarecum vinovat văzând că bătrânul se pregătea să plece din cauza mea. M-am uitat în sus și am mieunat. Satoru a zâmbit din partea cealaltă a geamului și a încuviințat.

— Vreți să-l țineți puțin în brațe?

— Se poate?

Moșulică a roșit ca o fecioară.

Eu am ieșit pe portiera pe care mi-o deschisese Satoru și m-am frecat de mâna întinsă a bătrânului. Fața îi radia de fericire.

— Uaaa, uite-un pisi! au exclamat încântate niște fetișcane blonde, machiate strident, care tocmai treceau pe lângă dubiță. Ne dați voie să-l mângâiem și noi după ce termină domnu'?

Valea! N-am nici o obligație față de voi!

M-am zburlit la ele, arătându-mi colții.

— Mamă, ce supărat e! au exclamat ele și au luat-o din loc.

— Da' voiam și eu să-l mângâi, s-a smiorcăit una din ele.

— Oricum, un motan cu așa niște sprâncene nu-i deloc drăguț...

Poftim? POFTIM??? La această insultă nemeritată mi-am dezgolit fără să vreau dinții, într-o atitudine războinică.

— Bine, bine, ești drăguț! Ești *foarte* drăguț, Nana! s-a grăbit Satoru să dreagă busuiocul. Am zis și eu așa, să scap de gura lor. Ai văzut că erau cam ciudățele... Te rog, mă ierți?

— Dar chiar e drăguț, a comentat bătrânul. Îl cheamă Nana?

— Da, de la coada curbată, în formă de șapte.

Spre disperarea mea, Satoru nu obosea niciodată să le povestească necunoscuților de pe stradă despre numele meu.

— Văd că nu lasă pe oricine să se apropie de el.

— Nu, are gusturi rafinate.

— Zău? a zis bătrânul, zâmbind și mai larg.

Și m-a mai mângâiat o dată, după care a plecat.

— Ce ciudat, Nana! Să te lași mângâiat de un necunoscut...

Da, știu, dar a fost pentru o cauză nobilă... Voiam să-mi spăl niște păcate... Mai bine las-o așa cum a picat și nu mai despica firul în patru!

*

Mașina a început să ruleze din nou pe autostradă, iar eu m-am întins pe geamul din față.

Înaintea mea se desfășura marea!

— Ei, cum ți se pare?

Locul în care mă născusem nu avea ieșire la mare. Zărisem marea în treacăt, la televizor. Dar întinderea imensă de apă pe care o vedeam acum, din goana mașinii, mi se părea senzațională. Eram extaziat. Apele de un verde închis aruncau sclipiri jucăușe, iar mie îmi tresălta inima de bucurie la gândul că în străfundurile azurii sălășluiau o droaie de bunătăți de genul „piept de pui și fructe de mare".

Na, că-mi plouă-n gură!

— Dacă nici de data asta nu găsesc pe nimeni care să te ia, dăm o fugă la mare.

Serios? Chiar mă duci să-mi arăți marea? Poate, cine știe, prind și eu ceva bunuț de mâncare!

După ce marea nu s-a mai văzut, am tras un pui de somn. Când m-am trezit, eram undeva la țară, într-un loc liniștit. Dubița argintie aluneca lin ca un cărăbuș printre câmpurile verzi de orez.

— Te-ai trezit? Nu mai avem mult.

Într-adevăr, în scurt timp am ajuns în curtea din față a unei ferme – o casă mare, simplă și fără fasoane. În apropiere se aflau câteva acareturi și un hambar, iar la intrare era parcată o camionetă.

Am luat inițiativa și am sărit de pe bancheta din spate direct în cușca de transport. Din experiență știam că, atunci când te duci într-o casă necunoscută, e mai sigur să stai pitit într-un loc cu care ești deja obișnuit.

Satoru a deschis portiera din spate și a luat cușca.

— Satoru Miyawaki! Ce surpriză!

Curios, m-am uitat printre zăbrelele cuștii și am văzut un bărbat în salopetă de lucru, cu o pălărie de paie pe cap. Ținea o mână ridicată în aer, în chip de salut.

— Bună. Nu ne-am mai văzut de-o veșnicie, Yoshimine! a răspuns Satoru vesel. Văd că te menții în formă!

— N-am încotro, dacă muncesc în fiecare zi. Dar tu parc-ai slăbit...

— Da? Cred că-i de la viața nesănătoasă de la oraș.

— Ai ajuns ușor?

— Da, trăiască GPS-ul!

— Oricum, să bați atâta drum tocmai din Tōkyō... Avionul ar fi fost mult mai rapid și mai ieftin. Cred că te-a costat o avere să vii până aici cu mașina.

Mie-mi spui? Taxele de autostradă, benzina, hotelul de ieri... Satoru și-a făcut o gaură serioasă în buget să ajungă aici.

— Asta este. Dacă veneam cu avionul, l-ar fi trimis pe Nana la cală, unde-i întuneric și un zgomot infernal. Am fost odată cu avionul cu primul meu motan. După zbor, n-a mai fost bun de nimic. N-aș fi vrut ca Nana să pățească la fel.

Așa fricos mă crezi? Sunt profund jignit. Crezi că dacă Hachi a căzut lat după un amărât de zbor cu avionul, la fel o să fac și eu?! Am mai mult sânge în instalație ca el. Ce, nu mai știi că m-ai pescuit de pe străzi, unde viața-i grea?

În loc să te preocupi atât de subsemnatul, mai bine ți-ai face griji pentru banii aruncați pe fereastră ca să venim aici.

Yoshimine ne-a condus în camera de zi. Satoru a pus cușca într-un colț și mi-a deschis portița. Yoshimine s-a așezat pe vine în fața mea.

— Pot să-l văd?

— O să mai dureze până să vrea să iasă.

— Nu-i problemă!

Nu-i problemă? Mi-am înclinat capul într-o parte, neîncrezător, și, dintr-odată, haț, m-am pomenit cu ditamai brațul în cușcă.

Aaaau!

Yoshimine m-a prins de ceafă, m-a scos afară fără prea multe menajamente și m-a lăsat să mă bălăngăn în aer.

Bestie! Ți-arăt eu ție!

— Aha, o pisică normală.

O pisică normală? Cum adică o pisică normală?!

— Ai grijă cu el!

Luat prin surprindere, Satoru i-a tras una pe spinare prietenului său.

— Ce naiba te-a apucat?

— Am vrut să văd dacă-i o pisică adevărată.

Yoshimine mă luase deja în brațele sale vânjoase. Am încercat să dau din picioare să mă eliberez, dar brațul uriaș nu s-a urnit, oricâte șuturi i-aș fi tras.

— Ce vrei să spui? Nu pricep o iotă.

— Uite, dacă-l ții așa...

— Termină, nu-l mai ține de ceafă!

— Deci, dacă-l ții așa, iar el își trage labele-n sus, se cheamă că-i o pisică adevărată.

Lasă-mă jos! Mi-am pregătit ambele lăbuțe de atac și am început să mă zbat ca un somon pe uscat. *Ticălosule, te snopesc în bătaie!*

În cele din urmă, Yoshimine mi-a dat drumul.

Am făcut o aterizare de maestru. Apoi m-am întors spre Yoshimine și m-am ghemuit la pământ. Acesta m-a aplaudat:

— Bravo! Bravo! Ai o pisică nemaipomenită! Isteață, cu reflexe ireproșabile. La prima vedere, nu mi s-a părut cine știe ce.

— Mda... În fine...

Slăbuț! Asta știe oricine se pricepe cât de cât la pisici.

— Nu mi se pare normal să-l prinzi așa de ceafă. Dacă se speria?

— Deunăzi am găsit pe stradă un pisoi, numai că, din păcate, nu e tocmai un pisoi adevărat. Dacă și Nana ar fi fost ca el, nu-mi era de mare folos la fermă. Trebuia să verific, să văd de ce-i în stare.

Fiindcă fierbeam de nervi, am început să dau din coadă, să mă calmez. *Hei! Cine naiba m-a apucat de coadă?*

M-am întors furios și am dat cu ochii de un motănel tărcat, de culoare portocalie. *Tu de unde ai mai răsărit?* Pisoiul mieuna și se ținea scai de coada mea. *Hai, zât de-aici!*

Yoshimine a întins mâna, a apucat pisoiul de ceafă și l-a ridicat. Labele din spate îi stăteau blegite în aer.

— Poftim. Asta nu-i pisică adevărată!

Mda! Puștiul nu era prea dotat. N-ar fi putut prinde în veci un șoarece. Exact ca Hachi! Cu puțin antrenament, s-ar mai fi putut da pe brazdă, dar n-avea nici o șansă să ajungă un vânător înrăit, ca mine. Mi-am înăbușit un surâs malițios.

— E doar un pisoiaș! N-ar trebui să fii așa de dur cu el…

Satoru a întins mâna să-l ia în brațe.

Chiar că ești leșinat după pisici!

Așa, dă-i nas, dar să nu te prind că vii după aceea la mine să mi te plângi!

*

Yoshimine primise un mail de la Satoru Miyawaki, fostul lui coleg de clasă din gimnaziu. Nu-și mai scriseseră de mult. Yoshimine chiar se gândise la el în ultima vreme. Oare ce mai făcea?

„Rugămintea mea o să te ia prin surprindere… Din păcate, din motive obiective, nu mai pot păstra motanul pe care îl am de ani de zile și la care țin foarte mult. Sunt în căutare de alt stăpân. Nu vrei să-l iei tu?" – scria în mail.

Nu știa exact ce însemnau „motive obiective", dar Yoshimine dedusese din mesaj două lucruri: că prietenul său a mai avut o pisică după primul lui motan, după care suferise foarte mult, și că, de data aceasta, nu i-l luase altcineva, ci el era nevoit să-l dea.

Daigo Yoshimine nu se dădea în vânt după pisici, dar nici nu-i displăceau. Dacă găsea vreuna la fermă, o îngrijea, îi dădea de mâncare, dar nu și-ar fi luat niciodată o pisică din proprie inițiativă. Același lucru se întâmpla și cu păsările sau câinii care se pripășeau la fermă.

„Nu strică niciodată o pisică la casa omului, unde, uneori, șoarecii își fac de cap. O mâță îi mai sperie și îi ține la respect", își zisese Yoshimine.

În cele din urmă, a scris: „Nu știu dacă o să fiu un stăpân la fel de bun ca tine. Pentru mine, o pisică-i o pisică, nu un animal de companie, dar, dacă nu te deranjează asta, te ajut cu drag. Spune-mi dacă nu găsești pe altcineva și o să am eu grijă de motan. Nu-ți face probleme!“

Miyawaki i-a răspuns la mail: „S-a mai oferit cineva să-l ia. O să-l duc mai întâi la el, și, dacă nu iese nimic, vin la tine.“

O lună mai târziu, Miyawaki i-a scris din nou, întrebându-l dacă poate să-i aducă motanul să-l vadă. Între timp, Yoshimine găsise puiul de pisică portocaliu.

— Mergeam cu camioneta pe drumul național și am văzut pisoiul aruncat ca o zdreanță pe marginea șoselei. Nu mi-aș fi iertat-o dacă l-aș fi lăsat acolo, să moară.

— Te înțeleg.

Miyawaki se uita vrăjit la motănelul tigrat din poala lui. Iubitorii de pisici au o mare slăbiciune pentru pisoi.

— E așa de micuț! Ți-a fost greu să-l crești?

— Am fost la veterinar cu el și am întrebat și niște vecini care aveau pisici. Sfaturi am primit din belșug. Însă la țară oamenii nu dau atâta importanță unei pisici. Mi-ar fi fost mai ușor dacă era înțărcat.

— Mi te și imaginez cu biberonul în mână, dându-i de mâncare pisoiului, a râs Miyawaki. Ești norocos cu așa un stăpân! i-a zis el motănelului.

— N-am nici un merit. M-am gândit că, dacă-l cresc, când s-o face mai mare o să prindă măcar vreun șoarece-doi. Între timp, am constatat că nu-i o pisică adevărată...

— Acum, că-i sănătos și a mai crescut, poți să-i dai drumul să plece.

Yoshimine nu prea gustase gluma amicului său. Miyawaki l-a lăsat în pace și a continuat să se joace cu pisoiul din poală.

— Aha, deci de asta voiai să vezi cum se comportă Nana.

— Nu-i mare sfârâială să ai două pisici, și nici una în stare să prindă șoareci.

— Hai, că nu l-ai fi lăsat tu nici pe Nana, chiar dacă ar fi stat cu picioarele blegite în aer.

— Cum să las la ananghie un amic venit cu mașina tocmai din Tōkyō, de dragul motanului său?

— Apropo, cum îl cheamă pe ăsta micu'?

— Chatoran.

Yoshimine își întrebase vecinii, care i-au zis că motănelul le amintea de pisoiul portocaliu din filmul *Aventurile lui Chatoran*[1]. Îi plăcuse numele, și așa i-a rămas.

— Din cauza filmului, toată lumea a ajuns să-și boteze pisoiului Chatoran.

— Da? Habar n-aveam...

Dar Chatoran, în ciuda numelui nu foarte inspirat, știa să recunoască un iubitor de pisici, pentru că se relaxase complet în poală la Miyawaki.

---

1. Film japonez din 1986, în regia lui Masanori Hata, care îi are ca protagoniști pe motanul tărcat Chatoran și pe mopsul Pūsuke.

— Îmi amintesc că la fel de mic era și primul meu motan când l-am găsit.

Miyawaki nu-i spusese niciodată cum îl chema pe primul lui motan, nu pentru că ar fi avut ceva împotriva sa, ci pentru că simțea că, dacă i-ar fi rostit numele, l-ar năpădi dintr-odată tristețea și dorul – sentimente pe care până atunci se străduise să le țină adânc îngropate în suflet.

*

Yoshimine se transferase într-o primăvară, pe la începutul clasei a doua de gimnaziu[1].

— Dragi copii, acesta este noul vostru coleg, Daigo Yoshimine.

Diriginta era o domnișoară drăguță, care în studenție fusese Miss Boboc, sau cam așa ceva, dar Yoshimine o începuse cu stângul cu ea. Profesoara le-a explicat colegilor cu lux de amănunte de ce fusese transferat Yoshimine, însă acesta s-a simțit sufocat de bonomia și cuvintele ei compătimitoare. Pesemne că voia să pozeze în profesoara model, dar el își formase deja propria părere. S-a silit să treacă peste sentimentalismele cu care îl copleșea, dar la un moment dat a clacat...

— Dragii mei, părinții lui Yoshimine-kun sunt niște oameni foarte-foarte ocupați, care locuiesc în Tōkyō. Acesta este și motivul pentru care sărmanul Yoshimine a fost transferat în orășelul nostru, unde va locui cu bunica. Yoshimine-kun merită toată admirația noastră pentru că a fost de acord să vină aici

1. Echivalentul clasei a VIII-a în sistemul românesc de învățământ.

de dragul părinților, deși cu siguranță le duce dorul. Sper să vă împrieteniți repede cu el!

Imediat, și-a dat seama că profesoarei îi era milă de el, de aceea îl prezentase pe tonul acela compătimitor și exagerat de prietenos. Pe lângă faptul că el însuși era dezamăgit de cuvintele ei, citea în ochii colegilor că aceasta fusese cel mai groaznică prezentare făcută vreodată.

— Hai, Yoshimine-kun, zi și tu ceva!

— Ăăă… a început el, întorcându-se cu fața spre dirigintă. În primul rând, nu înțeleg de ce a trebuit să pomeniți de situația din familia mea. Nu-mi amintesc să vă fi rugat.

Elevii au început să se foiască. Zâmbetul a pierit brusc de pe chipul frumos al profesoarei.

— M-am gândit să te ajut…

— Nu m-ați ajutat deloc, dimpotrivă, m-ați făcut să mă simt prost. Speram să-mi fac prieteni și fără să fiu nevoit să-mi pun pe tapet viața personală.

Profesoara de-abia dacă mai putea îngăima un „bine, dar…“, „și totuși…“. Confruntarea aceasta nu prevestea nimic bun. Yoshimine s-a întors către colegi.

— Bună, sunt Daigo Yoshimine. Hai să uităm faza cu familia mea. Sper să ne înțelegem bine pe viitor.

În clasă nu se auzea nici musca, iar profesoara mai avea puțin și izbucnea în lacrimi.

— Deci unde mă așez?

Tocmai atunci s-a auzit clopoțelul și profesoara a ieșit glonț din clasă.

— De ce nu stai pe locul liber? i-a zis Satoru Miyawaki, arătându-i o bancă din spatele clasei.

După prima oră, colegii se uitau deja la el cu teamă și se țineau la distanță. Numai Miyawaki s-a dovedit mai curajos.

— La următoarea oră trebuie să schimbăm clasa. Dacă vrei, mergem împreună.

Următoarea oră era cea de științe ale naturii. Yoshimine și-a luat manualele și caietele și a venit după el.

— Uite ce-i...

Ceva îl rodea, așa că murea dacă nu întreba.

— Ești amabil cu mine pentru că așa ți-a cerut diriginta?

— Nici pomeneală! i-a răspuns prompt Satoru. Dar, pentru că tot veni vorba, cred că v-ați comportat amândoi ca niște copii.

„Cum adică *amândoi*?" și-a zis Yoshimine.

— Și eu?

— Diriginta se poartă foarte frumos, mai ales cu copiii care au o situație familială aparte. Să știi că nu-i rău intenționată...

Era ceva la Miyawaki ăsta care l-a făcut pe Yoshimine să creadă că aveau să se înțeleagă de minune.

— Și eu m-am mutat aici după ce trecusem printr-o experiență îngrozitoare, așa că îmi dau seama cum să te simți. Când eram în școala primară, părinții mei au murit într-un accident de mașină și mătușa mea m-a luat la ea. Dar asta nu înseamnă că vreau să bat toba despre ce mi s-a întâmplat.

Așadar Miyawaki trecuse printr-o situație mult mai gravă ca a lui...

— Sfatul meu e să iei viața așa cum e, cu bune și cu rele, și să nu-ți plângi de milă pentru orice nimic. Maturizează-te!

„Filozofezi cam mult pentru un elev de gimnaziu", s-a gândit Yoshimine, dar nu l-a mai contrazis, pentru că și-a dat seama că avea dreptate.

— Sincer să fiu, a zis Miyawaki rânjind cu gura până la urechi, când am ajuns în fața clasei și mie mi-au venit în minte exact aceleași replici.

— Cum ziceai că te cheamă?

Pe atunci nu-i știa încă numele.

— Satoru Miyawaki. Îmi pare bine să te cunosc.

Și, fără prea multe cuvinte, cei doi s-au împrietenit la cataramă.

*

Relația cu colegii și cu diriginta nu începuse tocmai bine, dar prietenia sa cu Miyawaki era pentru el ca o rază de soare.

Amicul lui era vesel, își făcuse destui prieteni și se integrase rapid în clasă. Yoshimine nu era foarte simpatizat. Chipul lui sever și constituția masivă îi făceau pe ceilalți să păstreze distanța. Dacă n-ar fi fost Miyawaki, ar fi rămas singur-cuc.

Treptat, la invitația lui Miyawaki, au început să li se alăture la masă și alți colegi de clasă. În general, lui Yoshimine îi plăcea să asculte, fiindcă nu se prea pricepea la conversație.

Într-o zi, după ce luase prânzul alături de câțiva colegi, a vrut să dea o fugă până la chioșc, să-și mai ia ceva de mâncare, pentru că nu se săturase cu pachețelul de acasă. Tocmai atunci, l-a auzit pe Miyawaki în urma sa.

— Hei, Yoshimine! Încotro?

— Să-mi iau niște pâine.

— Numai la pâine ți-e gândul. Te-am strigat de-am răgușit.

— Ăăă... scuze, a zis Yoshimine scărpinându-se în cap, spre amuzamentul celorlalți colegi. Acum pot pleca?

— Da, sigur, a spus Miyawaki cu un surâs strâmb, făcându-i semn să se ducă.

În școala primară, profesorii scriseseră pe caietul lui de note, la „mențiuni", că elevul Daigo Yoshimine trebuie lăsat în pace să facă lucrurile cum crede el de cuviință. Altfel, se ambala și apăreau tot felul de neînțelegeri. Miyawaki reușise să aplaneze cu mult tact astfel de conflicte, care ajungeau să se rezolve, practic, de la sine.

Și de chestiunea cu diriginta, tot Miyawaki se ocupase. A făcut el ce-a făcut și, la un moment dat, Yoshimine s-a pomenit că profesoara îl oprește pe coridor și începe să se scuze printre suspine și lacrimi.

— Îmi pare așa de rău că nu mi-am dat seama prin ce ai trecut...

Yoshimine simțea că la mijloc era o neînțelegere, dar n-avea de gând să-și complice existența cu fel și fel de explicații, așa că s-a hotărât să se poarte ca „un adult" și a rostit în grabă:

— Nu face nimic.

— Fii pe pace, Yoshimine, n-o să mai pomenesc de situația ta de acasă.

Așa deci!? „Situația de acasă!“ Păi „situația de acasă“ n-o știa decât Miyawaki.

— Părinții mei lucrează amândoi, și munca este viața lor, îi explicase Yoshimine prietenului său.

Tatăl lui lucra la departamentul de cercetare și dezvoltare dintr-o mare companie de electronice, iar mama se ocupa de investițiile în străinătate la o firmă de comerț exterior. Rareori se nimerea să fie amândoi acasă, iar Yoshimine petrecea zile în șir fără să apuce să-i vadă.

— Din primăvară au început să fie din ce în ce mai prinși și nu și-au mai găsit timp pentru familie. Inclusiv pentru mine.

Începuseră să-l paseze de la unul la altul, iar treburile casnice fuseseră lăsate de izbeliște.

— Și așa am ajuns la bunica din partea tatălui. Urma să stau la ea până ce lucrurile se mai linișteau.

— Probabil că le simți lipsa alor tăi.

— Mai mult îmi lipsesc prietenii decât ei.

Despărțirea de părinți chiar nu fusese o problemă. Oricum, nu-i prea vedea la față.

— În vacanța mare mergeam la bunica, pe care o iubeam foarte mult, deci situația nu era foarte diferită de cea cu care mă obișnuisem deja. De asta cred că nu era nevoie de o sută de mii de explicații.

I se păruse penibil când diriginta îl compătimise în fața clasei. Erau alți copii mult mai încercați ca el, ca, de exemplu, Miyawaki, care rămăsese orfan din școala primară. Deși trecuse prin momente dificile, acesta încercase să lase în urmă trecutul și să-și păstreze moralul ridicat.

— Hei, Yoshimine, l-a strigat un coleg, punând astfel capăt conversației cu Miyawaki. Nu vrei să te înscrii în clubul de judo?

— Nu.

Colegului i-a căzut pur și simplu fața la răspunsul lui prompt, dar nu s-a dat bătut și a mai perorat puțin, încercând să-l ademenească în echipa de judo.

— Deci ce zici?

— Nu, a răspuns din nou Yoshimine, și, în cele din urmă, colegul s-a lăsat păgubaș.

Pentru că era bine făcut, Yoshimine primea des invitații la diverse cluburi sportive. Din păcate, nu era câtuși de puțin interesat.

— Nu-ți plac cluburile sportive? l-a întrebat Miyawaki.

— Nu mă prea omor după sport.

Cu siguranță avea o constituție atletică, dar nu-i plăcea să fie îngrădit să joace după reguli.

— Dar alte cluburi?

— Dacă ar exista unul de grădinărit, cu siguranță m-aș înscrie.

Bunica lui avea o fermă. De mic se implicase în muncile câmpului și îi plăcuse să lucreze pământul. Bunicul lui murise acum câțiva ani. Bunica se zbătuse să țină ferma pe linia de plutire, iar Yoshimine era obișnuit să-i dea o mână de ajutor.

— Am văzut o seră în curtea școlii. Oare am putea-o folosi?

Pusese ochii pe ea încă de când fusese transferat. Ar fi fost grozav să cultive ceva acolo!

— Nu m-am gândit niciodată. Te interesează?

— La bunica la fermă plantele cresc în aer liber. N-am lucrat niciodată într-o seră.

— Văd că într-adevăr te pasionează grădinăritul!

Yoshimine crezuse că asta fusese tot, dar Satoru a adus din nou vorba după câteva zile.

— Am întrebat de clubul de grădinărit. S-a închis acum doi-trei ani, pentru că nu mai aveau mușterii, dar, dacă s-ar înscrie măcar două persoane, profesorul de științe ale naturii ar fi dispus să-l redeschidă. Și putem folosi și sera.

Pe Yoshimine l-au uimit două lucruri. În primul rând, că Satoru chiar întrebase de club, și în al doilea rând, că voia să devină el însuși membru.

— Și tu vrei să te apuci de grădinărit?

— Până acum, n-am fost în nici un club, așa că, de ce nu?

— Dar nu te știam pasionat de grădinărit.

— Până nu încerci, n-ai de unde ști. În plus, n-am avut pe nimeni la țară care să mă fi învățat...

— Nici bunicii?

Miyawaki a scuturat din cap.

„Deci amicul meu este copilul betoanelor și al orașului", și-a zis Yoshimine.

— Ai mei nu se aveau prea bine cu părinții. Bunicii din partea mamei au murit de timpuriu, iar tata nu se înțelegea cu părinții. Eu i-am întâlnit prima dată la înmormântare, unde de-abia dacă am schimbat două vorbe.

Aha, deci de asta ajunsese în grija mătușii! De obicei, la moartea părinților, bunicii erau cei care vedeau de nepot, asta, bineînțeles, dacă erau în putere. Nu era tocmai obișnuit ca o mătușă necăsătorită să aibă grijă de copil.

— Și, dacă nu încerc acum, s-ar putea să nu se mai ivească altă ocazie. Mi-am dorit să aflu mai multe despre grădinărit de când am văzut filmul *Vecinul meu, Totoro*[1], a spus amicul său râzând.

Și astfel s-au apucat de grădinărit. Cum Miyawaki nu știa mare lucru despre viața la țară, bunica lui Yoshimine l-a invitat la fermă. El locuia chiar în mijlocul orășelului, departe de câmpurile întinse de orez, pe când ferma bunicii lui Yoshimine era plasată la marginea districtului unde se afla școala lor. La trei sute de metri est de școală începeau câmpurile de orez și peisajul era complet diferit.

Mătușa lui Miyawaki avea mult de lucru, iar el era veșnic cu cheia la gât, așa că mergea destul de des la fermă. Uneori, la sfârșit de săptămână stătea acolo peste noapte.

— Mă bucur că vă înțelegeți bine, i-a zis odată bătrâna – cuvinte pe care orice bunică i le-ar fi spus celui mai bun prieten al nepotului ei. Cum se poartă cu el colegii de la școală? Sper că nu-i face nimeni probleme.

— Nu cred că i-ar putea face cineva probleme lui Yoshimine.

— Ce vrei să spui? a zis Yoshimine, înghiontindu-l.

— Ei, lasă că știi tu, i-a răspuns Miyawaki cu un alt ghiont.

---

1. Film de animație din 1988, regizat de marele animator Hayao Miyazaki. Filmul se desfășoară într-un decor idilic, în care personajele principale descoperă frumusețea vieții de la țară.

Bunica își făcuse griji că nepotul ei n-o să-și facă prieteni la școală, dar, de când Miyawaki începuse să vină la ei, nu-și mai încăpea în piele de bucurie, și, în scurt timp, a ajuns să-i spună pe numele mic, Satoru.

— Vrei să-ți cumpăr un joc video, să te joci cu Satoru-chan?

Bunica nu voia ca Miyawaki să se plictisească după o zi obositoare la ei, la câmp.

— Am deja, și Miyawaki, la fel.

— Nu vreți nimic de joacă?

— Nu, bunico, stai liniștită.

Din cauză că n-avea rude la țară, pe Miyawaki nu-l deranja să dea o mână de ajutor și părea că și-a descoperit o nouă pasiune.

— Mergem amândoi la clubul de grădinărit al școlii. Lui Miyawaki îi place munca în aer liber, i-a explicat Yoshimine bunicii.

— Bine, dacă zici tu, i-a răspuns bunica. În orice caz, mă bucur că ai un prieten de nădejde.

Și spunea asta de fiecare dată când prindea ocazia, de parcă voia să se convingă singură.

„Cred că bunica mă crede încă un copil", își zicea Yoshimine, ușor stânjenit.

În orice caz, bătrâna era topită după Satoru din cauza firii lui vesele și a prieteniei care îl lega de nepotul ei. De câte ori venea în vizită, nu știa cum să-l mai cocoloșească.

— Ce norocos ești cu așa o bunică…

Satoru ținea și el la bătrână. Relația cu ea era ceva nou pentru el, poate și pentru că își cunoscuse bunicii doar în treacăt.

— Dacă nu te deranjează o băbuță ca mine, i-a spus ea, poți să mă consideri bunica ta. Casa mea va fi întotdeauna deschisă pentru tine.

Yoshimine se bucura s-o audă vorbind astfel. În Tōkyō, și el fusese „copilul cu cheia de gât", iar părinții lui nu-i cunoșteau deloc prietenii. Când amicii lui veneau în vizită, Yoshimine era singurul care îi întâmpina.

Părinții nu aveau de obiectat că prietenii lui Yoshimine veneau acasă la ei. Aceștia îl pizmuiau că nu-l bătea nimeni la cap, iar Yoshimine îi invidia că aveau pe cineva care să le pregătească o gustare caldă, ori de câte ori li se făcea foame.

Uneori, amicii lui făceau niște fețe lungi când mamele lor își făceau apariția cu o farfurie de prăjituri de casă, ornate cu stângăcie.

— M-am gândit să-ți servești prietenii cu ceva...

Lui Yoshimine toate acestea i se păreau un lux. Pentru el, maică-sa nu pregătise nici măcar o farfurie cu alune sau de covrigei crocanți. În fiecare zi, ai lui îi lăsau pe masă ceva mărunțiș – atât, și nimic mai mult. Regula casei era ca, atunci când găsea o sumă mai mare, aceasta trebuia să-i ajungă și pentru cină.

Părinții îl lăudau arareori, și, atunci când o făceau, spuneau invariabil:

— Ce copil bun e Daigo al nostru! Până acum, nu ne-a făcut deloc probleme.

N-ar fi avut nici un rost să fugă de acasă. În ochii părinților lui, singurul lui merit era că „nu le făcuse probleme". Ce s-ar fi întâmplat dac-ar fi renunțat la acest unic atu? Yoshimine nu voia să riște.

— E tare drăguță bunica ta. Ai noroc cu ea!

Yoshimine nu și-a tachinat niciodată amicul pentru că îl invidia pentru bunica sa. Știa că Miyawaki păstra o distanță respectuoasă față de mătușa lui și că nu avea alte rude care să-i facă poftele.

— Poți veni oricând la noi. Bunica ține mult la tine.

De fiecare dată, Satoru încuviința entuziasmat.

*

Într-o zi, în timpul orelor de după-amiază, Yoshimine, toropit de caniculă, și-a aruncat o privire spre curtea școlii. Pentru că erau în toiul verii, din asfaltul încins se ridicau valuri-valuri de căldură.

Yoshimine a sărit ca ars. Colegii au început să se agite.

— Yoshimine, ce te-a apucat?

— Nimic, a răspuns el cu o față nevinovată, dar se vedea că era gata să iasă din clasă.

— Stai puțin! l-a strigat Miyawaki.

În asemenea situații, era de datoria lui să lămurească lucrurile cu prietenul său.

— Ce s-a întâmplat?

— Mă întorc într-o secundă.

Profesorul încremenise de uimire. Miyawaki s-a luat imediat după Yoshimine, care apucase să iasă din clasă.

— Ce-i cu tine, amice?

— Mă duc în seră. Azi-dimineață am uitat să deschid gura de aerisire. Cu așa o căldură, o să fiarbă toate plantele.

În seră plantaseră, printre altele, roșii și orhidee, care erau slăbiciunea profesorului de științe ale naturii. Roșiile erau destul de sensibile la precipitații și nu era recomandat să stea în aer liber, motiv pentru care în verile caniculare nu le mergea prea bine.

— Ce era dacă așteptai până la pauză? Mai erau treizeci de minute.

— Păi acum e cel mai cald. Trebuie să protejez plantele de arșiță.

— Nu puteai să te prefaci că ai nevoie la toaletă? Din cauza ta s-ar putea să închidă clubul.

— Du-te tu și explică-le.

— Of, a făcut Miyawaki și s-a întors în clasă.

În ciuda acestui episod, clubul de grădinărit și-a continuat activitatea. Până să înceapă vacanța de vară obținuseră deja o recoltă frumușică de zarzavaturi, inclusiv de roșii, și reușiseră să salveze și orhideele profesorului.

Când și-au împărțit între ei legumele, profesorul și Miyawaki au insistat ca Yoshimine să primească partea leului. Din cauza precipitațiilor din sezonul ploios, roșiile bunicii nu se prea făcuseră.

— Hai, mai ia. Mie nu-mi trebuie atâtea, pentru că nu-s decât eu și mătușa mea, i-a zis Miyawaki, iar pe Yoshimine l-a pufnit râsul.

Și ei erau tot doi, adică el și bunica. Ca de obicei, Miyawaki avea replica pregătită:

— Da, dar tu mănânci mai mult.

În primul semestru de școală, Miyawaki aflase multe lucruri noi despre agricultură. Unul dintre motivele pentru care Yoshimine voise să cultive legume în seră era ca să-și facă o mică rezervă de roșii în cazul în care recolta bunicii ar fi avut de suferit. Astfel, la insistențele lui Miyawaki, n-a mai protestat și l-a lăsat pe acesta să-i umple găleata.

— În prima săptămână din vacanța de vară o să mă întorc la ai mei.

— Aha, s-a grăbit Satoru să încuviințeze. O să am eu grijă de seră în lipsa ta.

Deja culeseseră prima recoltă, dar în seră mai rămăseseră unele legume care abia acum se coceau.

— Este prima dată când mă întorc acasă de când am venit aici. Sper să fie bine.

Miyawaki îi cunoștea prea bine situația familială... Părinții lui Yoshimine nu-și vor lua liber să stea cu el... Întoarcerea fiului lor era mai mult o formalitate...

— Măcar o să-mi revăd prietenii.

Acesta era singurul lucru bun.

Yoshimine nu avea nici un chef să se întoarcă. O să stea iar singur-singurel, iar ai lui o să-și vadă de serviciu. Dar mai bine se gândea la altceva decât să-și facă sânge rău.

— Dacă între timp o să se coacă roșiile, o să-i duc din ele bunicii.

— Drăguț din partea ta. Mulțumesc mult.

Bunica l-a dus cu mașina la aeroport. În aeroportul Haneda din Tōkyō nu-l aștepta nimeni. La fel se întâmpla de fiecare dată când se întorcea din vacanța de vară de la bunica. Nimeni nu se obosea să vină după el.

Din fericire, autobuzul îl lăsa foarte aproape de complexul rezidențial unde locuia. După un semestru întreg petrecut la bunica, apartamentul i se părea mic și înghesuit.

În Tōkyō a redevenit copilul cu cheia la gât. Câteva zile s-a întâlnit cu vechii lui amici. Pe ai lui apuca să-i vadă la miezul nopții, când se întorceau de la muncă, și apoi pe fugă dimineața, înainte de serviciu. Păreau la fel de ocupați, la fel de puțin interesați de viața de familie.

În cea de-a treia zi de la întoarcerea sa, părinții au venit acasă mai devreme. În mod cu totul excepțional, mama a pregătit cina și s-au așezat cu toții la masă.

După ce au terminat de mâncat, mama a făcut ceaiul – un alt lucru care l-a luat prin surprindere pe Yoshimine. „Oare ce s-o fi întâmplat?" și-a zis el nedumerit.

Tatăl lui, care încă mai stătea la masă, a început cu un aer solemn:

— Avem ceva important să-ți spunem.

Mama s-a așezat și ea la masă. Yoshimine și-a dat seama că nu va fi o discuție prea plăcută.

— Ăăă... uite ce e... noi o să divorțăm.

„Mă gândeam eu că nu-i a bună", și-a zis Yoshimine. Așadar se ajunsese și aici... Era de așteptat, mai ales că nu știau altceva decât muncă și iar muncă.

— Ia spune, tu cu cine vrei să rămâi? Cu mami sau cu tati?

Ce întrebare tâmpită! I-a măsurat atent din priviri, încercând să le citească pe chip răspunsul corect. Și unul, și altul își țineau respirația, sperând să nu fie el cel ales.

Pentru Yoshimine totul fusese prea din scurt! Îi era perfect egal cu care dintre ei o să stea...

— Scuze... și-a căutat el cuvintele, nu știu ce să spun. Mai lăsați-mă să mă gândesc.

Părinții săi erau vizibil ușurați. Verdictul fusese amânat.

— Pot să mă întorc mâine la bunica?

Avea senzația că ar fi fost o povară pentru oricare dintre ei. Oare cum ar fi trebuit să se poarte într-o asemenea situație?

Nici unul n-a încercat să-l oprească, așadar, a doua zi, cu puțin după prânz s-a urcat în avion. Compania aeriană s-a ocupat de îmbarcarea lui, iar părinții au stat liniștiți, știindu-l pe mâini bune.

Bunica a venit să-l ia de la aeroport cu mașina.

— Mama și tata mi-au zis că vor divorța.

— Zău? a zis bunica mai mult pentru sine.

— Nu știu la care dintre ei să mă duc.

— Ce mai contează? Oricum o să rămâi aici, cu mine.

Yoshimine a simțit că i se pune un nod în gât.

— Lasă, Daigo, lucrurile se vor aranja. O să fie bine.

Bătrâna a murmurat răspunsul acesta de câteva ori, de parcă ar fi vrut să și-l întipărească bine în minte. Știuse de la bun început că acesta va fi deznodământul...

Yoshimine simțea cum îi creștea nodul din gât. Până să ajungă acasă, nodul devenise aproape insuportabil.

— O să dau o fugă până la școală, a spus el, în timp ce se schimba în uniformă.

Elevii nu puteau intra în școală îmbrăcați civil, chiar dacă era vacanță.

— Ai puțină răbdare să se mai domolească potopul ăsta de căldură. Acum ți-ai găsit să pleci?

— Vreau să văd ce s-a întâmplat cu sera în lipsa mea, i-a zis el.

În ciuda protestelor bunicii, Yoshimine s-a urcat pe bicicletă și a început să pedeleze voinicește spre școală. Treptat, nodul din gât i s-a mutat în stomac.

*

Bicicleta lui Miyawaki era deja în parcare.

Yoshimine și-a găsit prietenul în seră, culegând roșii și castraveți. Era binedispus, cu toate că nu era nimeni să-i țină de urât.

— Hei! i-a strigat Yoshimine din prag.

Vocea îi sunase aproape ca un suspin. Lui Miyawaki i-a scăpat un țipăt de surpriză.

— Nu trebuia să te întorci peste câteva zile?

— Mda, între timp s-au întâmplat multe...

După ce au terminat de spălat legumele, s-au înghesuit amândoi la umbra școlii și Yoshimine i-a povestit prietenului său de ce se întorsese atât de repede. Vedea cu coada ochiului echipa de baseball făcând antrenament în curte pe căldura aceea infernală. Era impresionant că jucătorii mai erau în stare să se miște pe așa o caniculă.

— Nu mi s-a părut mare scofală să mă mut la țară, la bunica. De mic eram obișnuit ca părinții să mă dea de colo-colo. Când m-am transferat aici, m-a deranjat modul în care diriginta a vorbit despre familia mea. N-ar fi trebuit să facă atâta caz, mai ales că mă obișnuisem cu situația. Dar uite că, până la urmă, nu s-a înșelat!

În mod normal, părinții, oricât de ocupați ar fi fost, nu și-ar fi trimis copilul să facă școala la țară pentru că le era greu să aibă grijă de el. Deci dirigintei i se făcuse milă de el pe bună dreptate!

— Probabil că părinții mei se gândeau încă de pe atunci să divorțeze. Mutarea mea aici ar fi trebuit să-mi tragă niște semnale de alarmă. Am fost un cretin că nu mi-am dat seama.

Miyawaki, care până atunci încuviințase în tăcere, i-a spus:

— Haide, că acum exagerezi!

— M-am străduit să nu mă mai gândesc la asta, când totul era atât de evident.

I se pusese din nou nodul în gât. „Termină cu prostiile, idiotule!" și-a spus.

De-abia reușise să scape de nodul din gât în timp ce venea cu bicicleta spre școală. Și acum, poftim, nodul era din nou acolo. Realitatea se prăvălea peste el necruțătoare și gândurile negre îl asaltau din toate părțile.

„Ce copil bun e Daigo al nostru. Până acum, nu ne-a făcut deloc probleme." Și cum ar fi fost dacă le-ar fi făcut probleme?

Știuse de mult că pentru ai lui meseria era totul. Știuse că nu le păsa de el, și de aceea încercase să nu fie un copil dificil, care să aibă nevoie de prea multă afecțiune.

Chiar dacă s-ar fi răzvrătit că nu primise suficientă dragoste, părinții nu i-ar fi acordat mai multă atenție. Singura victimă a unei asemenea revolte copilărești ar fi fost el însuși.

Prin urmare, dacă ar fi fost cuminte, ai lui ar fi fost în continuare mulțumiți și atmosfera din cămin ar fi rămas neschimbată. Nu trebuia decât să stea acasă și să-și aștepte liniștit părinții. În puținul timp petrecut împreună, lucrurile păreau să meargă bine. Numai că, din păcate, alesese soluția cea mai bună pe termen scurt.

„Copiii sunt legătura dintre soț și soție", spunea un vechi proverb. Însă nici măcar un copil cuminte, care nu le făcuse deloc probleme părinților, nu putea ține unită o căsnicie care scârțâia. Sau poate că, dimpotrivă, un copil care avea nevoie de dragostea și afecțiunea părinților și care ar mai fi făcut din când în când pe nebunul ar fi sudat mai bine legătura dintre soț și soție.

„Potolește-te!" și-a zis Yoshimine, scuturând energic din cap de parcă ar fi vrut să oprească morișca gândurilor. Faptul era consumat, nu mai avea ce să schimbe. Dar nodul din gât se făcea din ce în ce mai mare.

— Și totuși... a exclamat el cu voce tare, de parcă voia să-și alunge gândurile care-i roiau în minte. Și totuși... ai mei nu sunt singurii din lumea asta care divorțează.

Încercase să vorbească pe un ton degajat, dar vocea îi tremurase ușor. Oare Miyawaki observase?

— Oricum, ție trebuie să-ți fi fost mai greu când ți-au murit părinții, i-a zis el prietenului său.

— Una-i una, alta-i alta, a zis Miyawaki cu o ușoară undă de dojană în glas. În orice caz, îmi pare rău că trebuie să treci prin asemenea momente.

— Măcar o am pe bunica.

— Cât au trăit ai mei, nu mi s-a părut niciodată că le-aș fi o povară.

Yoshimine rămăsese fără cuvinte. Nodul din gât i-a cedat și lacrimile l-au năpădit. Era prima dată când plângea de când primise vestea divorțului.

După ce suspinele i s-au potolit, Miyawaki i-a întins o roșie:

— Vrei?

*

Măi, să fie! M-am uitat pe furiș la Yoshimine.

Nu mai eram în cușcă. Satoru lăsase portița deschisă, spunându-mi să ies când voiam, dar, să fiu sincer, nu prea îmi plăcea ca pisoiul tărcat, cu nume fistichiu, să-mi invadeze spațiul.

Hei, piciule! Știai că și stăpânul tău a fost abandonat de părinți? Însă pisoiul, ocupat să se joace cu șoarecele de jucărie, nici măcar nu m-a auzit. *Of, de câte ori nu ți-am spus cât e de penibil să te joci cu un șoarece fals?*

Evident, îmi răceam gura de pomană! Era la vârsta la care mânca, se zbenguia puțin, se sucea, se învârtea, apoi, când ți-era lumea mai dragă, cădea răpus, de parcă se terminaseră bateriile.

Dacă vântul mișca perdeaua în timp ce vorbeam cu el, lăsa totul baltă și sărea pe ea. Oare așa oi fi fost și eu la vârsta lui? Eu zic că eram mai cu capul pe umeri. Dar cum să compari un puști cu un motan focos și isteț ca mine?!

Punând cap la cap ceea ce îmi povestise piciul, am dedus că fusese cel mai prăpădit dintre pui și, când maică-sa a luat-o din loc, mocofanul nu s-a putut ține după ea și a rămas de căruță.

Ei, asta-i viața de pisică! Pisoii mai blegi sau mai prostuți sunt primii abandonați. O mâță care tocmai a fătat nu-i fabrică de lapte ca să le dea să sugă tuturor puilor.

Și eu am avut un frate mai pămpălău, care se ținea mereu în umbra noastră – genul de pisoi de care nici nu-ți dădeai seama dacă-i aici sau într-altă parte. Parcă nici nu exista.

Iar tu, piciule, ești cam jigărit pentru vârsta ta. Noroc cu Yoshimine, care s-a chinuit să te facă mare. Mă rog, are el cusururile lui... În primul rând, e cam prost-crescut și una-două te înșfacă de ceafă și te bălăngăne în aer, dar trebuie să recunosc că a făcut treabă bună cu tine. Una peste alta, e un tip cu o inimă mare, chiar dacă nu pare.

Yoshimine a crescut fără părinți, așadar, ai putea zice că, într-un fel, a fost și el abandonat de ai lui. Dar să nu o dăm în sentimentalisme! Ție, puștiule, Yoshimine ți-a dat o șansă la viață, și pentru asta ar trebui să-i fii recunoscător. Aloo, cu tine vorbesc!

Pisoiul tărcat păruse că ascultă cu atenție, dar cred că vorbele mele îi intraseră pe o ureche și-i ieșiseră pe cealaltă, căci acum începuse să se joace cu coada mea. Hm, să-i vorbesc mai pe înțeles.

Ia spune-mi, puștiule, îți place de Yoshimine?

Pisoiul a încuviințat din cap, în timp ce îmi smotocea coada.

Au, hai că te întreci cu gluma! Și mi-am tras coada în sus.

Dacă tot îți place de el, n-ai vrea să-i faci o bucurie?

Piciul era cam greu de cap și nu înțelesese că mă deranjează, întrucât s-a întins iar după coada mea și și-a înfipt dințișorii în ea. *Auu!* Am ridicat iar coada în aer.

Așa... Să reluăm. Lui Yoshimine îi plac pisicile care știu să prindă șoareci. Până aici ai priceput? Deci... ca să-i faci pe plac, mătăluță trebuie să te transformi într-o pisică adevărată, care știe să vâneze șoareci.

Puștiul s-a oprit din molfăitul cozii. În sfârșit, îi stârnisem interesul!

Dar în halul în care ești n-ai nici o șansă să ajungi un vânător înrăit. Nu poți prinde nici măcar o amărâtă de șopârlă, darămite un șoarece.

Ce-ai zice dacă ți-aș face o scurtă introducere în arta vânătorii? Și, ca bonus, te-aș învăța și cum să caftești pisicile care se iau de tine. Yoshimine și-ar face o mie de griji dacă ai rămâne mereu ciuca bătăilor.

Bunn, până aici se pare că m-am făcut înțeles. Piciul și-a îndreptat spatele și m-a rugat să-i spun ce să facă. *Excelent! Politețea nu trebuie să lipsească din lumea pisicească.*

Tocmai când mă pregăteam să-l inițiez în tainele vânătorii, l-am auzit pe Satoru exclamând vesel.

— Uite, Yoshimine. Se joacă.

— Mie mi se pare că s-au încăierat.

— Nu. Nana îl ia cu binișorul.

Asta nu-i joacă! E prima lecție de vânătoare!

— Poate îl păstrezi pe Nana dacă se obișnuiesc unul cu altul...

Ia nu vă mai băgați! N-aveți altceva mai bun de făcut?

Satoru s-a uitat cu ochii mijiți la pisoiul portocaliu care sărise pe șoarecele de jucărie, la indicațiile mele prețioase.

— Nana seamănă cu pisica pe care am avut-o înainte.

Ei, poftim! În loc să ia aminte la mine, care mi-am întins aproape neobservat coada, piciul a început să dea din ea ca turbatul, de ziceai că-i un elicopter gata de decolare. Când trebuia să se lipească de pământ și să stea locului, el se ținea bățos. Clar, era praf! Până și un flașnetar ar fi avut mai mult talent la vânătoare.

— Cum era Nana când era mic?

— Când l-am găsit, era deja mare. Nu știu cum a fost ca pui. Îmi pare rău că nu l-am cunoscut atunci, sunt sigur că era adorabil.

Chiar așa! Când eram mic, eram atât de drăgălaș, că trecătorii se întreceau care mai de care ce să-mi lase de mâncare. Erau unii care, cum mă vedeau, dădeau fuga la minimarket să-mi aducă de-ale gurii. Și spun asta fără nici o urmă de modestie.

— Apropo... a zis Yoshimine de parcă și-ar fi adus brusc aminte de ceva. Ți-ai mai revăzut motanul?

— Din păcate, a murit când eram la liceu.

— Aha, a zis Yoshimine pe un ton din care răzbătea regretul. Îmi pare rău că nu ne-a ieșit „evadarea“.

— Stai liniștit. Îți sunt recunoscător că m-ai susținut. Nu voiam în ruptul capului ca mătușa mea să afle.

Haida-de, nebunaticilor! Ce-ați pus voi la cale în gimnaziu?

L-am lăsat pe pisoi să repete ce-i arătasem, iar eu mi-am ciulit urechile să aud mai bine discuția.

*

După divorțul părinților, care a decurs fără nici un fel de probleme, Yoshimine a fost dat în custodia tatălui, pentru că își dorise să locuiască la bunica și, astfel, reușise să evite tevatura cu schimbarea numelui de familie.

Liberi de orice obligații, părinții lui și-au găsit de lucru în străinătate. Yoshimine și-a dat seama că era făcut pentru viața la țară și se bucura să locuiască alături de bunica. Parcă ar fi fost acolo de când lumea!

A trecut aproape un an. În primul semestru din clasa a treia de gimnaziu s-a organizat o excursie cu școala în Fukuoka.

Yoshimine știa că Miyawaki își pierduse părinții într-un accident de mașină în timpul unei excursii și imediat a observat că amicul său nu era în apele lui.

Stătuse încruntat tot timpul. În prima zi, după ce li s-a terminat programul organizat de profesori și li s-a dat liber, Miyawaki abia dacă a scos două cuvinte.

Yoshimine se temea ca nu cumva excursia să-i fi răscolit amintiri dureroase. În jurul lor era o vânzoleală de nedescris și i-a fost de greu să prindă un moment prielnic, în care să stea de vorbă. În cele din urmă, ocazia i s-a ivit după masa de seară, în timp ce colindau magazinele de suveniruri din hotel.

— Te simți bine?

Fruntea lui Miyawaki era umbrită de gânduri. S-a uitat iute la Yoshimine, apoi și-a ferit privirea.

— Mă gândeam să dau o fugă până în Kokura, a spus el încet.

Kokura era la douăzeci de minute de mers cu trenul de mare viteză. În principiu, n-ar fi fost greu să ajungi acolo din Fukuoka, asta dacă, bineînțeles, n-ai fi fost în excursie cu școala.

Profesorii erau mereu cu ochii în patru ca nu cumva să li se întâmple ceva elevilor. Programul excursiei fusese gândit pe ore și minute, și, odată cazați, li se interzisese cu desăvârșire să mai iasă, ba mai mult, în holul hotelului stătea de pază un profesor.

Pe orice elev care ar fi reușit să se strecoare pe lângă el și să iasă în oraș îl păștea „deportarea", adică ar fi fost imediat trimis acasă.

O persoană atât de ascultătoare și de isteață ca Miyawaki n-ar fi adus vorba de fugă decât dacă ar fi avut un motiv întemeiat.

— Ce s-a întâmplat? l-a întrebat Yoshimine.

— În Kokura locuiește o rudă îndepărtată, care mi-a luat motanul după moartea alor mei, i-a răspuns prietenul său cu o grimasă.

După ce îi muriseră părinții, Miyawaki, ajuns în grija mătușii, fusese nevoit să dea cotoiul unei rude din Kokura.

— Mătușa mea-i așa de ocupată cu serviciul, că n-am îndrăznit să-i cer să mă ducă în Kokura, să-l văd. Am crezut că la prânz, în timpul liber, o să reușesc cumva să mă strecor…

— Așa de mult îți dorești să-l vezi?

— Păi face parte din familie, a răspuns Miyawaki cu o voce gâtuită.

Yoshimine și-a încrucișat brațele pe piept. Nu avusese niciodată un animal de care să se atașeze și nu simțise niciodată cine știe ce afinitate pentru pisici, însă prietenul său vorbea de motanul de care avusese grijă când ai lui fuseseră încă în viață – ultimul membru al familiei, alături de care trăise momente fericite, până să aibă loc accidentul de mașină. Măcar atâta lucru putea înțelege!

— Să mergem!

— Bine, dar…

Acum, Miyawaki era cel care șovăia.

— Mai sunt trei ore până se dă stingerea. Știi adresa?

O știa: un apartament, nu departe de gara Kokura.

— Dacă sărim peste baie, o să avem suficient timp. Sper să ne ajungă banii.

Un drum dus-întors până în Kokura ar fi fost câteva mii de *yeni*.

— Trebuie să ne ținem gura și să nu spunem nimănui. Dacă suntem prinși, nu trebuie să mai fie nimeni tras la răspundere. O tulim în timp ce ceilalți fac baie.

— O să mă duc doar eu. Nu vreau să aibă nimeni probleme din cauza mea.

— Termină cu prostiile. Doar suntem prieteni! i-a zis Yoshimine, trăgându-i una pe spinare.

Miyawaki a îngăimat un „mulțumesc" pe un ton în care se amestecau bucuria cu lacrimile.

Regulile din excursie spuneau că nu puteai să-ți iei la tine decât uniforma și pijamaua. Aveau totuși la ei niște bluze de trening în care să doarmă, așa că puteau ieși în oraș îmbrăcați în ele. Ar fi sărit mai puțin în ochi ca uniforma.

Când le-a sosit rândul la baie, s-au prefăcut că aveau nevoie de mai mult timp să se pregătească și le-au zis colegilor să meargă înainte, dar după numai câteva minute au ieșit repede din cameră. Puseseră ochii pe ieșirea de urgență pentru că în holul de la intrarea principală era proțăpit un profesor. Clanța avea un sigiliu de plastic, care se rupea atunci când se deschidea ușa. Dacă găseau sigiliul rupt, profesorii ar fi intrat la bănuieli și ar fi dat imediat alarma.

— Ce facem? Sigur profesorii o să verifice și ieșirea de urgență când își fac rondul.

— Urcăm, a zis Yoshimine, trăgându-l în lift pe prietenul său, care stătea nehotărât pe coridor. N-o să-și dea seama dacă rupem sigiliul de la o ușă de la etaj.

Pentru a-i izola pe elevii gălăgioși de restul oaspeților de la hotel, profesorii rezervaseră camere alăturate, la același etaj. Erau șanse mai mici să fie depistați dacă rupeau sigiliul de la un etaj în care stăteau clienții obișnuiți.

Elevii ocupau etajele patru, cinci și șase. La etajul șapte, spre uimirea lor, domnea o liniște deplină.

— Haide!

Au rupt sigiliul și au deschis ușa, coborând în grabă șirul de trepte acoperite cu linoleum care se întindea înaintea lor. La parter au descoperit intrarea comercianților de la magazinele din hotel. Și-au luat imediat o mină nevinovată, dar, tocmai când se pregăteau să iasă, în urma lor s-a auzit o voce.

— Hei, ce faceți acolo?

Când s-au întors, au dat cu ochii de un angajat.

— Nu cumva sunteți din excursia cu școala?

„Nț!“ a făcut Yoshimine mai mult pentru sine.

Se pare că angajații de la hotel fuseseră avertizați să fie atenți la copiii în uniformă.

— Nu, a răspuns Yoshimine dintr-o suflare, încercând să-l ignore și să-și vadă de drum.

— Stați așa! nu s-a lăsat angajatul.

— Fugi!

Yoshimine a luat-o la sănătoasa, cu Miyawaki după el.

— Opriți-i!

Strigătele angajatului au atras privirile celor din jur. Fugarii alergau bezmetici de colo-colo, încercând să se ferească de urmăritori și să ajungă la intrarea principală.

De gardă era profesoara frumoasă și miloasă, pe care Yoshimine o întâlnise în prima zi de școală.

— Yoshimine-kun! Miyawaki-kun!

Miyawaki era cât pe ce să se dea bătut.

— După mine! i-a strigat Yoshimine, iar Miyawaki a rupt-o din nou la fugă.

Profesoara cea frumoasă își agita disperată mâinile să-i oprească, dar ei s-au strecurat pe lângă ea și au reușit să iasă în iureșul de pe stradă, râzând ca apucații. Dac-ar fi știut, ar fi luat-o de la bun început pe intrarea principală. Au gonit nebunește câteva minute bune, până când Miyawaki a zis:

— O să spunem că am ieșit să vedem cum e noaptea prin oraș.

Apoi și-au croit drum pe străzile necunoscute, întrebând în dreapta și-n stânga, și, după douăzeci de minute, ajunseseră deja la gara Hakata. La ghișeu, tocmai când încercau să-și cumpere bilete pentru Kokura, au auzit niște răcnete în spatele lor.

— Hei! Stați pe loc!

Era profesorul de sport, care avea sarcina să supravegheze elevii neastâmpărați.

Încolțiți, au dat s-o șteargă de la ghereta de bilete, dar Yoshimine s-a trezit prins de bluza de trening. Pe când se zbătea să se elibereze, ceilalți profesori puseseră deja mâna pe Miyawaki.

— Yoshimine, de tine nu mă miră, dar să-l târăști în toată nebunia asta și pe Miyawaki! Inconștientule!

Și cu asta evadarea a luat sfârșit…

*

Au aflat abia mai târziu că primul lucru pe care-l făcuseră urmăritorii a fost să dea fuga la gară. Dacă elevii ar fi reușit să plece, situația ar fi fost cu adevărat gravă.

Yoshimine și Miyawaki crezuseră că, dacă se pierdeau în mulțime, vor câștiga timp, dar probabil ar fi fost mai inspirați dacă ar fi luat un taxi până în gara Hakata. Acum, degeaba își mușcau degetele de ciudă!

Cum era de așteptat, au fost imediat convocați în camera profesorilor, unde li s-a tras un perdaf pe cinste.

— Unde voiați să mergeți?

Luați repede, nu avuseseră timp să se pună de acord ce să răspundă. Se uitau unul la altul, întrebându-se din priviri cine să vorbească primul.

— Miyawaki-kun! a intervenit profesoara cea frumoasă. Pesemne că ți-a fost greu să vii în această călătorie, după tot ce ți s-a întâmplat în excursia precedentă cu școala.

„Frumoasa Regină a Milei atacă din nou și-a zis Yoshimine. Lui Miyawaki nu i-ar plăcea să scape basma curată prin asemenea tertipuri."

— Nu, nu-i vorba de asta, a încercat el să răspundă cu o voce egală, dar îi fugise tot sângele din obraji. Am vrut să mă distrez puțin. Ăsta-i adevărul gol-goluț.

— Nu minți! Știu că nu ești genul!

Pe Yoshimine era cât pe ce să-l pufnească râsul. „Doamnă profesoară, dar cât de bine îl cunoașteți!"

„O să spunem că am ieșit să vedem cum e noaptea în oraș", îi zisese el. Miyawaki nu voise să se afle că a fugit în Kokura de dragul unui motan.

— Gata, Miyawaki, destul, a zis Yoshimine resemnat.

Ca la un semnal, toți profesorii s-au întors spre el, uitând instantaneu de Miyawaki.

— E numai vina mea. Mi s-a făcut poftă de *rāmen* Nagahama[1].

„Haide, profa, revarsă-ți mila asupra mea!"

— Odată, când eram cu părinții, am mâncat *rāmen* Nagahama la festivalul local în cinstea zeului Tenjin. Văzând peste tot reclamele la *rāmen*, mi-am adus aminte de părinți – care acum sunt divorțați – și mi s-a făcut poftă de tăiței, așa că l-am rugat pe Miyawaki să mă însoțească.

În fine, un divorț nu e la fel de dramatic ca pierderea părinților, dar măcar ambele implicau despărțirea de cineva drag. Yoshimine spera s-o impresioneze pe dirigintă cu varianta sa: doi tineri care plângeau unul pe umărul celuilalt de dorul părinților – exact genul de povestire după care se dădea în vânt profesoara.

— Yoshimine...

Miyawaki a încercat să spună ceva, dar Yoshimine i-a retezat-o. Prietenul lui trebuia să-și țină gura dacă nu voia să se afle de motan și să ajungă victima sentimentalismului ieftin al dirigintei.

Profesorii ascultau încruntați, fără să scoată o vorbă. Era limpede că erau surprinși și le era greu să mai facă pe durii.

— Înțeleg, dar regulile-s reguli. În timpul excursiei cu școala nu aveți voie să faceți ce vă taie pe voi capul, a conchis acru profesorul de sport.

Înțelept ar fi fost să își plece respectuos capul și să-și ceară scuze, dar, din păcate, n-au făcut-o. Profesorii

1. *Rāmen* este o supă tradițională de carne sau pește cu tăiței. *Rāmen* Nagahama se prepară cu tăiței subțiri.

i-au chemat pe responsabilii de clasă, care, la rândul lor, i-au convocat pe ceilalți elevi. Yoshimine și Miyawaki au fost pedepsiți să stea în genunchi pe coridor până la miezul nopții.

După ce excursia s-a terminat și s-au întors acasă, Yoshimine a rugat-o pe bunica:

— Aș vrea să-i dai telefon mătușii lui Miyawaki și să-i ceri scuze că i-am băgat nepotul în belea.

Bunica știa că Yoshimine nu fusese niciodată la templul Tenjin cu părinții, dar i-a făcut pe plac, fără să pună prea multe întrebări.

— Îmi pare rău că v-ați supărat pe Satoru-chan din cauza năzbâtiilor lui Daigo al meu.

Mătușa lui Miyawaki părea jenată:

— Nu, nu vă faceți probleme. De fapt, și eu vă datorez scuze... Yoshimine-kun se răzgândise, dar Satoru s-a încăpățânat să ducă până la capăt planul lor.

Deci Miyawaki îi spusese propria lui variantă...

— Mulțumesc, bunico.

— Pentru puțin. Sunt convinsă că nici unul din voi n-ar fi încălcat regulile fără un motiv serios, a mai adăugat ea surâzătoare.

Lui Yoshimine i s-a pus iarăși un nod în gât. Bunica lui avea un suflet de aur!

*

Bătrâna murise acum zece ani, la o vârstă venerabilă. Miyawaki plecase din orășel imediat după terminarea gimnaziului, dar ținuseră legătura. Yoshimine l-a anunțat de moartea bunicii printr-o scrisoare. Deși locuia departe, prietenul lui a ținut să nu lipsească de la înmormântare.

Yoshimine i-a mulțumit că venise la funeralii, iar Miyawaki i-a răspuns cu un surâs:

— Într-un fel, era și bunica mea!

Yoshimine i-a zâmbit și a încuviințat cu ochii în lacrimi.

Bineînțeles că tatăl lui, care se ocupase de înmormântare, nici nu voia să audă de fermă, prin urmare a hotărât s-o dea în seama rudelor care locuiau acolo și care o mai ajutaseră pe bătrână, după ce aceasta nu mai fusese în stare să muncească pământul. Yoshimine l-a rugat pe tatăl lui să-i lase lui ferma și pământul, dar rudele s-au împotrivit spunând că ferma nu mai era profitabilă și că, dacă Yoshimine rămânea la țară, o să-i fie greu să-și găsească o soție potrivită. Cum era de așteptat, tatăl său, care oricum nu se implicase în creșterea sa, l-a lăsat să facă ce voia.

— Și uite că s-a adeverit profeția rudelor că n-o să-mi găsesc soție.

— Dac-aș fi fost femeie, n-aș fi dat cu piciorul la așa o partidă, a râs Miyawaki.

— Sau poate îmi prezinți pe cineva de încredere, i-a răspuns Yoshimine, turnându-i niște *shōchū*[1].

Era seară și tocmai se întorseseră de la câmp. Aveau destul timp să stea la un pahar de vorbă. Miyawaki a dat pe gât o bere, după care a trecut la ceai de orz.

---

1. Băutură alcoolică făcută din orez, orz, cartofi dulci, hrișcă și zahăr brun.

Niciodată nu fusese un băutor înrăit, iar în ultima vreme ținea și mai puțin la băutură.

— Mâine, înainte să plec, aș vrea să trec pe la mormântul bunicii.

Mormântul se afla pe dealurile din spatele fermei, la mai puțin de cinci minute de mers cu camioneta.

Bucuros de vizita prietenului său, Yoshimine își propusese să stea de vorbă cu el până târziu, dar obiceiul de a se culca și de a se trezi devreme îi intrase în sânge și, până la miezul nopții, se băgase deja în pat.

*

Dimineața, la prima oră, cei doi amici au fost în picioare și au pornit-o cu camioneta lui Yoshimine spre mormântul bunicii, așa cum stabiliseră în seara precedentă.

Buun! E rândul meu să mă apuc de treabă! Hei, puștiule! Mai știi ce te-am învățat ieri? Cum procedezi într-o încăierare dintre pisici?

Mi-am încrețit botul și mi-am lăsat urechile pe spate. *Deci, ce faci când vezi un motan mânios?*

Piciul m-a imitat: și-a încrețit botul, și-a dat pe spate urechile, s-a cabrat ca un arc, și-a ridicat coada și și-a zbârlit părul de pe spinare.

Excelent! Bravo!

Acum testul final. Așa... când eu mă încrunt, tu să iei imediat poziția de luptă. Nu uita! Trebuie să-l dai pe spate pe Yoshimine cu talentul tău. Examenul se termină după ce plec. Ai înțeles? Hai, hai, nu lăsa garda jos.

Piciul avea energie, nu glumă! Tocmai atunci, au apărut Satoru și Yoshimine. Eu calculasem momentul când ar fi trebuit să intre în cameră și i-am făcut semn puștiului să fie pe fază.

Pisoiul și-a zbârlit blana și și-a ridicat coada, care arăta ca și cum i-ar fi explodat. Era foarte hotărât să-i arate lui Yoshimine ce poate.

— Ce naiba!

Satoru rămăsese perplex.

— Ieri se înțelegeau bine. Ce i-o fi apucat?

Pisoii ăștia mici și capricioși!

— Poate că peste noapte au uitat că erau prieteni.

Și Yoshimine părea contrariat.

— Să stăm puțin cu ochii pe ei. Poate le trece.

Satoru intenționase să plece în cursul dimineții, dar a zăbovit până după prânz, încercând tot felul de tertipuri, inclusiv să ne pună în camere diferite.

Însă, așa cum îi zisesem micuțului, testul se termina abia după ce plecam. De fiecare dată când îi făceam semn, pisoiul lua conștiincios poziția de luptă. *Bravo, puștiulică, ai vână! Ține-o tot așa! Te așteaptă un viitor strălucit!*

— Lasă-l aici și du-te. În câteva zile o să se obișnuiască unul cu celălalt, a sugerat Yoshimine, care tocmai se întorsese de la câmp.

— Știu și eu... a murmurat Satoru dezamăgit. Nu mi se pare o soluție bună să-i obligăm să stea împreună. Nana s-a supărat și s-a ascuns în cușcă... E evident că nu se înțeleg...

— Cum crezi... Dar era un motan bun.

Yoshimine, dragule, să știi că n-am nimic cu tine. Te rog să nu-mi porți pică! Pur și simplu nu-s pregătit să renunț la dubița argintie.

Satoru părea nehotărât, dar văzând mutrița încruntată și belicoasă a pisoiului tărcat, a luat cușca și a pus-o în dubița argintie.

— Îmi pare rău...

— Zici tu că-ți pare rău, dar am senzația că, dimpotrivă, jubilezi, l-a tachinat Yoshimine.

— Hm... a făcut Satoru, de parcă amicul său atinsese o coardă sensibilă. E adevărat că nu mi-ar fi fost ușor să mă despart de Nana.

— Dacă ții atât de mult la el, ce ți-a venit să-l dai?

Bine punctat, Yoshimine! Direct la țintă, așa cum ai făcut și cu mine când mi-ai băgat mâna în cușcă!

Satoru părea stânjenit, dar nu i-a răspuns nimic.

— În fine... a mai zis Yoshimine, fără să mai insiste. Dacă ai probleme, știi unde mă găsești. Cu sau fără nevastă, tot aici o să fiu. Un lucru-i sigur: nu se moare de foame la fermă, chiar dacă nu te îmbogățești din agricultură.

— Și Nana și Chatoran?

— Ei, că doar nu și-or scoate ochii. Trebuie să se învețe să trăiască împreună. Ce atâtea mofturi! Sunt doar niște animale.

— Prostii! Să știi că s-a demonstrat că animalele stresate năpârlesc.

— Invitația rămâne valabilă. Pot aranja să locuiești fără nici un ban într-una din casele goale de aici. Sunt o mulțime în sat, și se deteriorează pe zi ce trece. Localnicii îi primesc cu brațele deschise pe tinerii care vor să se stabilească la țară.

— Mulțumesc, a zâmbit Satoru, dar vocea îi tremura puțin. Dacă nu m-oi ajunge cu banii, s-ar putea să vin.

— Foarte bine. Așa să faci!

Înainte să se urce în dubiță, Satoru i-a strâns cu putere mâna lui Yoshimine.

— Mulțumesc pentru tot. Mă bucur că am reușit să ajung la mormântul bunicii. Ai grijă de Chatoran. Rămâi cu bine!

Satoru s-a urcat în dubiță, dar înainte să pornească, și-a adus aminte de ceva și a lăsat în jos fereastra.

— Yoshimine, am apucat să-ți spun cum îl chema pe motanul meu din timpul școlii?

— Nu...

— Hachi. Semăna leit cu Nana. Pe frunte avea un semn ce aducea cu cifra opt. Pe Nana l-am botezat așa din cauza formei cozii.

Pe Yoshimine l-a pufnit râsul.

— Ziceai de mine cu Chatoran, dar văd că nici tu nu ești mai breaz când e să pui nume. Râde ciob de oală spartă.

La plecare, Satoru a mai claxonat o dată și dubița s-a pus în mișcare.

*

— Să-ți fie rușine, Nana! Ce i-ai făcut bietului pisoi de era așa întors pe dos?

He-he. Credeai că pleci fără mine?!

— Trebuie să-ți mărturisesc că într-un fel mă simt ușurat că suntem iar împreună.

Mie-mi spui?!

— Mergem să-ți arăt marea, așa cum ți-am promis.

Super! Mă întreb ce delicatese marine m-așteaptă acolo?

Pe drum, Satoru s-a oprit la un minimarket, unde a făcut câteva cumpărături și a întrebat cum se ajunge pe malul mării.

— În apropiere e o plajă stâncoasă. Am putea da o fugă până acolo.

Satoru nu s-a mai complicat să mă mai bage în cușcă, ci m-a luat în brațe și am coborât încetișor spre plajă.

— Nana, mă doare. Ce-ți veni să-ți înfigi ghearele în mine?

Mai bine nu-ntreba! Ce mai e și vuietul ăsta surd? N-am mai auzit așa ceva!

În fața mea se întindea marea. Un volum imens de apă care gemea și se agita fără încetare.

— Uite, Nana. Marea... valurile. Nu-i așa că-i interesant?

Interesant? Și ce, mă rog, ți se pare așa de interesant? Zău, oamenii ăștia suferă de un optimism exagerat. Cum să li se pară interesantă o baltă imensă, care se mișcă întruna și duduie de energie?! Dacă o pisică nimerește în mijlocul valurilor, s-a zis cu ea!

— Haide până la mal.

S-o crezi tu!

— Au, Nana! Ți-am spus că mă doare.

M-am eliberat din brațele lui Satoru, căutând cu disperare să mă refugiez într-un locșor mai înalt. Dintr-un salt, am fost în capul lui Satoru.

— Nana, au! Atenție la gheare! Nu ți le înfige în scăfârlia mea!

Mda. N-o nimerisem. Îmi trebuia un refugiu mai sigur.

Am sărit jos, pe pământ, și am luat-o la sănătoasa, cu gândul să ajung cât mai departe de valuri.

— Nana! Nana!

Am zbughit-o într-un suflet în vârful unei stânci și m-am adăpostit la poalele unui pin. *Uf, acum eram în siguranță!*

— Ce te-a apucat să te cocoți tocmai acolo? Vino imediat jos!

Nici nu mă gândesc! Dacă mă prinde vreun val din ăsta „interesant" și-mi face felu'?

— Nana, cu tine vorbesc! Nu pot să mă cațăr până acolo! Coboară imediat!

Cu chiu, cu vai, Satoru a reușit să ajungă în vârful stâncii să mă recupereze.

Din întâlnirea mea cu marea, am învățat câteva lecții importante: în primul rând, marea era mai frumoasă de la distanță și, în al doilea rând, nu puteam pescui direct din mare delicatesele acelea după care-mi lăsa gura apă, dar nu mă deranja dacă oamenii mi le aduceau la nas.

— M-ai umplut de zgârieturi. O să mă usture îngrozitor când o să mă spăl pe cap.

Satoru a murmurat ceva în barbă, nemulțumit, dar după un timp și-a recăpătat buna dispoziție.

— Am mai aflat ceva despre tine! Nu credeam c-o să te sperii de mare!

Sigur, îmi place s-o privesc, dar de la distanță, de la mare *distanță.*

Dubița a prins să gonească iar de-a lungul țărmului. Am contemplat suprafața albastră ce lucea în mii de scânteieri și mi-am ridicat voios coada.

Până în momentul de față viața mea se mărginise la apartamentul lui Satoru și la împrejurimile blocului – un teritoriu măricel pentru o pisică, dar modest în comparație cu lumea asta mare. Acum știam sigur că unei pisici nu i-ar ajunge nici o mie de vieți să vadă toate frumusețile de pe pământ!

*

Satoru? Mai ești pe recepție?

Sunt tare încântat de ce am văzut în călătoria asta. Am văzut un sat… locul în care ai crescut… marea… Oare ce alte minunății ne mai așteaptă?

3
SUGI ȘI CHIKAKO

„Vă invităm să vă petreceți câteva zile de neuitat alături de animalul dumneavoastră de companie, într-un decor mirific, de unde puteți admira minunata priveliște a muntelui Fuji.“ Acesta fusese sloganul folosit acum trei ani de Shūsuke Sugi și de soția sa, Chikako, când își deschiseseră pensiunea.

Totul a început când compania lui Sugi a început să scârțâie și să propună ca soluție alternativă disponibilizarea la cerere. Întâmplarea a făcut ca tocmai atunci să se scoată la vânzare, la un preț rezonabil, o pensiune lângă o livadă, nu departe de casa părinților lui Chikako. Tinerii s-au hotărât s-o cumpere, cu mobilă cu tot, și s-o deschidă publicului. Inițial, au crezut că turiștilor le-ar fi făcut plăcere să culeagă fructe din livada din apropiere, în schimbul unei sume modice, și invers, clienții interesați de livadă s-ar fi putut caza la pensiunea lor. Până la urmă, punctul forte s-a dovedit a fi acela că turiștii puteau sta cu animalele de companie – o idee inspirată de-a lui Chikako.

Așadar, au recondiționat căbănuța din curte, parterul și primul etaj al pensiunii, pentru ca stăpânii de câini să stea separat de cei cu pisici. Câinii aveau etajul lor și, atâta vreme cât se înțelegeau bine cu ceilalți semeni ai lor, li se putea da drumul din cușca de transport. Singura regulă era ca pisicile să nu se încaiere între ele și câinii să nu se ia la harță unii cu ceilalți.

În apropiere, mai erau niște pensiuni care acceptau animale de companie, dar cea mai mare parte se profilaseră pe turiștii cu câini. Existau și câteva hanuri tradiționale care dădeau voie cu animale de companie, cu condiția ca acestea să fie ținute în cușcă sau în lesă.

Chikako dorea ca pensiunea lor să fie deschisă și pentru cei cu câini, și pentru cei cu pisici.

— Sunt sigură că unii clienți o să vrea să-și ia pisicile cu ei în vacanță. N-ar strica dacă le-am oferi această posibilitate.

Chikako era mare iubitoare de pisici, pe când Sugi prefera câinii, de aceea, la început fusese destul de sceptic că ideea soției sale va da roade. Totuși, după trei ani recunoștea cu mâna pe inimă că nevasta lui avusese fler.

Regiunea în care stăteau era plină de livezi și podgorii și atrăgea o mulțime de turiști. Cu toate acestea, erau foarte puține pensiuni în care se putea veni cu pisica. Treptat, pensiunii lor a ajuns să i se ducă vestea și, la ora actuală, aveau mai mulți clienți cu pisici, care, evident, erau tratați regește de Chikako.

Astăzi însă, cei doi soți așteptau un oaspete de seamă. Chikako tocmai făcuse paturile în camera dublă de la etaj, una dintre încăperile cele mai luminoase din pensiune, și cobora scările, ducând în brațe așternuturile murdare. Era binedispusă și fredona o melodie.

— Cineva este într-o dispoziție de zile mari!

Sugi o zisese ca pe o glumă, dar vocea îi sunase, fără să vrea, destul de grosolan. Chikako s-a uitat la el surprinsă.

— Ce, nu te bucuri? E prima dată când Miyawaki vine la noi cu motanul.

— Sigur că mă bucur... a încercat Sugi s-o dreagă. Numai că mă întrebam cum o să se înțeleagă cotoiul lui cu animalele din pensiune.

Animalele din pensiune, adică un câine Kai Ken și o corcitură de pisică vărgată. Câinele, Toramaru[1], avea trei ani, iar pisica, Momo[2], era o femelă de doisprezece ani. Toramaru căpătase acest nume de la blana sa, care semăna cu cea a unui tigru, iar Momo, pentru că în livada lor predominau piersicii.

— Nu-ți mai face atâtea griji! Toramaru și Momo sunt obișnuiți cu oaspeții.

Sugi a continuat, în ciuda zâmbetului zeflemitor al soției.

— Nu cred că lui Miyawaki îi vine ușor să ne lase nouă motanul.

În liceu, Miyawaki fusese prieten cu amândoi. Acum câteva zile, acesta îi trimisese lui Sugi un mail în care îl ruga să aibă grijă de motanul lui. Deși ținea mult la el, din motive obiective, trebuia să-l dea spre adopție și acum era în căutarea unui alt stăpân. În mail nu se menționa care ar fi fost aceste „motive obiective". Sugi citise în ziar despre o multinațională care începuse să-și

---

1. *Tora* – tigru în japoneză.

2. Piersică în japoneză.

concedieze angajații, dar și-a zis că nu era cazul să pună prea multe întrebări, mai ales că avea impresia că firma lui Miyawaki ar fi fost una dintre filialele acelei corporații.

Sugi a căzut pe gânduri. Dacă o companie ca aceea lăsase pe drumuri atâția oameni, mai mult ca sigur că la fel stăteau lucrurile și la fosta lui firmă. Se felicita încă o dată că plecase la timp.

— Dacă luăm la noi motanul, sper că mai putem să i-l dăm înapoi, a râs Chikako. Miyawaki mi-a lăsat impresia că vrea doar să ni-l lase în grijă. Sigur, aici n-o să-i lipsească nimic.

„Putem să i-l dăm înapoi... O să-l îngrijim o vreme..." Sugi nu-și pusese niciodată problema astfel. Chikako gândea pozitiv, chiar progresist. Ea era cea care vedea întotdeauna partea plină a paharului. Sugi era mai prudent, mai negativist – exact opusul soției sale.

Părinții lor erau prieteni de familie, iar ei crescuseră împreună, deși încă de mici fuseseră atrași de lucruri diametral opuse.

— Nu cred că ar fi luat o astfel de hotărâre dacă n-ar fi fost ceva serios. Probabil că într-o bună zi Miyawaki o să-l vrea înapoi.

Soția sa era convinsă că dragostea pentru motan o să depășească piedicile de moment. Ea și Miyawaki erau pe aceeași lungime de undă în ceea ce privește pisicile.

Chikako a intrat în baie cu cearșafurile.

— Jos, Momo, jos!

Pisica lor trăgea un pui de somn pe mașina de spălat.

— Știi că pe motanul lui Miyawaki îl cheamă Nana? Sper să-ți placă de el, i-a spus Chikako cu o voce cristalină. Spune-i și lui Tora, bine?

Cei doi soți își împărțiseră în mod egal sarcinile. Chikako, iubitoare de pisici, se ocupa de Momo, iar Sugi, care prefera câinii, vedea de Toramaru. Orice eveniment important trebuia anunțat solemn atât câinelui, cât și pisicii – o regulă născocită și impusă, bineînțeles, de Chikako.

Sugi și-a pus în grabă sandalele și a ieșit afară. Era o zi frumoasă și Toramaru zburda liber în țarcul său din curtea din față. Socrul lui Sugi, care se pricepea la tâmplărie, îi făcuse coteţul.

— Tora!

Toramaru s-a înfiinţat numaidecât, dând de mama focului din coada îmbârligată. Uneori, țopăia cu atâta entuziasm, că era gata-gata să sară peste gardul țarcului, motiv pentru care se vedeau nevoiți să-l țină în lesă sau să-l lege ori de câte ori aveau oaspeți la pensiune. Persoana de la care îl primiseră le spusese că în rasa aceasta exista un tip mai suplu, potrivit pentru vânătoarea de căprioare, și un tip mai robust, folosit la vânătoarea de mistreți. Toramaru făcea parte din prima categorie.

Pentru că în următoarele două zile nu se anunțaseră alți oaspeți la pensiune în afară de Miyawaki, Toramaru fusese lăsat fără lesă.

— Astă-seară o să vină Miyawaki – prietenul de care ți-am mai vorbit.

Îl aveau pe Taromaru de trei ani, din aceeași perioadă în care își deschiseseră pensiunea. Cam tot atunci,

Miyawaki fusese transferat într-un departament nou, unde era mult mai solicitat la muncă și, din lipsă de timp, nu mai venea atât de des la pensiune. Câteodată, când Sugi ajungea în Tōkyō să facă aprovizionarea, se întâlnea cu el pe fugă, însă Miyawaki n-o văzuse pe Chikako de aproape trei ani, iar pe Toramaru, niciodată. Pentru că Miyawaki era veșnic ocupat, Sugi fusese ferm convins că avea un serviciu sigur, numai că, din păcate, nici firma amicului său nu scăpase de concedierile masive.

— Miyawaki nu vine singur. Îl aduce cu el pe Nana.

Sugi l-a mângâiat energic pe cap, iar Toramaru a scos un mârâit de satisfacție din fundul gâtlejului. Dacă ar fi mângâiat-o și pe Momo la fel, mai mult ca sigur că și-ar fi scos ghearele la el.

— Să te porți frumos cu oaspeții noștri, da?

Toramaru a scos același mârâit gutural și și-a privit stăpânul în adâncul ochilor.

*

Astăzi, Satoru n-a mai pus muzica aceea care îmi inspira un zbor de porumbei.

Uneori, simțea nevoia să mai asculte și altceva decât muzica de pe CD-uri. La radio, un domn în vârstă, rafinat, discuta entuziasmat despre o nouă carte. Se pare că era actor.

Deși vorbea elegant, din când în când îi mai scăpau expresii colorate, de genul „demențial!" sau „marfă!". Chiar și unui motan ca mine îi venea să râdă când îl auzea perorând despre „supercartea pe care o citise".

În fine, oricât o fi fost de interesantă, tot n-aveam cum s-o citesc. După cum v-am mai zis, animalele au un auz foarte fin și înțeleg o sumedenie de limbi, dar la citit sunt zero barat. Scrisul și cititul aparțin unui sistem special, la care doar oamenii au acces.

— Trebuie să fie o carte bună dacă domnul Kodama o recomandă. Poate-o citesc și eu, a murmurat Satoru.

Când era acasă, Satoru petrecea mai mult timp citind decât uitându-se la televizor. Când dădea pagina, îl surprindeam lăcrimând. Dacă mă vedea că mă uit la el în astfel de momente, se încrunta și-mi zicea:

— Ia nu te mai holba atât!

După ce emisiunea domnului cu cărțile s-a terminat, au început niște cântece de copii.

Scoate capul dintre nori,
Și ia aminte la munții
Din cele patru zări...

Nu era rea melodia, dar îmi făcea un somn!

Ascultă bubuitul tunetului pe muntele Fuji,
Cel mai înalt din întreaga Japonie...

La auzul acestor versuri, m-am ridicat, mi-am pus lăbuța pe fereastră și mi-am lungit gâtul. În depărtare se profila, ca un triunghi uriaș, silueta semeață a unui munte.

— Bravo, Nana! Ți-ai dat repede seama!

Oamenii ăștia! N-au pic de încredere în abilitățile noastre. Se cred grozavi doar pentru că știu să scrie și să citească.

— Da, Nana, cântecul ăsta cu muntele Fuji se potrivește de minune!

La televizor sau în poze, Fuji părea un triunghi cu vârful învăluit în zăpadă, dar în realitate este o priveliște copleșitoare, care te face să te simți îngrozitor de mic.

Fuji este muntele cel mai înalt din Japonia – are 3 776 de metri. Satoru mi-a zis că este și un joc de cuvinte care te ajută să-i reții înălțimea. Mai erau și alte piscuri importante, dar pentru un munte singuratic, Fuji este neobișnuit de înalt. Satoru avea chef de vorbă și mă asaltase cu fel de fel de explicații, care ar fi lăsat rece orice pisică.

Da, am prins ideea: munte-minunat-unic etc. etc. Am auzit și cântecelul...

Și totuși originalul făcea cât o mie de cuvinte. Din poze sau de la televizor mi-a făcut impresia unui munte străvechi, dar în realitate te lăsa cu gura căscată. Una peste alta, muntele chiar reușise să mă impresioneze!

*

Dubița argintie a ieșit de pe șosea și a pătruns într-o pădure deasă. Piersicii de pe marginea drumului aveau crengile înfășurate în pungi albe de hârtie, care le protejau fructele, le fereau de insecte și ajutau piersicile să se coacă mai repede.

În scurt timp, am intrat pe un drumeag lăturalnic și am urcat pe serpentine până am dat de o casă mare, din lemn și piatră albă.

— Am ajuns, Nana!

Carevasăzică asta era pensiunea de care îmi vorbise Satoru – hanul la care puteau sta animalele de companie. După câtă liniște era în jur, se pare că azi pensiunea era rezervată doar pentru noi.

Îndată ce am oprit mașina în parcarea spațioasă, în care ar fi încăput lejer mai multe autoturisme, din pensiune și-a făcut apariția un bărbat de-o vârstă cu Satoru.

— Sugi!

Satoru i-a făcut cu mâna în timp ce descărca bagajele din dubiță. Sugi a ridicat ușor mâna, în semn de salut.

— Astea-s toate? Să te ajut?

— În afară de Nana, n-am adus decât un rând de haine, cât să-mi ajungă două zile.

Sugi i-a luat geanta. Cu cușca în mână, Satoru a început să urce panta lină care ducea spre intrarea în pensiune.

— Ce pensiune frumoasă! Aveți și un padoc!

Pe o parte a drumului spre pensiune se întindea un teren împrejmuit, în spatele căruia se afla un coteț de câini.

— Mi-am dorit să aibă și câinele nostru unde să alerge în voie.

— E din rasa Kai Ken, nu? Îmi amintesc că mi-ai spus că ți-ai luat câine.

Am amușinat din interiorul cuștii. *Pfoa, puțea a potaie de la o poștă!*

Printre zăbrele, am zărit un dulău fioros, care se ridicase de pe iarbă și se uita insistent încoace.

— Ți-l prezint pe Toramaru.

— Și nu se ia la harță cu pisicile?

— Deloc. Avem și noi o mâță. O cheamă Momo. Mulți clienți vin aici cu pisicile.

— Da? Asta-i un lucru bun.

Știam deja de la Satoru de Momo, pisica prietenilor lui. Eu eram în floarea vârstei, în schimb, ea era de două ori mai bătrână ca mine. Oare o să ne înțelegem?

— Bună, Toramaru. Mă bucur să te cunosc, a zis Satoru.

Ce faci?! Nu chema câinele aici! Începusem să fac fețe-fețe în cușca pe care Satoru o ținea ridicată în aer.

Câinele Kai Ken m-a săgetat cu privirea și și-a dezgolit colții într-un mârâit.

— Văd că nu-i prea bucuros de oaspeți.

Potaia lătra deja ca scoasă din minți.

— Măi, să fie! a zis Satoru, trăgându-se înapoi.

Canalia de câine chiar nu știa de glumă! Am simțit cum mi se zbârlește blana de pe spinare. *O să ai de-a face cu mine, derbedeule, dacă te iei de Satoru! Cere-ți imediat scuze, că de nu, te fac franjuri!*

— Tora! l-a muștruluit Sugi, dar potaia lătra întruna, întărâtată.

— Nana, ai pățit ceva? a încercat Satoru să mă liniștească. Ținea bine de portița de la cușcă, să nu cumva să sar la bătaie.

— Scuze, de obicei nu-i așa.

— Cred că am făcut ceva ce nu i-a convenit.

— E vreo problemă? a întrebat o femeie frumoasă, cu șorț, ieșind în fugă din pensiune. Tora-i supărat?

— A, nu, nu-i nimic. Îmi pare bine să te revăd, Chikako, a spus Satoru, făcându-i cu mâna.

— Te rog să ne scuzi, Miyawaki. Ai pățit ceva?

— Nu, dar n-am mai asistat până acum la o ceartă între câini și pisici...

Satoru era un tip de treabă, genul de om care se înțelege bine și cu câinii, și cu pisicile. Era prima dată când o potaie neobrăzată sărea la el fără motiv.

— Îmi pare așa de rău! s-a scuzat Sugi, făcându-i semn lui Toramaru să se potolească. Dulăul și-a băgat între picioare coada îmbârligată.

Așa, să te înveți minte, derbedeule!

— Lasă, lasă, că nu-i grav, a intervenit Satoru împăciuitor. Un câine bun trebuie să fie mereu pe fază. Se pare că nu i-am inspirat prea multă încredere, a râs el.

Satoru și-a întins mâna peste gardul țarcului să-l atingă pe Toramaru pe gât. Cotarla s-a lăsat mângâiată, dar era evident că nu-i trecuseră pandaliile. *Încearcă numai să-ți mai arăți o dată colții la Satoru, că te fac arșice!*

Din spatele gratiilor, i-am aruncat niște priviri ucigașe, dar nici el nu s-a lăsat mai prejos.

Ostilitățile au încetat imediat ce eu și Satoru am intrat în pensiune. Camera noastră era o încăpere luminoasă de la etaj.

— Te așteptăm jos după ce termini de despachetat, a zis Chikako, în timp ce cobora scările.

Așa... Să dăm o raită! Am deschis binișor portița și m-am strecurat afară din cușcă. Era o încăpere îngrijită, cu parchet de lemn – o odaie cochetă, exact pe gustul meu.

— A, bună ziua, Momo!

Auzindu-l pe Satoru, m-am întors. În ușă stătea o mâță vărgată, cenușie, de două ori mai în vârstă ca mine, dar încă grațioasă în mișcări.

Încântată de cunoștință, m-a salutat pisica tărcată, cu o voce solemnă, ce se potrivea perfect cu postura ei demnă. *Am auzit că te-ai încăierat cu Toramaru.*

Pfui, am făcut eu. *Ce câine prost-crescut! Auzi la el, să-și salute oaspeții dezgolindu-și colții și mârâind la ei.*

Momo a simțit sarcasmul din vorbele mele și a zâmbit imperceptibil.

Te rog să-l ierți. Toramaru ține la stăpânul lui, așa cum și tu ții la al tău.

Și, pentru că ține la stăpânul său, se apucă să latre ca apucatul la prietenul stăpânului lui? Zău dacă pricep!

Momo a surâs din nou, detectând nemulțumirea din vocea mea.

Îmi pare sincer rău. Se vede că stăpânul tău nu e la fel de slab de înger ca al meu.

Tot nu-mi pica fisa! Totuși mi-am ținut gura pentru că nu voiam să fiu necuviincios cu distinsa doamnă.

*

— Văd că s-a împrietenit cu Momo.

Satoru coborâse în camera de zi și, cu zâmbetul pe buze, arăta cu degetul la etaj.

— Stau de vorbă amândoi în cameră. Ce bine ar fi dacă s-ar înțelege și cu Toramaru.

— Nu știu ce-i cu el... Ar trebui să se fi obișnuit deja cu turiștii cu pisici, a zis Chikako, dând nedumerită din cap, apoi i-a oferit lui Satoru o ceașcă de ceai din recolta de plante medicinale din grădină. Te pomenești că n-ai apucat să vorbești cu Toramaru? și-a tachinat Chikako soțul.

— Ba am vorbit, i-a răspuns Sugi ofuscat, deși îl încerca un oarecare sentiment de vinovăție.

„Să te porți frumos cu oaspeții noștri, da?" îi zisese Sugi lui Toramaru, care se uita fix la el. Poate că lătrase la Miyawaki pentru că văzuse ceva în ochii săi – ceva bine ascuns în străfundurile sufletului.

— Mmm, ce ceai bun! a murmurat Miyawaki în timp ce sorbea din cana aburindă.

Chikako jubila.

— Nici nu știi ce mă bucur! Și oaspeților de la pensiune le place. E făcut din plantele din grădină.

Chikako i-a aruncat o privire mustrătoare soțului ei.

— Prima dată când i-am făcut ceai, mi-a spus că parcă bea pastă de dinți.

Pe Sugi îl luase gura pe dinainte o singură dată, la scurt timp după nuntă, dar Chikako nu-l iertase de atunci. Și-ar fi dorit ca soțul ei să ia exemplu de la Miyawaki și să fie mai diplomat... Însă Sugi nu se pricepuse niciodată la laude.

— Este puțin dulceag. I-ai pus ceva?

— Da, niște stevia.

— Aha, deci asta era!

„Pe mine mă depășește discuția!" și-a zis Sugi, însă pe undeva era puțin invidios. Un bărbat n-ar fi trebuit să dea mereu aprobator din cap când se vorbește de ceaiuri.

— Văd că merge bine pensiunea.

— A fost o mișcare înțeleaptă să acceptăm și turiștii cu pisici, a spus Sugi.

— De fapt, a fost ideea mea, a intervenit Chikako, bătându-se mândră cu palma pe piept.

— Da, ea a fost capul răutăților. Dar pe tine ce te-a apucat să dai pisica?

Sugi ardea să-l întrebe asta de multă vreme, dar ar fi fost nelalocul lui să-l chestioneze pe mail. Acum însă prinsese momentul.

— Mda, în fine, s-au adunat mai multe...

Satoru a zâmbit încurcat, și o clipă lui Sugi i s-a părut că amicul său arată îmbătrânit. Poate era doar obosit.

— Am citit că multinaționala din care face parte și compania ta a făcut concedieri masive.

— Da... dar nu-i numai asta... Mai sunt și altele la mijloc...

Chikako i-a făcut semn din ochi să înceteze cu întrebările. „Da, să trăiți!" i-a răspuns Sugi din priviri. Miyawaki nu se prea lăsa descusut.

— Mi-ați luat o piatră de pe inimă când mi-ați spus că l-ați putea primi la voi pe Nana. Am mai rugat și alți prieteni, dar, după ce l-am dus la ei, totul a ieșit pe dos...

— Uite ce e, a zis Chikako îndreptându-și spatele, vreau să știi că noi credem că șederea lui Nana aici este doar o soluție de moment. Sigur, o să-l îngrijim cum se cuvine, dar, dacă lucrurile se rezolvă, poți să vii să-l iei oricând.

Miyawaki părea tulburat. O clipă s-a uitat în pământ, țuguindu-și buzele. Sugi și Chikako mai văzuseră acea expresie când Satoru se străduia din răsputeri să-și țină în frâu sentimentele...

Dar Miyawaki și-a ridicat privirea și a zâmbit.

— Mulțumesc. Drăguț din partea voastră că v-ați gândit și la această posibilitate.

*

Toți trei nimeriseră la liceu în aceeași clasă. Satoru era bun prieten cu amândoi, dar primul de care se apropiase fusese Sugi.

Se întâmplase într-o primăvară, în primul an de liceu. De ceva vreme, Sugi îi spunea lui Chikako pe numele de familie, Sakita. Când fuseseră mici, ea îl striga Shū-chan, iar el, Chikako, dar, pentru că prietenii începuseră să-l ia peste picior, Sugi s-a hotărât să nu-i mai zică pe numele mic și a rugat-o și pe Chikako să facă la fel. Aceasta s-a bosumflat și i-a ignorat cu desăvârșire cererea, continuând să-l strige cu încăpățânare Shū-chan – ceea ce pe Sugi pe jumătate îl bucura, pe jumătate îl stânjenea.

În primul an de liceu, elevii care veniseră de la aceeași școală formaseră mici alianțe în care complotau cu cine să se împrietenească și cu cine nu. Miyawaki rămăsese pe dinafară. Migrase de la un grup la altul și discutase cu toată lumea, dar era limpede că nu cunoștea pe nimeni. Ulterior, au aflat că în vacanța de primăvară dăduse examen să fie transferat la liceul de aici.

Cei doi băieți se împrieteniseră în timpul testelor din primul semestru. Sugi îngrășase porcul în ajun și capul îi bubuia de formule matematice și cuvinte în engleză. Pe când mergea cătinel pe bicicletă, pedalând agale, ca nu cumva vreo hârtoapă să-i spulbere învățătura din cap, a dat cu ochii de o figură cunoscută. „A, ăsta-i Miyawaki!" și-a spus el, apropiindu-se de colegul lui, care se dăduse jos de pe bicicletă și se oprise pe marginea unui canal de irigații cu pereții de beton. Miyawaki se holba la șanț cu un aer serios. Apa era măricică și i-ar fi ajuns până la gât unui copil.

Sugi murea de curiozitate să vadă ce făcea colegul său acolo, dar se grăbea să ajungă la școală. Tocmai atunci, privirile li s-au încrucișat. Sugi s-a gândit să-l salute printr-o înclinare a capului și să-și vadă de drum, dar, după ce l-a depășit, și-a dat seama că era ciudat să nu schimbe două vorbe cu el.

— Ce faci aici?

Luat prin surprindere, Miyawaki s-a uitat lung la el. Probabil crezuse că Sugi o luase deja din loc.

— Uite, a zis el arătând cu degetul spre șanț, unde un cățeluș tremura din toate mădularele.

Reușise să se cațere pe o insuliță din pământ și pietriș. Blana groasă, alb cu maro, îi era udă leoarcă și i se lipise de corp.

— E un Shih Tzu.

Sugi știa de această rasă pentru că și Chikako avea un câine la fel. Părinții ei se ocupau de o afacere cu pomi fructiferi și iubeau animalele. Panourile publicitare prin care aceștia făceau reclamă livezii înfățișau de cele mai multe ori poze cu câini și pisici.

Familia lui Sugi locuia într-un apartament de la firmă. Tatăl său lucra la o companie, iar mama lui suferea de o alergie urâtă, din pricina căreia nu puteau ține în casă decât animale fără blană, ca, de exemplu, pești sau broaște țestoase. Sugi își dorise de mic un câine, dar alergia mamei sale îl împiedicase să-și realizeze visul. În schimb, când se ducea în vizită la Chikako se juca în voie cu toate animalele de acolo.

— Cred că a căzut.

— Așa se pare, a încuviințat Miyawaki.

Au căutat din priviri o scară pe care ar fi putut coborî la apă, dar nu au zărit nici una.

— Nu pare un câine vagabond. Am senzația că a fugit de acasă și s-a rătăcit.

În timpul zilei, părinții lui Chikako le dădeau drumul câinilor, și clienții de la livadă se jucau cu ei în timp ce culegeau fructe, dar noaptea îi băgau întotdeauna înăuntru.

— Dacă vrei, poți s-o iei înainte, l-a îndemnat Miyawaki, însă pentru Sugi nu era chiar așa de simplu.

Chikako s-ar fi supărat foc pe el dacă ar fi aflat că lăsase baltă un câine căzut într-un canal.

— Nu, rămân și eu, a zis Sugi, coborând de pe bicicletă și uitându-se iute la ceas.

Avea să întârzie, dar, dacă nu dura mult, mai avea șanse să ajungă la test.

— Hai, să vedem ce putem face.

— Ești un tip de treabă, i-a zis Miyawaki și un zâmbet i-a înflorit pe buze.

Miyawaki îl ridica în slăvi, iar el își făcea griji de ce va spune Chikako…

— O să ne udăm până la glezne dacă vrem să-l scoatem de acolo.

Insulița pe care se refugiase Shih Tzu nu era accesibilă de pe nici unul dintre malurile canalului. Apa era plină de alge și nu i se vedea fundul. Dacă se descălțau, s-ar fi putut tăia la picior în cioburile din canal.

Sugi a observat pe marginea drumului un morman de scânduri, probabil rămase de la vreo schelă, și s-a dus să ia una din grămadă.

— Dacă o împingem aproape de insuliță, câinele o să se urce pe ea ca pe un podeț.

— Bună idee!

Deși i-au băgat scândura sub nas, cățelul nu părea deloc dornic să se suie pe ea. Au încercat să-l strige, dar Shih Tzu rămânea proțăpit pe loc, tremurând din toate mădularele.

— S-ar putea să n-o vadă, a zis Miyawaki cu o expresie gravă. Dacă te uiți la el dintr-o parte, o să-i vezi ochii lăptoși. Cred că are un început de cataractă.

Era greu să-ți dai seama cât de bătrân era, mai ales că Shih Tzu era micuț și părea un cățelandru. Numai blana decolorată, care își pierduse strălucirea, îl dădea de gol.

— Cum naiba o fi ajuns teafăr până aici?

Prin apropiere trecea o șosea destul de circulată. Mare minune că nu fusese călcat de vreo mașină! Pesemne căzuse în șanț tocmai pentru că nu văzuse pe unde merge.

— Să știi că eu cobor.

Miyawaki a pus piciorul pe placa așezată în chip de podeț.

— Ai grijă!

Scândura era destul de subțire. Ar fi ținut greutatea unui cățeluș, dar nu și pe cea a unui licean. Tocmai atunci, s-a auzit un trosnet sinistru și Miyawaki s-a clătinat, după care șipca s-a rupt în două, iar el a plonjat în șanț cu o plescăitură teribilă. În urma lui s-a ridicat o trombă de apă.

Shih Tzu s-a pus pe lătrat și a sărit orbește în canal.

— Stai!

Miyawaki, care luase o burtă zdravănă de apă, s-a chinuit să se ridice și să se ia după el. Speriat de zgomotul dinainte, câinele dădea iute din lăbuțe, de n-ai fi zis că-i bătrân și pe jumătate orb.

— Să-l luăm prin învăluire și să-l prindem ca într-un clește.

Sugi a rupt-o la fugă, să-i iasă înainte câinelui și a plonjat voinicește în șanț.

A urmat un nou plescăit, după care Shih Tzu a făcut un salt în apă și a pornit-o disperat în direcția opusă.

— Vine spre tine. Prinde-l!

Miyawaki a țâșnit în întâmpinarea câinelui cu avântul unui portar de polo. Shih Tzu a virat strâns, ca să treacă pe lângă el, dar aceasta a izbutit să-l prindă de labele din spate. Panicat, câinele și-a înfipt de câteva ori colții în mâna lui.

— Au!

— Să nu-i dai drumul!

Sugi și-a scos repede haina și a aruncat-o peste Shih Tzu. Împachetat ca într-o bocceluță, câinele s-a cumințit.

— Ești bine? i-a strigat Sugi.

— M-a capsat zdravăn, a răspuns Miyawaki, arătându-i, cu un surâs chinuit, mâna dreaptă. Pentru un animăluț atât de mic, să știi că mușcă, nu se încurcă!

— Cred că trebuie să mergem la spital.

„S-a zis cu examenul pe ziua de azi!" și-a zis Sugi resemnat.

*

Au dus câinele la secția de poliție de pe șosea, dar la spital li s-a cam înfundat. Miyawaki nu avea asigurare. Amândoi erau cu banii pe sponci și nu puteau să plătească tratamentul. Abia după ce au lăsat carnetele de elevi și au promis solemn că se vor întoarce cu banii, Miyawaki a primit îngrijirile necesare.

Au ajuns la școală după ce se terminase ora a doua și s-au oprit direct la cancelarie, unde i-au explicat dirigintelui ce li se întâmplase. Acesta era tentat să creadă că le ardea de glume proaste, dar înfățișarea de șoarece murat și mâna bandajată a lui Miyawaki l-au convins în cele din urmă. Testul, de la care lipsiseră (motivat), urma să fie reprogramat. Sugi a fost încântat, mai ales că, în agitația de dimineață, avea senzația că i se evaporase din cap toată învățătura.

— Unde naiba ai fost? l-a luat în primire amica sa, cu aerul unei surori mai mari.

Sugi i-a povestit pățania de dimineață, dar Chikako nu i-a dat pace până când n-au mers din nou la secția de poliție să vadă câinele. Miyawaki, care era și el îngrijorat de soarta micului Shih Tzu, i-a însoțit.

Câinele bătrân și pe jumătate orb era legat într-un colț al holului și avea lângă el un castron cu mâncare și un vas cu apă. Nu venise nimeni să întrebe de el.

— E destul de bătrân. Nici de văzut nu mai vede bine, a zis Chikako în timp ce își agita mâinile prin fața lui.

— Nu vreți să-l luați voi? i-a întrebat un polițist între două vârste. Nu-i treaba poliției să aibă grijă de câinii pierduți. Nu putem să-l ținem aici o veșnicie.

„Te pui cu birocrația?“ a filozofat Sugi în gând.

— Dacă nu puteți să-l mai țineți, ce-o să se întâmple cu el?

La întrebarea lui Miyawaki, polițistul a ridicat din umeri.

— Dacă azi-mâine nu apare stăpânul lui, o să-l dăm la un adăpost de câini.

— Nu se poate! a izbucnit Chikako indignată. Cum să-l duceți așa de repede la adăpostul de câini? Și dacă stăpânul lui nu ajunge la timp să-l ia?

Miyawaki, palid și îngândurat, l-a înghiontit în coaste pe Sugi.

— Nu poți să-l iei tu?

În loc să se pună cu polițistul, Miyawaki căuta soluții practice.

— Îmi pare rău. Maică-mea-i alergică la părul de animale... Tu nu poți avea grijă de el?

— Eu și mătușa mea stăm într-un apartament de serviciu, unde nu-i voie cu animale.

Chikako, care încă se mai contrazicea cu polițistul, s-a întors spre ei.

— O să-l iau eu.

— Ești sigură? Nu vrei să te sfătuiești cu ai tăi?

Miyawaki părea alarmat de hotărârea ei, dar fata l-a săgetat cu privirea.

— Păi cum să-l las aici?

Chikako a sunat acasă de la telefonul public din hol și, în mai puțin de o oră, tatăl ei și-a făcut apariția la secție. Chikako și-a urcat bicicleta în camionetă și s-a așezat pe scaunul din față, cu Shih Tzu în brațe.

— La revedere! Miyawaki, dacă vrei să știi ce mai face câinele, ești oricând bine venit.

— Mulțumesc, a zis el, încă intimidat de înverșunarea ei de adineauri.

După ce Chikako s-a făcut nevăzută, cei doi au pufnit în râs în același timp.

— Mare figură!

— De mică a ținut partea animalelor.

— O cunoști de mult? l-a întrebat Miyawaki.

— Din copilărie.

— Aha, a dat el din cap, de parcă i se lămurise un mister. Deci de asta Sakita îți spune Shū-chan, nu Sugi.

— Of, am rugat-o de atâtea ori să nu-mi mai zică așa!

— Eu nu văd nimic rău să ai o prietenă drăguță și foarte hotărâtă.

Sugi a tresărit la felul în care colegul lui rostise cuvântul „drăguță". Chikako era plină de viață, sufletistă și, desigur, drăguță. Știuse asta dintotdeauna, dar niciodată nu fusese în stare s-o spună cu voce tare. Avea senzația că tocmai pierduse o bătălie...

— Sper că familia ei nu-i supărată că s-a pricopsit cu un câine necunoscut.

— Stai liniștit. Părinții ei adoră animalele. Au deja o droaie de câini și de pisici.

— Au și pisici?

— De fapt, lui Chikako îi plac mai mult pisicile decât câinii.

— Zău? a râs încântat Miyawaki. Și mie îmi plac pisicile. O să trec să văd ce mai face Shih Tzu, dar m-aș bucura să-i cunosc și pisicile.

Pe Sugi l-a lovit un val de neliniște. Miyawaki și Chikako aveau să se înțeleagă de minune.

*

Pe seară, Chikako a sunat la Sugi. Nu mai contenea cu laudele și era foarte impresionată că acesta lipsise de la examen ca să salveze un câine.

— Cine l-a găsit?

„Din păcate, nu eu, și-a zis Sugi. Dacă l-aș fi zărit primul, probabil aș fi mers mai departe și, eventual, la întoarcere m-aș fi oprit să văd ce mai face."

— Eu și Miyawaki am trecut pe acolo în același timp.

Era o minciună nevinovată. Și totuși se simțea de parcă mii de cioburi ar fi zburat către el, fără să-l rănească, dar deranjându-l îngrozitor. În cele din urmă, a cedat și a spus.

— Cred că totuși Miyawaki l-a zărit primul....

— Nu prea am vorbit cu el până acum, dar se vede că are suflet bun.

Deci Chikako îl plăcea pe noul ei coleg! Bănuia el că așa va fi...

Astfel a început prietenia lor. Cei doi băieți mergeau deseori în vizită la Chikako să vadă ce mai face Shih Tzu.

Sugi era obişnuit să ajute la treburi uşoare, dar încet-încet și Miyawaki a început să dea o mână de ajutor în livadă. După cum vorbea, Miyawaki era băiat de oraş, dar, în mod surprinzător, se pricepea binișor la muncile în aer liber, iar părinții lui Chikako l-au îndrăgit repede.

Până la urmă, stăpânul micului Shih Tzu nu și-a mai făcut apariția, și familia Sakita a rămas să aibă în continuare grijă de el. Miyawaki s-a simțit vinovat și a încercat să-i găsească un alt stăpân, dar Chikako s-a opus vehement.

Câinele ei Shih Tzu avea o relație tată-fiu cu noul-venit, și Chikako vorbea despre acesta din urmă ca fiind „Shih Tzu pe care ni l-a dat Miyawaki".

Pisicile din familia Sakita s-au atașat mai mult de Miyawaki decât de Sugi. Simțiseră ele de la bun început că Sugi era iubitor de câini. În schimb, cățeii erau mai prietenoși cu Sugi decât cu Miyawaki. Până și noul Shih Tzu se legase sufletește mai mult de Sugi, probabil pentru că încă mai ținea minte cum fusese umărit prin apă de Miyawaki.

Într-o zi, Miyawaki frunzărea o broșură unde erau publicate locurile de muncă cu jumătate de normă. Se apropiau examenele de final de semestru, iar profesorii începuseră să-i ia peste picior să nu cumva să le mai vină ideea să mai pescuiască de pe străzi și alți câini.

— Vrei să te angajezi în vacanța de vară? l-a întrebat Sugi.

— Da, dacă aș găsi ceva bine plătit.

— Ce, nu-ți ajung banii?

— Ba da, dar... a zis Miyawaki, scărpinându-se stânjenit în cap.

Elevii nu aveau voie să muncească în timpul semestrului. În plus, se știa că liceenii stăteau întotdeauna prost cu banii.

— Aș fi vrut să plec într-o excursie la începutul vacanței de vară.

— Unde?

— În Kokura.

Sugi și-a lăsat nedumerit capul într-o parte. Kokura este un oraș din prefectura Fukuoka, o stație înainte de Hakata, i-a explicat Miyawaki. În mare, Sugi a priceput pe unde venea, dar nu se dumirea de ce Miyawaki voia să meargă tocmai acolo, și nu în Hakata, care era mult mai mare.

— În Kokura locuiește o rudă îndepărtată, căreia i-am dat motanul. De atunci nu l-am mai văzut...

„Aha! s-a gândit Sugi, deci mai degrabă voia să-și revadă cotoiul, decât să ajungă în Kokura."

— Și de ce l-ai dat?

Pusese întrebarea fără să se gândească, dar Miyawaki i-a surâs chinuit. Era limpede că nu știa ce să-i zică. O mică umbră prinsese contur între ei. Sugi tocmai era gata să schimbe subiectul.

— Aha, v-am prins! a zis Chikako, râzând în felul ei inconfundabil.

— Nu ți se pare că ești cam băgăcioasă?

— Gura! i-a retezat-o ea. Miyawaki, vreau să te ajut să-ți revezi pisica. Am trecut și eu prin așa ceva.

— Știi cumva un loc de muncă? a întrebat-o acesta.

— Da, știu. Poți începe să lucrezi chiar de la sfârșitul săptămânii.

— Zău? Și mie de ce nu mi-ai zis?

Sugi se gândea că nici lui nu i-ar strica să-și găsească ceva de lucru pe vară.

— În principiu, n-ai voie să lucrezi în timpul școlii, decât dacă ajuți la afacerea familiei, la care, de altfel, poate pune umărul și un coleg. Acesta trebuie să facă o scurtă cerere prin care solicită să lucreze în locul respectiv în zilele libere. Munca lui va fi luată în calcul la orele de educație civică.

Cu alte cuvinte, Chikako îi invita pe Miyawaki să lucreze în livada lor.

— Salariul nu-i cine știe ce, dar le pot cere alor mei să te plătească săptămânal. Dacă începi să lucrezi acum, până la începutul lui august o să strângi suficienți bani.

— Mulțumesc, a zis Miyawaki recunoscător, ridicându-se atât de brusc de pe scaun, că era cât pe ce să-l dărâme.

Erau în plin sezon și o sumedenie de turiști veneau în livadă să culeagă fructe. Sugi a început și el să lucreze, cu excepția duminicilor din perioadele cu examene. Salariul era mai mic decât cel de la un minimarket, dar, per total, Miyawaki ar fi strâns până la terminarea școlii 20 000 de yeni.

— Shū-chan, tu pe ce o să-ți cheltuiești salariul?

— Nu m-am gândit încă... a mințit Sugi. Hei, nu vrei să mergem la un film, i-a zis el, ca și cum i-ar fi venit ideea pe loc.

— Faci cinste?

Chikako mușcase momeala!

— Da, oricum datorită ție mi-am găsit de lucru.

— Super! Poate iei și ceva de mâncare...

— Bine, bine, a zâmbit Sugi, de-abia abținându-se să nu sară în sus de bucurie.

— Să nu care cumva să te răzgândești!

Chikako era grozav de încântată că Sugi va plăti și filmul, și masa. Nici prin cap nu-i trecea că mergea, de fapt, la o întâlnire.

„Deocamdată nu e cazul să mă grăbesc... Încet-încet, lucrurile se vor așeza de la sine", și-a zis Sugi.

*

În ultima săptămână din iulie, Miyawaki nu s-a prezentat la lucru. Nu dăduse nici un semn de viață – ceea ce nu-i stătea deloc în fire. Sugi s-a apucat singur de treabă, gândindu-se, îngrijorat, la prietenul lui.

După vreo oră a apărut și Miyawaki.

— Scuze de întârziere.

Era palid și crispat.

— Dacă nu te simți bine, poți să mai stai puțin, i-a spus tatăl lui Chikako, dar Miyawaki a refuzat.

La masa de prânz, părinții lui Chikako i-au invitat înăuntru. Miyawaki era și mai palid la față.

— Ai pățit ceva?

— Nu, n-am nimic.

În continuare se încăpățâna să nu spună ce avea pe suflet.

— S-a întâmplat ceva cu motanul din Kokura? a întrebat Chikako, după ce l-a tot urmărit în tăcere cu privirea.

Miyawaki a strâns din buze și și-a lăsat capul în pământ, încercând să se stăpânească, dar, în cele din urmă, lacrimile i-au picat grele pe genunchi.

— L-a călcat o mașină, a suspinat el cu voce sugrumată, după care n-a mai fost în stare să spună nimic.

Primise vestea chiar în dimineața aceea.

— Știu că țineai mult la el... a murmurat Chikako îndurerată.

— Făcea parte din familie, a zis Miyawaki cu aceeași voce gâtuită.

„De ce l-ai dat?" Miyawaki nu apucase să-i răspundă la întrebare. „Dacă motanul făcea parte din familie, atunci de ce nu l-ai păstrat? Dacă ești atât de întors pe dos din cauza morții lui, de ce l-ai dat?" și-a zis Sugi, incapabil să rezolve misterul și oarecum invidios pe Chikako și pe Miyawaki, pe care îi unea pasiunea lor pentru pisici.

— Fusese motanul nostru pe vremea când ai mei trăiau.

Sugi a amuțit. Așa-i trebuia dacă îi trecuseră prin minte atâtea răutăți! Așa-i trebuia că îl vorbise de rău pe prietenul său!

— Și ai sperat că vei ajunge la timp să-l mai vezi o dată...

Chikako rostise aceste cuvinte din tot sufletul. Era atât de dulce, de blândă, de plină de viață! Sugi o iubea pentru mărinimia ei, dar, în același timp, se simțea îngrozitor de mărunt, îngrozitor de departe de perfecțiune. Ar fi dat orice să ajungă un bărbat cu care Chikako să se mândrească...

Sugi nu bănuise că lui Miyawaki îi muriseră părinții. Probabil că, dac-ar fi știut, n-ar fi fost atât de răutăcios. Dar oare ar fi fost la fel de înțelegător ca Chikako?

— Și cum rămâne cu munca? s-a pomenit Sugi întrebându-l.

Chikako a dat ochii peste cap, de parcă voia să spună „bărbații aștia!".

— Acum nu mai am de ce să merg în Kokura.

Miyawaki a schițat un surâs vag, în timp ce își trăgea de zor nasul.

— Ba da, a intervenit Chikako. Strânge bani și du-te la mormântul motanului, să-ți iei rămas-bun de la el.

Chikako vorbise cu atâta pasiune, că Miyawaki a clipit surprins.

— Nu mai sta pe gânduri. Du-te în Kokura, jelește dacă e nevoie, spune-i că-ți pare rău că n-ai ajuns la timp să-l mai vezi o dată, dar pune-ți în ordine sentimentele. Altfel nu vei putea trece niciodată peste această pierdere.

Sugi știa că vorbele ei nu rămăseseră fără ecou, pentru că până și pe el, care fusese atât de răutăcios cu prietenul său, începuseră să-l usture ochii.

Miyawaki nu s-a supărat pe Chikako pentru sfaturile sale, dimpotrivă, a continuat să lucreze la livadă până la jumătatea lui august și, înainte să se termine vacanța de vară, a plecat în călătorie, de unde s-a întors mai senin și încărcat cu daruri: pentru Sugi adusese *rāmen* din Hakata, așa cum fusese rugat, iar pentru Chikako cumpărase din Kyōto șervețele pentru față și o oglinjoară.

— O, marca Yōjiya! s-a bucurat Chikako, după care a luat-o la fugă după o prietenă care o tot striga. Mulțumesc! a mai apucat ea să-i zică.

— Ai fost și în Kyōto?

Miyawaki a încuviințat.

— Părinții mei au murit într-un accident de mașină când eram în Kyōto, într-o excursie cu școala.

Deci Miyawaki profitase de ocazie să mai viziteze și alte locuri importante pentru el, de care nici Sugi, nici Chikako nu aveau habar.

— Mama mă rugase să-i cumpăr din Kyōto șervețele matifiante. Am tot căutat, dar n-am găsit și m-am întors cu mâna goală. În schimb, mi le-a cumpărat un prieten din excursie și mi le-a făcut cadou. Mi-a părut tare rău că n-am apucat să i le aduc chiar eu…

— Și oglinda?

— Pur și simplu mi-a plăcut și am vrut să i-o dăruiesc lui Chikako.

Lui Sugi i s-a strâns inima. Lui Chikako sigur i-ar fi plăcut să audă poveștile lui Miyawaki, dar, pe undeva, nu-și dorea ca discuția aceasta să ajungă la urechile ei. Măcar dacă nu li s-ar fi încrucișat cărările în ziua aceea, când salvaseră câinele. Miyawaki ar fi trebuit să întâlnească atunci pe oricine altcineva, dar nu pe el…

Sugi nu i-a spus lui Chikako povestea din Kyōto, auzită de la prietenul său. Numai că, după aceea, s-a simțit vinovat și, ca să se liniștească, își spunea că, dacă Miyawaki ar fi avut chef, ar fi putut să-i povestească și singur istorioara. Nu avea cum s-o descoasă pe Chikako dacă știa ce se întâmplase în Kyōto, și nici nu voia să riște să-l întrebe pe Miyawaki dacă apucase să-i spună ceva fetei…

Singurul lui avantaj era acela că o cunoscuse pe Chikako înaintea lui Miyawaki, iar acum i se spulbera și acest unic atu…

*

Chikako îi spunea lui Miyawaki, Miyawaki, iar lui Sugi, Shū-chan. Pe moment, Sugi nu a realizat importanța acestui fapt.

Dacă Chikako ar fi știut ce simte Miyawaki pentru ea, cu siguranță ar fi fost atrasă de el. Chikako era o fată veselă, bună, cu o inimă mare, genul de persoană lângă care îți făcea plăcere să stai. Pe bună dreptate că Miyawaki ținea la ea.

Spre deosebire de el, care se străduia din răsputeri să fie demn de Chikako, cu Miyawaki s-ar fi putut mândri orice femeie. Deși fusese aspru încercat de soartă – își pierduse părinții și renunțase la motanul pe care îl iubea – Miyawaki nu căutase să dea vina pe nimeni. Invidia nu-i stătea în caracter. În locul lui, Sugi ar fi profitat de întâmplările nefericite din viața sa ca să se facă remarcat de Chikako.

Cum putea Miyawaki să se poarte cu asemenea naturalețe? Cum de rămăsese atât de senin? Sugi se simțea adesea intimidat în prezența lui. Deși nu trecuse prin atâtea ca Miyawaki, Sugi se văita din orice, se certa din senin cu părinții și spunea tot felul de măgării care o făceau pe mama lui să izbucnească în lacrimi. „Sunt un ratat, deși am avut tot ce mi-am dorit. De ce nu pot fi și eu la fel de bun și de mărinimos ca Miyawaki?" se întreba Sugi.

Și totuși... Și Chikako crescuse fără griji, ca Sugi, nici ei nu-i lipsise nimic, dar nu credea că se simțise vreodată mai prejos ca Miyawaki. În plus, era evident că atât Miyawaki, cât și Chikako se simțeau bine unul în compania celuilalt și pentru asta Sugi stătea ca pe ghimpi... Putea s-o piardă pe Chikako în orice clipă, deși o iubea de mai mult timp decât Miyawaki.

— Oare lui Miyawaki îi place de cineva? a întrebat Chikako când amicul lor nu era în preajmă.

A fost lovitura de grație pentru Sugi.

— O iubesc pe Chikako de când mă știu, avea să-i spună mai târziu prietenului său, Miyawaki.

Sugi se baza pe prietenia lui Miyawaki și trăgea nădejde că acesta, auzindu-i mărturisirea, o să-și înăbușe sentimentele față de Chikako. Păruse că doar vrea să-i ceară părerea într-o chestiune amoroasă, dar, de fapt, i se confesase cu bună știință.

Miyawaki a făcut ochii mari, și, după o clipă de tăcere, a zâmbit și i-a zis:

— Să știi că mi-am dat seama!

„Nu mă miră!" i-a dat Sugi replica în gând.

Și, prin acest tertip, a reușit să-și facă prietenul să-și țină gura și să nu-i mărturisească lui Chikako ceea ce simțea pentru ea. În primăvara celui de-al treilea an de liceu, Miyawaki s-a transferat din nou. Se pare că mătușa lui, care-i era tutore, se muta des cu serviciul.

Pe de o parte, Sugi regreta plecarea amicului său, pe de altă parte, se simțea ușurat. De acum nu mai trebuia să-și facă griji!

*

— Ești un om bun, dar așa de ghinionist! se pomenise Sugi gândind cu voce tare din pricina vinului de după cină, un Ajiron roșu, pe care îl cumpărase special pentru întâlnirea cu Miyawaki. Era un vin local, dulce și parfumat, și, dacă nu erai atent, dădeai peste cap pahar după pahar.

Chikako se dusese să-și facă baie. Pe Sugi îl luase gura pe dinainte, poate și din cauză că soția lui nu era cu ei.

— Nu știu cât sunt de bun, s-a forțat Miyawaki să zâmbească, dar cu siguranță nu mă consider ghinionist.

— Zău? Ți se pare că viața a fost darnică cu tine?

— Ți s-a urcat vinul la cap. Mai bine încerci să te trezești până nu iese Chikako din baie, i-a zis Miyawaki, trăgându-i din față sticla.

*

Frunzele de cătușnică sunt la fel de păcătoase pentru pisici ca alcoolul pentru oameni. Uneori, Satoru își mai turna câte-un păhărel, dar cel mai adesea se cinstea când se uita la sporturile cu minge, cum ar fi baseball-ul sau fotbalul. Numaidecât se binedispunea și se rostogolea cât era de lung pe podea. Dacă nu eram în apropiere, Satoru mă striga cu glas mieros: „Nana-chaan!“ și dădea să mă ia în brațe, ceea ce mă scotea din sărite, mai ales că trebuia să-i suport damful.

Alteori, Satoru se întorcea acasă voios, dar duhnind a alcool. Probabil că așa ajunsesem să cred că oamenii care trag nițeluș la măsea sunt veseli, ca pisicile după cătușnică.

Sugi era primul pe care-l vedeam că i se înecau corăbiile după o dușcă-două. Nici nu plecase bine Chikako, că Sugi începuse să se bosumfle de parcă ar fi fost intimidat de Satoru.

De ce naiba mai bei, dacă nu te distrezi? Cocoțat pe televizorul din camera de zi, l-am văzut pe Satoru cum i-a luat sticla din față.

Apropo, mă simțeam într-al nouălea cer pe televizor! Al nostru era subțire și plat ca o scândură, în schimb, acesta aducea cu o cutie și îmi ținea de cald la burtică! Perfect să stai iarna pe el!

E un televizor vechi, mi-a zis Momo. *Mai demult arătau ca niște cutii.*

Ce prostie să schimbe așa o minunăție de televizoare cu scândurile de acum! Și cică ăsta-i progres!

Momo mi-a spus că puteai să-ți dai seama de vârsta unei pisici dacă aceasta știa sau nu de existența televizoarelor-cutie. Chikako nici n-a vrut să audă să-și ia un televizor plat, fiindcă dorea ca pisicile din pensiunea ei să se bucure de cele mai bune condiții. O hotărâre foarte înțeleaptă, aș zice.

Ce-i cu figura asta? Dacă nu-ți convine, putem schimba locurile, s-a băgat în vorbă Momo, care se tolănise pe canapeaua din apropiere.

M-am panicat. Momo își cedase locul oaspetelui de onoare, adică mie.

N-am nimic... Doar că...

Am aruncat o privire cu subînțeles spre Sugi.

Am auzit că-s prieteni, dar cred că Sugi nu prea-l are la inimă.

Nu te pripi, a zâmbit amar Momo. *Sugi încearcă să fie o gazdă bună. A luat vinul acesta special pentru stăpânul tău.*

Atunci de ce se ambalează când vine vorba de Satoru? De ce-i tot spune cât e de bun și de cumsecade, de parcă ar fi un lucru rău?

Să știi că ține la stăpânul tău, dar e gelos pe el. Și-ar fi dorit mult să-i semene.

Tot nu pricep. Satoru-i Satoru. Sugi e Sugi.

Ai perfectă dreptate, doar că Sugi crede că, dac-ar fi fost ca el, Chikako l-ar fi iubit mai mult.

Ei, nu mă-nnebuni!

Mai demult, Chikako a fost îndrăgostită de stăpânul tău.

Mai demult... Mai demult, adică înainte ca Momo să se fi născut. Mai demult, adică pe vremea când erau la liceu. Momo auzise istorioara de la pisica dinaintea ei.

Și Satoru ce-a zis? A fost și el îndrăgostit de Chikako?

Mi-ar fi plăcut la nebunie ca o doamnă așa de drăguță, care păstrase televizorul-cutie de dragul pisicilor, să se fi căsătorit cu Satoru!

Nu se știe. În orice caz, stăpânul meu se simte vinovat față de Miyawaki în legătură cu Chikako, a spus Momo.

Ce poveste încâlcită! Dar până la urmă Chikako s-a căsătorit cu Sugi. De ce s-ar mai simți amenințat?

La pisici, lucrurile sunt clare ca bună ziua: femela este cea care își alege partenerul și are întotdeauna ultimul cuvânt. Și nu numai la pisici, ci la toate animalele, mai puțin la oameni. Eu nu mi-am întâlnit încă marea iubire, pentru că eram prea necopt când m-a pescuit Satoru de pe străzi. În tinerețe, am fost prea finuț ca să-i fur inima vreunei doamne. Poate aș fi avut mai multe șanse dacă-aș fi fost mai fioros, cu o privire mai aprigă, așa, ca a lui Yoshimine. Tipul ăsta, dac-ar fi fost motan, ar fi sucit mințile tuturor pisicilor.

Momo se uita nedumerită la mine.

Potaia aia obraznică e a lui Sugi, nu? am continuat eu. *Câinii ăștia sunt lipsiți de orice personalitate. Dacă stăpânul le spune că un lucru e negru, chiar dacă-i alb, ajung și ei să creadă că-i negru. Canalia de Toramaru nu știe ce să mai facă să se bage pe sub pielea stăpânului.*

Apropo, la pisici este exact pe dos. Oricât de fițos ar fi stăpânul, albu-i alb, iar negru-i negru. Și cu asta basta! N-o să convingi o pisică de contrariu, căci felinele sunt ființe cu principii.

Toramaru e tinerel și, uneori, cam din topor.

Aseară băgaseră potaia în casă, dar o duseseră într-altă cameră. Din fericire, nu se mai pusese pe lătrat ca apucatul, dar, pentru că fusese nesimțit cu Satoru, eram cu ochii pe el.

— Văd că v-ați făcut de cap! a zis Chikako, care se întorsese din baie. Hai la culcare, și-a îndemnat ea soțul, de parcă ar fi vorbit cu un copil.

— Nu! a răspuns Sugi, scuturând din cap ca un plod răzgâiat. Dacă mai rămâneți, stau și eu cu voi.

Satoru și Chikako s-au uitat unul la altul și și-au zâmbit ironic, dar afectuos, ceva de genul: „Ce haios e când e matolit!“

În schimb, mie mi se părea de toată jena. Și eu oi arăta la fel de penibil după ce miros câteva frunze de cătușnică?

— Am cam obosit. E momentul să mă retrag, a zis Satoru, ridicându-se și luându-l pe sus pe amicul său.

O clipă și-a pierdut echilibrul, de parcă Sugi ar fi fost prea greu, sau prea moleșit. Chikako s-a ridicat iute și l-a prins de brațul liber, cărându-l amândoi până în dormitor, unul de-o aripă, altul de cealaltă.

*

La scurt timp după plecarea lui Miyawaki din oraș, Sugi a început să se întâlnească cu Chikako.

După ce s-au sfătuit îndelung, au hotărât să dea amândoi la aceeași universitate din Tōkyō. După facultate, Chikako voia să se implice în treburile de la livadă, și, dacă n-ar fi plecat acum, ar fi însemnat să se îngroape toată viața în același loc. Era normal ca o fată tânără să vrea să vadă cum e să trăiești într-un oraș mare.

Amândoi au trecut de admitere fără probleme. Chikako a rămas să stea la o rudă, iar Sugi, la cămin. Era puțin îngrijorat în legătură cu noul coleg de cameră, dar căminul avea două avantaje: chirie mică și poziționare excelentă, într-o zonă centrală.

Stabilise cu Chikako să se întâlnească înainte de ceremonia de deschidere, imediat ce se liniștea cu mutatul. Sugi a pornit-o spre cămin, cu harta în mână, să se poată orienta mai ușor în necunoscut. Străzile, care coteau necontenit, l-au derutat puțin și s-a învârtit în cerc de câteva ori până să ajungă la destinație. Din fericire, nu a întârziat prea mult. După ce a terminat formalitățile de la cămin, s-a auzit strigat pe nume.

— Sugi!

Ciudat, nu cunoștea pe nimeni aici! S-a întors neîncrezător și a rămas cu gura căscată.

— Miyawaki! a exclamat el paralizat.

Nu se așteptase să-și revadă amicul într-un asemenea loc. Pe de altă parte, bucuria revederii era întrucâtva umbrită de sentimentul de vinovăție că, până la urmă, el fusese cel care se băgase între Miyawaki și Chikako.

— Sakita mi-a zis la ce facultate o să dea și m-am gândit că o să-i urmezi exemplul. Uite că nu m-am înșelat!

— Cum adică ți-a zis? Te-ai mai întâlnit cu ea după ce te-ai mutat?

— Nu, dar ne-am scris.

Era perioada în care studenții nu aveau încă mobile. Dacă voiai să ții legătura cu cineva, fie îi dădeai telefon, fie îi trimiteai scrisori.

— Aveați amândoi adresa mea, dar numai Sakita mi-a scris, l-a tachinat el.

Oricum, băieții nu erau buni la scris scrisori!

— Da, dar te-am sunat de câteva ori!

— Stai liniștit, că știu cum e. Și eu țin legătura cu prietenii de școală tot prin telefon. Când am primit scrisoarea de la Sakita, am rămas surprins. Fetele sunt foarte conștiincioase la scris. Și încet-încet, am început să corespondăm.

Sugi, care se simțea încă vinovat pentru că îl împiedicase pe Miyawaki să-i spună lui Chikako ce simte pentru ea, s-a trezit zicând:

— Ce-ar fi să stăm împreună? N-am încă nici un coleg. Poate reușim să-i convingem să ne lase în aceeași cameră.

Miyawaki se cazase deja de o săptămână și, cu firea lui deschisă, își făcuse o mulțime de relații. Nu i-a fost deloc greu să-și schimbe colegul de cameră. În orice caz, Chikako a fost de-a dreptul încântată când a aflat vestea.

La început, Sugi s-a tot frământat în legătură cu viața la cămin, dar, până la urmă, datorită lui Miyawaki, totul a mers strună și primul semestru a trecut pe nesimțite.

— Uite, sunt de la un coleg mai mare, a zis Miyawaki, dându-i lui Sugi câteva doze de bere.

Vârsta legală pentru consumul de alcool era de douăzeci de ani, dar tinerii din cămin știau cum să se ferească, discret, de privirea vigilentă a administratoarei.

— Mă duc după ceva de mâncare, să nu bem berea pe stomacul gol.

Studenții primeau adesea pachete de la părinți, și apoi și le schimbau între ei. De pildă, Sugi avusese niște struguri, pe care-i plasase unui student din Hokkaidō, care i-a dat în schimb un file de somon și niște dulciuri.

Pe Miyawaki alcoolul îl binedispunea, dar se cherchelea repede. După două doze de bere avea deja ochii roșii.

Întâmplarea face ca în ziua aceea studenții să se antreneze într-o discuție despre dragoste. Un student din anul întâi pusese ochii pe o colegă mai mare, care îi dăduse cu flit de câteva ori. Ceilalți băieți se prefăceau că îl încurajează, dar, în realitate, se distrau pe seama lui.

— De câte ori i-a dat întâlnire?

— De unsprezece ori, a zis Miyawaki cu gura până la urechi. Pur și simplu nu se lasă. Spunea că la sfârșitul semestrului vrea să bată recordul – douăzeci de refuzuri.

— Ce fel de record mai e și ăsta, să fii refuzat de atâtea ori? a întrebat Sugi. Cred că a uitat de la ce a pornit.

— Așa-i, dar îl invidiez pentru tenacitate.

Ochii roșii ai lui Miyawaki au strălucit o clipă, iar Sugi a avut o presimțire sumbră.

— Știi că în liceu am fost un pic îndrăgostit de Sakita?

Era ultimul lucru pe care Sugi voia să-l audă.

— M-am gândit că n-am nici o șansă de vreme ce și tu... În orice caz, îmi pare rău că nu i-am spus niciodată ce simțeam pentru ea, chiar dacă m-ar fi respins.

Probabil că ar fi schimbat cursul istoriei dacă ar fi apucat să vorbească despre asta cu Chikako.

— Te implor, a spus Sugi cu o voce gâtuită, nu-i spune lui Chikako!

„O, nu! Miyawaki putea schimba cursul istoriei chiar acum!" s-a panicat el.

— Te rog! a repetat Sugi, plecându-și capul.

Știa bine cât era de penibil să se ploconească în fața lui Miyawaki. Însă mai știa și că amicul lui avea să bată în retragere.

Miyawaki a făcut ochii mari – ca atunci când Sugi îi mărturisise dragostea pentru Chikako.

— Fii pe pace, i-a zis el cu un zâmbet chinuit. Sunteți făcuți unul pentru celălalt.

Și, cu aceasta, Sugi a reușit să-l reducă definitiv la tăcere.

*

Sugi a terminat facultatea, s-a întors în orașul natal, și, după câțiva ani, s-a însurat cu Chikako. Miyawaki a venit la nuntă și, după căsătorie, nu i-a mai spus prietenei sale Sakita, ci Chikako.

Ajunși în acest punct era evident nu se mai putea schimba „cursul istoriei". Nici Miyawaki, și nici Chikako n-ar fi permis asta.

Totuși, Sugi se mai panica uneori când se gândea la Miyawaki. Se simțea într-un fel pedepsit pentru că nu-și lăsase prietenul să-și dea frâu liber sentimentelor într-un moment în care lucrurile ar fi putut să ia o altă întorsătură.

Prezența motanului i-ar fi răsucit și mai mult cuțitul în rană, dar Miyawaki era într-un mare impas, altfel nu l-ar fi rugat să-l țină pe Nana. Era de datoria lui să-i dea o mână de ajutor, mai ales că nu o câștigase pe Chikako jucând tocmai cinstit.

„Sunt un laș și un om de nimic și, deși nu e momentul să fiu sentimental, chiar țin la tine, Miyawaki, și-a zis Sugi. N-ai avut o viață ușoară, și totuși ai fost mai bun și mai mărinimos ca mine. N-am suportat să stau în umbra ta. Dintotdeauna mi-am dorit să fiu ca tine! O să încerc să mă revanșez! O să am grijă de motanul tău."

*

A doua zi de dimineață a urmat episodul doi al întâlnirii mele cu canalia de Toramaru.

După micul dejun Chikako a plecat să-l ia din cealaltă cameră.

— Te rog să fii cuminte, Tora, l-a instruit ea de dincolo de ușă.

Sugi, îngrijorat, se foia de colo-colo prin cameră. Satoru nu se agita, dar se vedea că nu era în apele lui. Singurele ființe calme din odaie eram eu și Momo.

Îmi pusesem burta la cale cu niște ton și franjuri din piept de pui. Eram sătul și fericit. *Hai, potaie, fă-te-ncoace!*

Ușa de lemn s-a deschis.

Derbedeul de câine s-a proțăpit în prag și s-a holbat încoace, dar a evitat să se uite la Satoru. Normal! Sugi îl certase de câteva ori, spunându-i că Satoru era prietenul său și că nu trebuia să-l latre. *În cazul ăsta, poți să-ți verși nervii pe subsemnatul. Ia să te vedem!*

Potaia a început să se smucească și să latre la mine. *Excelent!*

Am ignorat strigătele disperate ale oamenilor, m-am încordat ca un arc și mi-am zbârlit părul de pe spinare. Momo, care se uita la noi, a exclamat în șoaptă:

Dar hotărât mai ești!

Cuvintele ei mi-au mers la inimă.

Zât! Cară-te de-aici!

Câinele lătra ca descreieratul, deși știa că și Sugi, și Chikako se vor supăra pe el. Satoru a dat fuga să mă țină să nu sar la bătaie.

Șterge-o de aici! O să le amintești mereu de Miyawaki. Sugi nu vrea ca soția lui să se mai gândească la Miyawaki.

Gura! Să nu crezi că m-am țăcănit să rămân sub același acoperiș cu un nătântoc ca tine, iar la cafteală, stai liniștit, sunt cu zece clase peste tine. Oi fi tu ditamai vlăjganul, dar habar n-ai să te lupți pe viață și pe moarte. Nu știi ce înseamnă să-ți aperi teritoriul ca să nu mori de foame. Ia să vedem ce are de spus în apărarea sa musiu Potaie-Răzgâiată…

Și l-am făcut cu ou și cu oțet, scoțând din mine toată bogăția inepuizabilă de insulte învățate în timpul incursiunilor mele pe câmpul de luptă – cuvinte care n-aș vrea să ajungă la urechilor unor persoane atât de fine și de manierate ca dumneavoastră.

Momo, cocoțată pe televizor, se uita la tot acest circ zâmbind ironic.

Doamna mea, te rog să-mi ierți limbajul colorat.

Dobitocule, cară-te de aici! lătra derbedeul, mai-mai să-i dea lacrimile.

Mă lași? Ai tupeul să crezi că un mucos de trei ani, ținut tot timpu-n lesă, are vreo șansă împotriva mea? Când o zbura porcu'!

(Mă rog, Momo era de două ori mai bătrână ca mine, dar și eu aveam de două ori vârsta potăii.)

Dispari din casa mea! N-o să te las să stai la noi, să ne amintești mereu de Miyawaki! Cară-te imediat de aici!

Spre surprinderea mea, câinele nu se lăsa. Se ambalase, nu glumă!

Cară-te la stăpânul tău, care miroase a mort!

Canalie, tacă-ți fleanca! Potaie nenorocită!

— Nana! s-a rățoit Satoru la mine.

Izbutisem să scap din brațele lui și tăbărâsem pe Toramaru. Încă îmi mai răsunau în urechi cuvintele lui. Pe fața cotarlei apăruseră trei zgârieturi de toată frumusețea, din care se ițeau trei dâre rubinii de sânge.

Dar tot nu-l pusesem cu botul pe labe!

— Nana, nu-i frumos! L-ai rănit!

Era unu-zero pentru mine, așa că, spășit, l-am lăsat pe Satoru să mă ia în brațe.

— Îmi pare tare rău!

Satoru nu știa cum să se mai scuze față de Chikako și de Sugi, chiar și față de Toramaru.

— Nu-i nimic. Bine că nu l-a mușcat, a oftat Chikako, albă la față, iar Sugi, la rândul lui, i-a tras o scatoalcă dulăului.

— Zănaticule, puteai să-l omori!

Abia atunci Toramaru și-a băgat coada între picioare, uitându-se urât la mine.

Bine, bine, am priceput. N-o să-mi trec în palmares victoria asta!

— Apreciez enorm că ați vrut să aveți grijă de Nana, dar o să îl iau înapoi, a zis Satoru cu părere de rău. Toramaru nu poate sta cu un motan cu care nu se înțelege.

Satoru a scos cușca. Am dat să intru în ea, dar m-am întors către câine.

Mulțumesc, Toramaru.

Dulăul s-a uitat la mine năuc.

Am venit să-i țin de urât lui Satoru în călătorie, nu să rămân aici. Am ticluit eu tot felul de planuri cum să mă întorc înapoi, dar, datorită ție, a fost mai ușor decât mi-am închipuit. Mulțumesc.

Toramaru și-a lăsat ochii în jos și și-a pleoștit coada. Eu și Satoru ne-am îndreptat spre dubița argintie.

*

Sugi și Chikako au adus și câinele să-și ia rămas-bun de la noi. Sugi își înfășurase zgarda de câteva ori în jurul încheieturii, să-l țină din scurt pe Toramaru. Momo se alăturase grupului din proprie inițiativă.

De mult n-am mai văzut așa o bătaie, m-a complimentat ea.

— Îmi pare rău c-a ieșit așa. Bine că Nana nu-i rănit!

— Am fi vrut să-l luăm la noi, dar...

Cei doi soți nu mai pridideau cu scuzele – ceea ce l-a făcut pe Satoru să se simtă și mai prost, mai ales că motanul lui cel năbădăios fusese cel care-l rănise pe Toramaru.

Așa cum ni se mai întâmplase și în alte rânduri, gazdelor le venea greu să-și ia rămas-bun de la noi. Chiar și după ce Satoru s-a urcat la volan, Chikako și-a amintit că uitase ba una, ba alta, ca să mai tragă de timp.

— A, apropo, a zis Satoru de la fereastra dubiței. Știi că în liceu am fost un pic îndrăgostit de tine?

Vorbise cu un aer detașat, dar Sugi s-a crispat instantaneu.

— Ce? a zis ea și a clipit ca un porumbel în care se trăsese cu o carabină. Apoi a pufnit-o râsul: Dar a trecut o veșnicie de atunci! Ce ți-a venit să aduci tocmai acum vorba?

— Așa-i, a fost tare demult.

Cei doi au chicotit. Sugi s-a relaxat, de parcă i s-ar fi luat o piatră de pe inimă, apoi a izbucnit în râs cu întârziere.

Dubița s-a pus în mișcare.

— Toramaru?

Câinele se zbătea în lesă.

Hei, motane! m-a strigat Toramaru. *Să știi că poți să stai aici.*

Ce tântălău! Doar i-am spus că nu asta voiam!

— Toramaru, iar faci figuri la despărțire?

Sugi a tras exasperat de zgardă.

Iartă-l, încerca să mă convingă să rămân.

Satoru a crezut și el că dulăul încă mai era furios.

— Tot nu i-a trecut, a zis el uitându-se în oglinda retrovizoare. Dar parcă nu suna a lătrat de supărare...

Uite, de asta te iubesc, Satoru! Ești atât de atent la detalii!

Satoru a claxonat scurt și a pornit la drum.

*

— Ar fi fost perfect să te fi lăsat la ei.

Iar începi?! Ce-a fost a fost!

Muntele Fuji rămăsese în urma noastră.

Dacă tot mă voiai înapoi, ce rost mai avea să mă duci la pensiune?

M-am lungit cu lăbuțele pe fereastra din spate, privind vrăjit peisajul.

— Marea nu ți-a plăcut, a râs el, dar muntele Fuji te-a dat gata!

Bineînțeles! Muntele Fuji nu scoate vuiete pe care să le simt în stomac, nu face valuri care să mă înghită și nu se mișcă încontinuu.

— Poate o să-l revedem într-o bună zi!

De acord! Poate o să mai stăm o noapte-două la pensiunea lui Sugi și Chikako. De la fereastra lor se vede muntele Fuji în toată splendoarea!

— Am observat că ți s-a pus pata pe televizorul lor.

Mie-mi spui?! O adevărată comoară la casa omului! Auzi, Satoru? N-am putea avea și noi un televizor la fel, pe care să-mi încălzesc lăbuțele în timp ce mă lăfăi pe el?

— Îmi pare rău, al nostru are ecranul plat. De mult nu se mai vând televizoare cu tub.

Zău? Mare, mare păcat!

Dacă mai ajungem la Sugi și Chikako, îți spun de pe acum că locul meu va fi pe televizor! O să vezi că atunci Toramaru n-o să ne mai latre, ci o să dea bucuros din coadă!

*

Pe seară urma să vină un turist la pensiune.

— Poate c-ar trebui să-l ținem legat pe Toramaru.

— Ai dreptate, s-ar putea să fie încă agitat după încăierarea cu Nana.

— În legătură cu Miyawaki... i-a zis Sugi lui Chikako, care venise în curte să se uite cum lega câinele.

— Să nu-mi zici că-ți faci griji pentru ce a spus! Ba bine că nu!

— Nu, nu asta voiam să-ți zic, s-a bâlbâit el. Cum ar fi fost dacă Miyawaki ți-ar fi mărturisit în liceu că-i îndrăgostit de tine?

— Cine știe? a dat Chikako din umeri. N-am cum să dau timpul înapoi...

Un răspuns logic, la care Sugi a rămas fără replică.

— Deși ar fi fost drăguț să văd cum doi băieți se bat pentru mine.

— Se bat pentru tine?

Vorbele ei l-au luat prin surprindere.

— Când doi băieți sunt îndrăgostiți de tine, e normal să-l alegi pe cel mai bun.

Sugi era impresionat. Măcar Chikako l-ar fi luat în considerare ca potențial candidat! Dintr-odată, a simțit cum toate sentimentele care-l măcinaseră ani de zile – gelozie, teamă, neîncredere – au devenit mai puțin împovărătoare. „Data viitoare când mă voi vedea cu Miyawaki, o să mă port cu el ca un adevărat prieten!“ și-a zis el, și gândul acela l-a însuflețit.

3.5
ULTIMA CĂLĂTORIE

Un vapor alb, de mărimea unei clădiri, era ancorat în portul încadrat de pereții stâncoși.

La prora se deschidea o gură uriașă, larg deschisă, prin care intrau, una câte una, mașinile. Mă întrebam oare câte or încăpea în pântecele lui fără fund. Oamenii meșteresc tot felul de drăcii, de te lasă interzis! Cui naiba i-o fi venit ideea să lanseze la apă ditamai bolovanul de fier, mare cât un bloc? Pesemne că individul n-avea toate țiglele pe casă! Toată lumea știe că lucrurile grele se scufundă, nu plutesc. Nici un animal de pe fața pământului n-ar fi încercat să sfideze astfel legile naturii, cu excepția oamenilor.

Satoru, care se dusese la unul dintre terminale să cumpere bilete de feribot, s-a întors îmbujorat la față.

— Mă tem că avem o mică problemă. N-o să te lase să călătorești ca pasager.

La casa de bilete îmi scrisese numele în registru, dar funcționarul l-a întrebat cine era Nana Miyawaki (6 ani). Când a auzit că era vorba de un motan, a râs de s-a prăpădit. Uneori, Satoru era cam dus cu pluta!

— Să mergem!

Prin gura larg deschisă a feribotului au intrat rând pe rând mașinile, ca mărgelele dintr-un șirag de mătănii. Vaporul le înghițea pe toate, fără prea multe mofturi.

— Nana, ți s-a zbârlit coada...

Nu-mi place deloc trebușoara asta. Dacă, prin absurd, ne scufundăm? Nu-mi doresc să mor înecat.

Mi-am amintit de mare, așa cum o văzusem pe drumul de întoarcere de la Yoshimine. Mă treceau fiori la gândul că aș ajunge în mijlocul valurilor acelora care vuiau necontenit. Pisicile nu pot să sufere apa și habar n-au să înoate (deși mai sunt și unele specimene sărite de pe fix cărora le place să facă baie, dar eu zic că sunt mutanți). Nici Satoru nu cred că s-ar fi descurcat să înoate la mal cu mine cocoțat în capul lui, agățându-mă cu disperare de viață.

În ciuda presentimentelor mele, dubița argintie a intrat cu bine în pântecele bestiei. Satoru avansa destul de greu, cu valiza pe umărul stâng, și cușca în mâna dreaptă. Până nu de mult, parcă reușise să care mai ușor bagajele!

Hei, vrei să merg singur?

Am dat să deschid binișor portița, dar Satoru m-a apostrofat și a înclinat cușca astfel încât ușa să ajungă cu fața în sus.

Aoleu! Atât am mai apucat să zic și m-am trezit cu labele-n sus.

— Ai puțină răbdare! Pe vas nu-i voie cu animale.

Animale... adică nici cu câini? Mi se pare corect! La unele hoteluri aveai voie să stai cu câinii, dar nu și cu pisicile, pe motiv că acestea își ascuțeau ghearele peste tot. Puteau pur și simplu să ceară câțiva bani în plus, să acopere eventualele stricăciuni. Pe lângă asta, ar fi trebuit să știe că pisicile își ascut ghearele numai în locurile în care se simt în siguranță. Nici o mâță n-ar fi avut chef „să-și facă manichiura" într-o cameră de hotel. În schimb, „mirosul de animal" de care se plâng oamenii este de o mie de ori mai puternic la câini decât la pisici!

Una peste alta, pentru feline este foarte supărătoare discriminarea aceasta între câini și pisici. Nu mai bine nu-i accepți nici pe unii, nici pe alții? Din punctul ăsta de vedere, regulile de pe feribot mi se păreau corecte.

Satoru m-a dus în „camera animalelor" – o încăpere austeră, curată, unde pasagerii își lăsau animalele de companie. Înăuntru erau stivuite până-n tavan cuști spațioase. Se pare că astăzi aveau destui mușterii, pentru că am depistat vreo zece cuști în care se aflau o șinșilă albă, o pisică și câini cât cuprinde.

— El e Nana. Să fiți drăguți cu el, a salutat Satoru animalele din jur. Sper să nu te simți singur, Nana.

Singur? Înconjurat de atâta popor de câini și pisici? Dimpotrivă, aș fi preferat un loc mai retras.

Câinii își vedeau mai departe de discuțiile lor „canine".

Uite-o și pe corcitura asta nou-venită, șușoteau ei.

Hei, urât din partea voastră să mă faceți corcitură!

— Mi-ar fi plăcut să putem traversa cu dubița. Îmi pare rău, Nana.

Ți-am mai spus că nu-i nici o problemă! Oricum, nu stau aici decât o zi.

În ciuda aparențelor, pisicile au destulă răbdare.

Se pare că, după ce ajungeam la destinație, ne aștepta o călătorie lungă. În ultima vreme, Satoru obosea atât de repede, că aproape nu mai avea energie să conducă ore în șir.

— O să mai trec să văd ce faci. Nu vreau să te simți singur.

Hai, nu mă face de cacao cu comentariile tale ultraprotectoare! Mă simt deja aiurea.

— Bună! Sper să vă împrieteniți.

Satoru se uita la cușca de sub mine, unde se afla șinșila. Imediat ce am intrat în cameră, o zărisem ghemuită într-un colț îndepărtat, dar acum, când eram în cușcă, nu mai aveam cum s-o văd.

Sărmanul de tine! Carevasăzică ți-e urât singur! Sau te sperie câinii?

Nici una, nici alta!

Coada șinșilei tresărea întruna. Se vedea de la o poștă că o enerva vorbăraia câinilor.

— La revedere, Nana!

Satoru și-a pus bagajul pe umăr și a ieșit. Nici n-a închis bine ușa, că toți câinii m-au asaltat cu o sută de întrebări.

Naanaa, de unde vii?

Unde te duci?

Ce fel de om e stăpânul tău?

Am înțeles instantaneu de ce biata șinșilă, dezgustată, se făcuse ghem în cușcă. I-am urmat numaidecât exemplul.

*

Eram încovrigat în fundul cuștii, prefăcându-mă că dorm ca să scap de hărmălaia din jur, când Satoru și-a făcut din nou apariția.

— Scuze, Nana. Știam eu c-o să te simți singur.

Venea foarte des – mult mai des ca stăpânii celorlalte animale. *Hei, dar nu trebuie să te deranjezi atât!* Însă el, nici una, nici două, apărea din nou la ușă până când câinii începuseră să facă mișto de mine. Imediat ce ieșea Satoru, se auzea un cor de voci:

Răsfățatul! Răsfățatul!

Gura! am urlat și am dat să mă fac iar covrig în fundul cuștii, când șinșila de dedesubt a zis:

Ia mai tăceți, haimanalelor, că mi-ați făcut capul calendar! Nu Nana, ci stăpânul lui se simte singur. N-ați priceput nici măcar atâta lucru?

În ciuda înfățișării delicate, șinșila era tare bună de gură. Câinii au protestat, nemulțumiți:

Da, dar... Chiar el spunea că nu vrea ca Nana să fie singur.

Nu credeam c-o să întâlnesc niște câini fără pic de miros. Omul acela duhnește de parcă ar fi pe ducă. Pur și simplu își dorește să mai stea puțin cu motanul lui.

Câinii au tăcut mâlc, dar nu după mult timp au început să șușotească iar.

Săracul!

Mare păcat!

N-aveau nici un tact. Ce să-i faci? Pe cățelandrii ăștia necopți nu-i ducea deloc capul!

Mulțumesc, am spus eu către cușca de dedesubt, dar șinșila mi-a răspuns cu răceală că intervenise doar pentru că nu mai suportase gălăgia.

După ce au fost puși la punct de șinșilă, câinii dădeau din coadă de fiecare dată când venea Satoru.

— Ia te uită ce se bucură, mi-a spus el încântat, încercând să-i mângâie printre zăbrelele cuștii.

Sunt băieți buni, dar, cum ziceam, proști făcuți grămadă.

*

După aceea, am început să intru în vorbă cu ei și timpul a trecut pe nesimțite, fără nici un incident. Discutam vrute și nevrute, dar tot nu mă puteam dumiri de ce câinii se dădeau în vânt după tot felul de ciudățenii, ca, de pildă, guma de mestecat canină.

Ziua următoare, pe la amiază, feribotul a ajuns la destinație. Satoru s-a înființat primul în camera animalelor.

— Scuze, Nana. Probabil că ți-a fost urât singur.

Ba deloc! Am stat de vorbă cu o șinșilă cu limba ascuțită.

Înainte de plecare, Satoru mi-a întors cușca invers, cu portița spre camera animalelor, iar eu m-am bucurat că am putut să-mi iau rămas-bun de la toată lumea.

— Hai, Nana, spune-le la revedere!

După ce i-am salutat, câinii au început să dea din coadă la unison.

Good luck! mi-a urat șinșila.

Good … ce?

Mult noroc! Stăpânul meu spune așa.

A!

Mi-am adus aminte că-l văzusem pe stăpânul ei – un străin cu ochi albaștri, căsătorit cu o japoneză. Șinșila înțelegea bine japoneza, dar prinsese din zbor și câteva cuvinte străine.

Mulțumesc. Good luck și ție!

M-am despărțit de tovarășii mei de călătorie și am mers pe punte, unde m-am urcat în dubița argintie.

*

Îndată ce am coborât de pe feribot, am observat cât de albastru era cerul.

— Am ajuns în Hokkaidō, Nana!

Pământul, neted ca-n palmă, se întindea cât vedeai cu ochii. De pe fereastră se zărea un oraș oarecare, dar spațiul părea mai generos și străzile mult mai largi decât cele din Tōkyō.

În scurt timp ajunsesem deja la periferia orașului, unde totul părea și mai vast. Pe drum circulau câteva mașini, iar noi am condus încet ca să ne bucurăm de priveliște, în timp ce ascultam muzică – din nou melodia aceea la care te așteptai să apară porumbei.

Marginile șoselei erau brodate de petice de flori sălbatice, mov și galbene. Drumurile din Hokkaidō arătau încântător, spre deosebire de cele din Tōkyō, unde nu rămăsese colțișor neasfaltat. Aici, chiar în mijlocul orașului găseai pământ pe marginea drumului, iar solul respira în voie, fără chingile de beton. Întreg peisajul îți inspira o liniște deplină.

— Florile galbene se numesc splinuțe, dar habar n-am cum le zice celor mov.

Florile îi atrăseseră atenția lui Satoru. Galbenul și movul vegetal formau o combinație surprinzător de proaspătă, iar violetul se despletea în diverse nuanțe, formând un degrade discret, de la mov intens la lila.

— Hai să facem un popas.

Satoru a oprit într-un loc mai larg și a ieșit din mașină cu mine în brațe. Nu voia să mă lase de capul meu, pentru că pe șosea mai treceau mașini.

— Cred că-s crizanteme sălbatice, a zis el apropiindu-se de florile violet. Aveam impresia că-s mai delicate.

Crizantemele creșteau ca niște mături întoarse invers, cu tulpinile gemând de flori – o imagine a forței și vitalității.

A! Mi-am întins imediat lăbuța spre o albină care zbura printre flori.

— Nana, ai grijă să nu te înțepe!

Nu pot să mă abțin. E pur și simplu un reflex. Mi-am agitat labele în aer în direcția albinei, dar Satoru m-a prins de ele și mi le-a ținut strâns.

Nț! Era așa de palpitant să mă joc cu albinele care zburau în jurul nostru. *Dă-mi drumul! Dă-mi drumul!* Pentru că începusem să mă zbat, Satoru m-a luat în brațe și ne-am urcat din nou în mașină.

— De prins, poți să le prinzi, dar sunt sigur c-o să le mănânci. Cum ar fi dacă te-ar înțepa în cerul gurii?

Bineînțeles c-o să le mănânc. Dacă tot le-am prins, trebuie neapărat să-mi înfig colții în ele, să văd ce gust au. Și în Tōkyō, când dădeam peste vreun cărăbuș, îl luam la ronțăit. Nu puteam să-i mănânc aripile chitinoase, dar carnea este moale și zemoasă.

Să te ții zbierete când Satoru găsea rămășițele pământești ale vreunui gândac molfăit! Zău dacă pricep aversiunea oamenilor pentru gândaci. În principiu, nu-s prea diferiți de rădaște sau scarabei, pe care oamenii îi pun sârguincios la insectar, fără să mai țipe. La pisici, cu cât o gânganie este mai vioaie, cu atât e mai distractivă vânătoarea.

O vreme am condus de-a lungul râului, până am dat de un drum ce ducea la mare.

— Oo! am urlat amândoi în același timp.

Satoru privea fascinat stuful chinezesc care creștea pe ambele părți ale drumului. Spicele albicioase se întindeau dincolo de linia orizontului și se unduiau în bătaia vântului precum crestele albe ale unor valuri.

Cu toate că nu trecuse mult de la ultimul nostru popas, Satoru a tras pe dreapta. Ne puteam opri practic oriunde, pentru că acostamentul era destul de lat și nu treceau prea multe mașini.

Satoru s-a dat jos, a înconjurat mașina și m-a luat de pe scaunul de lângă șofer, de unde stăteam. Se temea ca nu cumva să sar în mijlocul drumului. Mă sufoca cu grija, dar l-am lăsat să-și facă damblaua. Întotdeauna mă simțisem în siguranță în brațele lui.

Aș fi vrut să văd priveliștea mai de sus, așa că m-am eliberat din strânsoare, m-am urcat pe umărul lui și mi-am lungit gâtul. Acum eram exact la aceeași înălțime cu el.

La o pală de vânt, stuful chinezesc a prins a foșni și a se legăna în unde din ce în ce mai largi, imposibil de urmărit cu privirea. Un val năștea un altul, care pornea numaidecât în urmărirea celui dinainte, pierdut deja în zare.

Satoru avusese dreptate când asemănase această întindere imensă cu marea – o mare de pământ și iarbă, care, spre deosebire de cea adevărată, nu mugea amenințător. Îmi plăcea la nebunie! În marea aceasta de stuf mă puteam cufunda în voie. Am sărit pe pământ și am tăiat în două întinderea de iarbă înaltă. Dintr-odată, priveliștea s-a preschimbat! Cărarea din fața mea nu se mai vedea din cauza tulpinilor dese. Mi-am ridicat privirea și am văzut capetele albicioase al spicelor, unduindu-se încolo și-ncoace, iar deasupra lor, cerul înalt și albastru.

— Nana, unde ești? m-a ajuns din urmă vocea îngrijorată a lui Satoru.

Se auzeau pași pe iarba uscată, semn că Satoru intrase și el în marea de stuf chinezesc.

A-iiici! Lângă tine.

Dar vocea lui se îndepărta din ce în ce mai mult.

Iarba mă ascundea privirii, deși eu îl vedeam pe Satoru din locul unde mă aflam.

Of! mi-am zis și am iuțit pasul, să nu cumva să se rătăcească.

— Nana!

Daa! Uite-mă aici! Cred că i-am răspuns de vreo zece ori, dar probabil din cauza vântului nu mă auzea.

— Nanaaa!

Vocea lui era din ce în ce mai disperată.

— Nanaaa, Nanaaa, unde eeeești?!

Satoru a început să mă strige și să alerge în toate părțile. Nu mă lăsa inima să-l văd în halul acesta, așa că am urlat cât mă țineau bojocii.

Aiiiici, suuuunt aiiiici!

Și iată-l, încadrat de spicele de stuf chinezesc, cu chipul profilându-i-se pe peticul de cer din spatele său. Satoru s-a uitat în jos, și, de îndată ce-a dat cu ochii de mine, fața crispată i s-a destins și privirea i s-a îmblânzit. O rază de soare i-a căzut chiar pe dârele umede de pe obraji. A îngenunchiat și m-a strâns în brațe cu putere, fără să fie în stare să rostească nici un cuvânt.

Au! Mă doare! Mă strivești!

— Prostule! Dacă te rătăceai, nu te-aș mai fi găsit în veci.

Voia să facă pe durul, dar îl podidiseră lacrimile.

— Era ca și cum te-ai fi pierdut într-un codru mare și des.

Satoru îmi explicase mai demult, când treceam pe lângă muntele Fuji, că un codru este o pădure mare, în care nu știi încotro s-o apuci, pentru că nici busola nu mai funcționează.

Ce gogomănie! Niciodată nu m-am îndepărtat atât!

— Să nu mă mai părăsești vreodată!

Știam cât de mult ține la mine, știam cât s-a străduit să-mi găsească alt stăpân, dar și cât de ușurat fusese de fiecare dată când mă luase înapoi. Le spunea prietenilor că-i pare rău, însă în mașină era numai un zâmbet.

Cu siguranță n-o să te părăsesc niciodată!

Satoru plângea în tăcere, iar eu am început să-i ling mâna cu delicatețe.

Fii pe pace! Totul va fi bine! Probabil că și Hachi simțise ce simt și eu acum. Probabil că și el regretase despărțirea de Satoru, dar nici copilul, nici motanul nu putuseră să rămână împreună. Acum însă Satoru nu mai era copil, cum nici eu nu eram Hachi, ci un maidanez căpos, care nu se dădea bătut cu una, cu două.

Era ultima noastră călătorie, iar eu eram hotărât să mergem în cele mai frumoase locuri. Poate aș putea pescui câteva momente de neuitat cu codița mea norocoasă, în formă de șapte...

*

Ne-am întors înapoi la mașină. Melodia cu porumbei se terminase, iar o femeie cu o voce gravă și catifelată a început să cânte într-o limbă necunoscută, cu inflexiuni ciudate. Era muzica preferată a tatălui lui Satoru, după cum cântecul cu porumbei făcea parte din melodiile de suflet ale mamei sale.

*

Marginea șoselei era străjuită de pâlcuri pestrițe de flori galbene și mov. Dubița își vedea în continuare de drum. Oare de cât timp nu ne mai oprisem la un semafor? Uneori, apărea câte unul când ne apropiam de un oraș, dar dispărea imediat ce ajungeam la periferie.

Nu mai mergeam pe malul mării. Câmpurile care se întindeau de-o parte și de alta a drumului s-au transformat treptat în dealuri line, apoi în terenuri împrejmuite cu garduri de lemn în interiorul cărora erau... Dar oare ce erau acelea? Niște animale mari, care mâncau iarbă...

Am pus labele pe fereastră și m-am lungit să văd mai bine peisajul. Satoru mi-a pus pe scaunul de lângă el o o cutie mare și o pernă, ca să mă înalțe până la nivelul ferestrei. Mă aplecam pe geam de fiecare dată când ceva îmi stârnea interesul.

— Aceia sunt cai. Pe aici sunt multe pășuni.

Zău? Cai le spune? Îi mai văzusem de câteva ori la televizor, dar niciodată în realitate. Caii care pășteau pe marginea drumului erau mari, dar foarte supli.

M-am întors să mă mai uit puțin la caii rămași în urma noastră.

— Data viitoare oprim să-i vezi de-aproape, a zis Satoru râzând.

La următoarea pășune, caii se aflau într-un țarc, destul de departe de marginea drumului.

— Nu-s foarte aproape! a zis Satoru ușor dezamăgit, apoi a coborât din mașină și m-a luat de pe scaunul de lângă șofer.

Apoi a trântit ușa, și caii, care din depărtare nu păreau mai mari ca mâinile lui Satoru, au tresărit și și-au ridicat boturile din iarbă. Se simțea o oarecare stare de încordare, întrucât caii aveau urechile ciulite și ne fixau cu privirea. Ce animale sensibile!

— Se uită încoace!

De fapt, nu doar se uitau, ci ne observau cu mare atenție. Voiau să știe dacă reprezentam o amenințare. Sau poate din depărtare nu-și dădeau seama cine eram.

Caii sunt niște creaturi mari, care n-ar fi trebuit să fie atât de vigilente, dar instinctul le spunea contrariul – învățaseră pe propria piele că animalele care mănâncă iarbă sunt vânate de animalele care se hrănesc cu carne. Dacă mă întrebați pe mine, aș zice că sunt niște ființe destul de sperioase și de lașe.

Noi, pisicile, intrăm în categoria animalelor de pradă, a vânătorilor care nu se dau niciodată în lături să lupte cu animale mult mai mari. De aceea, câinii care se iau la harță cu noi sunt imediat puși cu botul pe labe. Un câine de două-trei ori mai mare? Păzea, îl facem praf!

Câinii au renunțat de mult să mai vâneze. Chiar și ogarii care iau urma prăzii vor doar să-i facă pe plac stăpânului, dar niciodată nu dau ei lovitura de grație. Asta-i diferența majoră dintre câini și pisici: la noi iese imediat la suprafață instinctul ucigaș. O gânganie mititică? Nici o problemă! Am hăcuit-o cât ai zice pește. Sau invers, un cal de zece ori mai mare? Floare la ureche! Îl doborâm cât ai clipi.

Mă luase puțintel valul, dar, în orice caz, eram tare mândru că nu-mi pierdusem instinctul de vânător. Nici măcar greutățile care ne așteptau de acum încolo pe mine și pe Satoru nu mă speriau!

O vreme, caii s-au uitat la noi, apoi, dându-și seama că nu eram un pericol, au continuat să pască.

— Le-aș face o poză cu telefonul, dar sunt cam departe.

Satoru s-a scotocit în buzunar și și-a scos mobilul.

Cele mai multe fotografii erau cele cu mine! Nu vedeam ce mare capodoperă ar fi ieșit dintr-o poză cu cai, dar, în fine…

Satoru și-a îndreptat telefonul spre cai, iar aceștia și-au ridicat din nou capetele, și-au ciulit urechile și s-au uitat încoace, urmărindu-ne cu atenție orice mișcare până când Satoru a făcut poza.

— N-a ieșit grozavă. Sunt prea departe, a zis el și și-a închis telefonul.

Caii au continuat să ne privească până ne-am întors la mașină și am trântit ușa în urma noastră. Abia după aceea au început din nou să pască. *Scuze de deranj!*

În orice caz, ciudate creaturi! Ar fi putut să ne tragă o copită, și mie, și lui Satoru, să ne ducem învârtindu-ne, dar instinctul le-a spus să păstreze distanța. Bine că sunt un motan neînfricat, cu reflexe de vânător, care nu se lasă intimidat de animalele mai mari.

Una peste alta, cred că v-ați dat seama și fără să vă mai bat la cap că mi-a plăcut întâlnirea cu caii, chiar dacă mi s-au părut cam sperioși.

*

Pe drum am văzut niște peisaje de-a dreptul fabuloase.

Mesteceni argintii cu trunchiurile albe și scoruși japonezi, încărcați de ciorchini cu boabe roșii.

Satoru mi-a spus cum se numeau toate acele plante. Apropo de fructele de scoruș… Mi-am amintit de un specialist de la televizor care zisese că pisicile nu pot distinge culoarea roșie.

— Uite, Nana, boabele scorușului sunt roșu aprins, comentase Satoru, cu ochii la televizor.

Astfel am aflat de culoarea roșie. Sigur că Satoru, spre deosebire de mine, o percepea diferit, dar așa am înțeles ce numea el „roșu aprins".

— Boabele de aici nu-s chiar atât de roșii, își dădea el cu părerea de fiecare dată când treceam pe lângă un scoruș.

Încet-încet, am început să fac diferența între nuanțele de roșu. Am învățat să disting, în felul meu, diversele tonuri de roșu și să-mi dau seama că, de fapt, erau nuanțe ale aceleiași culori. N-o să uit cât oi trăi multitudinea tonurilor de roșu pe care mi le-a arătat Satoru.

Din goana mașinii am văzut cum se strângeau cartofii și dovlecii de pe câmp. Câteodată, întâlneam unele terenuri de pe care oamenii apucaseră să adune deja toată recolta.

Cartofii erau îndesați în saci imenși, în care ar fi încăput câțiva oameni, iar apoi stivuiți la marginea tarlalei. Pe solul negru și umed se odihneau grămezi piramidale de dovleci. Ici-colo, pe pantele line ale dealurilor, vedeai niște tăvăluguri uriașe de plastic, de culoare albă sau neagră. Am aflat că se numeau baloți, dar mie mi se păreau niște jucării uriașe, uitate pe câmp.

— Iarna ninge mult pe-aici. Înainte să dea prima zăpadă, oamenii trebuie să strângă fânul, ca să aibă cu ce hrăni peste iarnă vacile și caii.

Zăpadă... Iarna, în Tōkyō cădea din cer o chestie rece și albă, care se topea imediat. În orice caz, nu i-am dat prea multă importanță. Abia în Hokkaidō aveam să aflu pe propria piele ce înseamnă zăpada. Viscolul de aici era atât de cumplit, că nu vedeai la doi pași. Până și eu, care nu mă sperii așa de ușor, am ajuns să mă tem de el. Dar o să vă povestesc asta cu altă ocazie...

În orice caz, zăpada din zonele reci, care ajungea la streșinile caselor, și zăpada de la oraș, care se topea în câteva zile, erau atât de diferite, că aproape nu mi se părea corect să aibă aceleași nume.

Am mai făcut câteva popasuri la un minimarket și o benzinărie de pe drum până când au început să se zărească munții. Soarele mai avea puțin și apunea. Am trecut munții în ultimele sclipiri de lumină și am ajuns într-un sat. Noaptea s-a lăsat repede, iar dubița noastră argintie gonea de parcă voia să se ia la întrecere cu întunericul din ce în ce mai des.

Când ne-am apropiat de destinație, toate mașinile cu care ne-am întâlnit aveau deja farurile aprinse.

— S-a făcut târziu. Nu mai avem de unde să luăm flori, a murmurat Satoru cu un aer preocupat.

Ar fi trebuit să ne ducem direct la hotelul unde urma să ne cazăm, dar am luat-o pe un drum lăturalnic – ceva mai îngust ca șinele trenului de mare viteză.

Am mers o vreme pe acel drumeag și ne-am pomenit la marginea orașului, într-o zonă cu case rustice, răsfirate. Distanța dintre ele era atât de mare, că în Tōkyō ar fi fost un lux de neconceput.

Treptat, casele s-au împuținat și drumul a început să urce. Probabil ne aflam pe un deal. Am suit panta lină și am trecut pe sub poarta de la capătul ei.

Aici, terenul era împărțit în parcele pătrate, pe care se aflau șiruri de pietre dreptunghiulare. Știam de la televizor ce sunt: morminte.

Se pare că oamenilor le plăcea să-și pună pietroaiele acelea la cap după ce dădeau colțul. „Ce mai obicei! Ce mai risipă!“ mi-am zis în timp ce mă uitam la emisiune.

Când animalele își simt sfârșitul aproape, mor și gata, dar niciodată nu-și pregătesc din timp locul unde își vor „dormi“ somnul de veci. Oamenii nu știu să se bucure de libertate și își fac o mie de griji din te miri ce, ca, de pildă, ce-o să li se întâmple după moarte. N-ar fi mai ușor să închidă ochii oriunde s-o nimeri și să moară? Simplu și firesc.

Satoru a condus printre parcele ca și cum ar fi știut exact încotro mergea. În cele din urmă, a tras pe dreapta, s-a dat jos din mașină și a luat-o la pas printre morminte, oprindu-se în fața unei pietre funerare albicioase.

— E mormântul părinților mei.

Își dorise atât să ajungă aici!

Deși condusese mult și era frânt de oboseală, Satoru reușise să ajungă cu bine până aici.

— De mult îmi doream să te iau cu mine la mormântul părinților mei.

Lasă, că nu-mi spui nimic nou, am zis și mi-am frecat fruntea de piatra de mormânt. *Mă bucur să vă cunosc. Cred că Hachi era un motan pe cinste, dar nici eu nu-s de lepădat.*

— Am venit în grabă și n-am apucat să cumpăr flori. O să le aduc mâine, a zis Satoru, lăsându-se pe vine în fața mormântului. Văd că mătușa a fost aici de Higan[1], a șoptit el, cu ochii la vasul de pe mormânt, în care erau niște flori ofilite. Îmi pare rău că n-am putut veni mai des…

M-am îndepărtat puțin ca să nu-l deranjez, dar nu foarte mult, ca să nu se panicheze că am dispărut, și m-am așezat într-un colțișor în care să mă vadă.

În cei cinci ani cât am stat împreună, Satoru vizitase mormântul părinților de câteva ori.

— Tata și mama ar fi uimiți să vadă cât de mult semeni cu Hachi!

Cu toate acestea, era prima dată când mă ducea la mormântul lor. Satoru fusese într-adevăr ocupat la firmă, iar în zilele libere ieșea cu prietenii sau avea diverse întâlniri în interes de serviciu.

— Într-o zi, mi-ar plăcea să mergem într-o călătorie mai lungă, îmi zisese el odată.

Dar până acum nu-și ținuse promisiunea, poate din cauza timpului, poate din cauza banilor…

— Vino aici, Nana! m-a chemat Satoru, iar eu m-am așezat în poala lui.

Oare vorbea cu părinții, în tăcere, în timp ce mă mângâia? Mama lui Satoru se trăgea din acest orășel. Bunicul și bunica lui fuseseră agricultori, dar muriseră de tineri, și mama și mătușa nu putuseră păstra ferma și au vândut-o – un gest pe care mama sa îl regretase toată viața, mai ales după ce Satoru venise pe lume. În oraș nu mai rămăseseră decât mormintele bunicilor,

1. Sărbătoare budistă din timpul echinocțiului de primăvară și de toamnă, când japonezii își comemorează rudele decedate.

prin urmare nu era un loc prea vesel pentru un copil. Mama lui n-avea prea multe rubedenii, iar cele câteva rămase se risipiseră care încotro.

Așa-i viața! Nu întotdeauna lucrurile ne ies așa cum am vrea...

Satoru m-a luat în brațe și s-a ridicat.

— Mai vin și mâine, a zis el și s-a întors la mașină.

Am mers în tăcere prin bezna care învăluise orașul, îndreptându-ne spre locul nostru de cazare.

*

Hotelul nu era foarte mare și fusese special conceput pentru oamenii de afaceri veniți aici în interes de serviciu. Din fericire, avea și camere pentru cei cu animale de companie. În revista pe care o consultase Satoru scria că este voie cu câini, însă, după ce a sunat, recepționerul l-a asigurat că putea veni și cu motanul. Pe scurt, era un hotel mai mult decât decent.

Satoru obosise de atâta condus. A ieșit să ia ceva de mâncare, dar s-a întors în mai puțin de o oră și s-a aruncat imediat în pat, adormind buștean.

În schimb, a doua zi s-a trezit cu noaptea-n cap și și-a strâns rapid bagajele. Când soarele de-abia răsărea, noi ieșeam deja din hotel.

— Fir-ar să fie! Florăria-i închisă!

Satoru a mai dat o dată roată gării, în căutarea unei soluții salvatoare.

— Poate o fi vreuna deschisă în drum spre cimitir.

Plecaserăm în pripă și, pe unde treceam, nu găseam decât florării cu obloanele trase. La un moment dat, Satoru s-a oprit pe marginea șoselei.

— O să ne mulțumim cu câteva flori de câmp...

Și s-a apucat să culeagă din florile galbene și mov care creșteau din belșug pe marginea drumului. Îmi plăceau mai mult decât florile de la florărie și sunt sigur că și părinților lui le-ar fi făcut plăcere să le primească, mai ales că Satoru le admirase cu o zi în urmă.

Învârtindu-mă puțin prin jur, am zărit niște crizanteme sălbatice cu mai multe flori pe tijă și i le-am arătat numaidecât lui Satoru.

— Vrei să mă ajuți, a râs el și a cules exact florile cărora le dădusem târcoale de câteva ori.

Nu după mult timp ne îndreptam deja spre cimitir, ducând cu noi un buchețel colorat de flori de câmp.

Fiindcă în ziua precedentă venisem pe întuneric, nu prea știam cum arată împrejurimile, dar acum am văzut de pe vârful dealului orașul, întinzându-se până hăt, departe, dincolo de linia orizontului.

Deși cimitirul era pustiu, arăta surprinzător de bine îngrijit. Ziua era complet diferit, iar atmosfera mai puțin apăsătoare. Cele mai multe povești de groază au loc în cimitire sau la temple, dar mormintele de aici nu-mi inspirau teamă și nu aveau deloc aerul sinistru al locurilor bântuite.

O să mă întrebați dacă pisicile pot vedea fantome. Ei bine, unele lucruri ar trebui să rămână o taină...

Satoru s-a dat jos din mașină, ducând în brațe florile și instrumentele de grădinărit, pe care le cumpărase în grabă în seara trecută.

După ce a curățat placa de mormânt, a luat florile veștede din vază, a schimbat apa și a pus în vas buchetul cu flori proaspete, la care a mai adăugat și câteva mărărițe culese din cimitir.

În vas nu ne încăpuseră decât jumătate din flori, dar buchetul forma un amestec ispititor de culori vii și strălucitoare.

— O să luăm restul cu noi, a zis Satoru, înfășurând codițele florilor într-un ziar ud.

Apoi a despachetat prăjiturile și gogoșile *manjū*[1] cumpărate în ziua precedentă și a așezat ofrandele pe mormânt. Furnicile au început numaidecât să mișune în jurul lor. Probabil că imediat ce plecam, nevăstuicile și ciorile aveau să dea năvală să le mănânce, dar era mai bine decât să se strice.

Satoru a aprins bețișoarele parfumate. În familia lui era obiceiul de a aprinde un mănunchi întreg deodată și de a-l lăsa să ardă cu flacără mare. Se făcuse mult fum, iar eu am fost nevoit să mă feresc, întorcându-mă împotriva vântului.

Satoru s-a așezat pe lespede și a rămas pe gânduri, cu ochii la mormânt. Eu m-am frecat de genunchii lui, iar el m-a mângâiat sub barbă, zâmbind.

— Îmi pare bine că te-am adus aici, a șoptit el aproape imperceptibil.

În vocea lui se citea mulțumirea.

M-am îndepărtat încetișor, să nu-l deranjez, dar am rămas în raza lui vizuală. Podbalul creștea din belșug pe sub gardul viu, nu foarte înalt, care împrejmuia parcela noastră. Sub frunzele de podbal țopăia ceva,

---

1. Produs de patiserie obținut din făină, pudră de orez, hrișcă și umplut cu pastă de fasole roșie.

probabil un greiere. Am amușinat insistent la rădăcina plantelor până când m-am pomenit cu Satoru lângă mine.

— Ce-i, Nana? Te-ai băgat cu totul pe sub frunzele de podbal.

E ceva acolo, sub ele....

— Ai găsit ceva?

Da! Ceva foarte sprinten, cu un miros ciudat. L-am zărit când sărea. M-am uitat insistent pe sub frunzele de podbal și Satoru a izbucnit în râs.

— O fi un *korobokkuru*[1].

Un ce?

— E un omuleț care trăiește sub frunzele de podbal.

N-am mai auzit de așa ceva! Habar n-aveam de o asemenea vietate!

— Știu de el dintr-o carte de povești, care-mi plăcea la nebunie în copilărie.

Ce?! E dintr-o carte?

— Și părinții mei îndrăgeau povestea. S-au bucurat mult când am ajuns s-o citesc singur.

Și Satoru a început să-mi împuie capul cu povești cu omuleți, dar mie mi-au intrat pe o ureche și mi-au ieșit pe cealaltă. Când am început să casc, Satoru a zâmbit.

— Văd că nu te prea interesează.

Pisicile sunt ființe realiste.

— Dacă dai peste vreunul, să nu-l omori, bine?

---

1. În folclorul *ainu* al locuitorilor din nordul Japoniei, *korobokkuru* sunt un popor de pitici care trăiesc în locuințe acoperite cu frunze de podbal.

Da, să trăiți! În realitate, muream de nerăbdare să-mi înfig colții într-unul, dar, pentru că mă rugase Satoru, aveam să-mi țin labele acasă.

La final, Satoru s-a așezat în fața mormântului și și-a împreunat palmele în rugăciune, pe când eu mi-am manifestat afecțiunea frecându-mi obrazul de un colț de lespede.

După ce s-a rugat, Satoru s-a ridicat din genunchi și și-a luat rămas-bun. Avea o mină mult mai senină, ca și cum i s-ar fi luat o piatră de pe inimă.

Ne-am urcat din nou în mașină și ne-am oprit în fața altui mormânt.

— Aici sunt bunicul și bunica.

Am pus în vază buchetul cu florile rămase și am așezat pe mormânt ofrandele, după care am aprins un mănunchi de bețișoare parfumate, exact cum făcusem și la mormintele părinților.

Satoru a stat aici mai puțin pentru că, de fapt, nu apucase să-și cunoască niciodată bunicii, care muriseră de timpuriu.

— Hai, să mergem!

Ne aștepta ultima noastră destinație: orașul Sapporo.

*

Drumul urca pe un deal înalt și destul de abrupt. Terasamentul era străjuit de șiruri de mesteceni, la poalele cărora creșteau tufe de bambuși japonezi pitici.

În Hokkaidō era o priveliște obișnuită, pe care o întâlneai la tot pasul. Pe când dubița își croia drum printre mesteceni, Satoru a scos un mic strigăt și a pus frână. Luat prin surprindere, m-am pomenit proiectat în față.

Hei, ce-a fost asta?

— Nana, privește!

M-am întors să mă uit înapoi, pe fereastră, și am rămas cu gura căscată. Două căprioare mari și un pui se confundau perfect cu solul, datorită petelor albe de pe spinare.

— La început nu le-am văzut. Le-am reperat abia după ce una dintre ele s-a întors încoace.

Căprioara care stătea cu spatele la noi avea pe fund o pată mare, albă și pufoasă, în formă de inimioară, care o dăduse de gol.

— Să las fereastra în jos? a spus Satoru, aplecându-se peste scaunul de alături și apăsând butonul care deschidea geamul.

Fereastra s-a lăsat în jos cu un sunet mecanic. Căprioarele au întors capul în direcția noastră.

Am simțit din nou încordarea în aer.

Căprioarele erau rude cu caii, adică făceau parte din animalele care mâncau iarbă și erau vânate de animalele care se hrăneau cu carne.

— Cred că le-am speriat.

Satoru n-a coborât mai mult geamul. Căprioarele mai mari s-au uitat fix la noi, apoi au rupt-o la fugă în susul dealului. Căprioara mai mică ne privea în continuare. Era prea tânără să știe ce-i acela pericolul. Din vârful dealului, cele două căprioare au început să-și cheme puiul rămas în urmă. Într-un final, acesta ne-a arătat petecul alb de blăniță, în formă de inimioară, și a zbughit-o și el în susul dealului.

— Ah, s-a dus... a spus Satoru cu părere de rău. Nemaipomenit! N-am mai văzut niciodată căprioare pe marginea drumului!

Sunt sigur că asta s-a datorat minunatei mele codițe norocoase, în formă de șapte, cu care pescuiesc toate minunățiile din calea mea.

Am rămas o vreme uitându-ne după cele trei căprioare, după care am plecat.

Pantele domoale ale dealurilor se întrețeseau armonios cu limbile de pământ arabil de la poalele munților. Când am ajuns sub norii cenușii, care brăzdau cerul în fâșii subțiri, ne-a prins o ploaie ușoară, cu soare.

— Asta înseamnă că tocmai am trecut granița de unde începe norul de ploaie.

Satoru conducea destins, dar pe pisici ploaia le deprimă. *Poate ajungem mai repede la granița unde începe timpul frumos.* Din fericire, dorința mi-a fost repede îndeplinită. Picăturile de ploaie au devenit din ce în ce mai fine și mai rare, până când razele soarelui au început să strălucească din nou.

De pe scaunul șoferului, Satoru a tras adânc aer în piept. Eu, care picoteam alături, m-am uitat numaidecât la el. Satoru a încetinit și a oprit mașina. Deasupra dealurilor din fața noastră se vedea curcubeul.

— Ce frumos e!

Da! Era de-a dreptul magnific! Mult mai frumos decât granița ploilor.

Un capăt al curcubeului se odihnea pe panta unui deal, în vreme ce cealaltă extremitate se sprijinea pe dealul de alături.

Nu mai văzusem niciodată capetele curcubeului, și, după felul în care își ținea respirația, mi-am dat seama că și pentru Satoru era prima dată.

— Coborâm puțin?

Satoru s-a dat jos din mașină cu băgare de seamă, ca și cum se temea ca minunatul curcubeu să nu se destrame la o mișcare bruscă. Apoi, m-a luat de pe scaunul de lângă șofer și ne-am uitat amândoi în sus, vrăjiți. Curcubeul avea ambele capete rezemate pe pământ și descria un arc perfect, chiar dacă nuanțele din vârf erau ceva mai pale.

Ia stai așa! Mai văzusem undeva culorile acelea... A! La florile de dimineață, pe care le pusesem pe mormânt! Recunoșteam perfect tonurile de violet, diferite de la o crizantemă la alta, galbenul viu al splinuțelor și mărărițelor.

— Mi se pare că la cimitir am adus ofrandă un mic curcubeu.

Eram încântat să-l aud pe Satoru vorbind astfel. Evident, eram amândoi pe aceeași lungime de undă!

Mi-am dat din nou capul pe spate și m-am uitat în sus, unde am descoperit o altă minunăție. Am mieunat prelung, continuând să mă uit în sus. Satoru și-a ridicat și el privirea.

Deasupra arcului perfect al curcubeului se întrezărea un alt curcubeu – mai mare, mai palid, dar întreg.

Satoru a tras din nou aer în piept și a lăsat să-i scape o exclamație de uimire.

Ce priveliște, tocmai acum, la finalul drumeției! Eram fericit că trăiam alături de Satoru această experiență de neuitat. Cele două curcubeie, care parcă ne binecuvântau sfârșitul călătoriei, aveau să ne urmărească în gând mult timp de acum încolo.

Am rămas nemișcați o vreme, cu privirea în sus, până când cerul s-a înseninat și curcubeiele s-au topit în aer.

4
NORIKO

Noriko Kashima fusese deseori transferată cu serviciul, prin urmare, mutatul nu mai era o noutate. La fiecare mutare scotea din cutiile de carton obiectele de strictă necesitate și despacheta sistematic, mereu în aceeași ordine. Când se goleau două sau trei cutii, le presa și le plia, ca să câștige puțin spațiu.

Noriko nu avea multe de despachetat, fiindcă niciodată nu-i plăcuse să fie sufocată de lucruri.

Ultimul obiect pe care îl scosese din cutie era un ceas de perete. Acele ceasornicului arătau că se făcuse deja amiază. Ceasul nu mai avea agățătoare, de aceea a fost așezat pe canapeaua din camera de zi. Ori de câte ori se muta, Noriko își spunea să cumpere o agățătoare pentru ceas, dar de fiecare dată îi ieșea complet din minte.

Mobilul a început să-i vibreze. Își făcuse un obicei să-l țină mereu în buzunar, întrucât, cu mutările acestea dese, ar fi fost problemă dacă-l uita pe undeva.

Era un mail de la nepotul ei, Satoru Miyawaki, fiul răposatei sale surori. Miyawaki era numele surorii ei după căsătorie. În titlul mailului era scris „scuze", după care urma un emoticon drăgălaș. Noriko nu folosea emoticoane. Încercase mai demult, în tinerețe, crezând că mesajele sale o să pară mai prietenoase, dar reușise să-i uimească pe toți cei din jur, așa că renunțase repede. De atunci trecuseră ani buni, iar acum nu mai avea vreo șansă să învețe să le folosească.

„Am sperat că pot ajunge în jurul prânzului, dar cred că voi întârzia. Îmi pare rău că te las să despachetezi singură."

Satoru îi spusese că va trece pe la mormântul părinților. Probabil că pierduse noțiunea timpului.

Noriko a scris în titlu „Am înțeles", apoi a mai adăugat în mail: „Nu-i nimic. Ai grijă la drum!"

După ce a trimis mailul, a început să aibă îndoieli. Mesajul suna sec, ca și cum s-ar fi supărat pe Satoru că întârzia.

A redeschis mesajul trimis și l-a recitit. Nici mesajul lui Satoru nu era lung sau complicat, dar, în comparație cu al ei, era mai cald, mai afectuos. Al ei suna absolut banal. Poate ar mai fi trebuit să adauge ceva?

În cele din urmă, a scris P.S. la titlu, dar nu-i venea în minte nimic. După ce s-a gândit și s-a răzgândit, a tastat: „Nu te grăbi, să nu faci vreun accident." Dar i-a părut rău imediat ce a trimis mesajul.

Disperată să-și repare greșeala, a început al treilea mesaj, cu titlul P.P.S.: „Sunt îngrijorată să nu conduci cu viteză ca să ajungi aici la timp." De îndată ce l-a trimis, s-a gândit că fusese o idee proastă să-l bombardeze pe Satoru cu mailuri în timp ce conducea.

Pisălogeala ei ar fi putut avea exact efectul contrar – să-i distragă nepotului ei atenția de la condus. Noriko s-a bosumflat. Tocmai atunci i-a intrat un alt mesaj de la Satoru. În titlu scria „Ești amuzantă". A răsuflat ușurată, cu ochii la titlu. „Scuze că te-am făcut să te îngrijorezi. O să-ți urmez sfatul și o să conduc cu grijă." În final era un emoticon: o față zâmbitoare, care-i făcea cu mâna.

Noriko s-a prăbușit pe canapea, epuizată de propria-i nehotărâre. Nepotul ei era mai tânăr cu douăzeci și cinci de ani. Cum aveau să se înțeleagă dacă ea îl exaspera cu o mie de nimicuri?

Și totuși, așa stătuseră mereu lucrurile între ei, încă de când îl luase pe Satoru la ea, după moartea părinților lui. Satoru avea pe atunci doisprezece ani.

Sora ei mai mare se sacrificase pentru ea, iar Noriko, la rândul ei, se străduise să-i construiască o altă viață micului orfan, numai că nu-și putea scoate din cap gândul că, de fapt, nu reușise să-i ofere decât puțină siguranță materială și un acoperiș deasupra capului.

*

Diferența dintre cele două surori era de opt ani. Nu și-o amintea prea bine pe mama ei, pentru că aceasta murise când ele erau încă mici, iar tatăl o urmase când Noriko era în primul an de liceu. Cu alte cuvinte, sora mai mare a fost pentru ea un fel de tutore.

Când tatăl lor a murit, Noriko a zis că voia doar să termine liceul, dar, pentru că era foarte isteață, sora ei a insistat să meargă la facultate. După absolvirea liceului, sora ei, care se angajase la o fermă din zonă, i-a plănuit minuțios viitorul. Chiar dacă tatăl lor ar mai fi trăit, nu și-ar fi permis să le țină pe amândouă la facultate.

În primăvara în care Noriko a dat admitere la Facultatea de Drept, sora ei s-a mutat în Sapporo. Noriko a trebuit să plece și ea din oraș, la universitate, prin urmare, amândouă s-au văzut nevoite să părăsească locul unde se născuseră. Sora ei a profitat de ocazie să vândă și ultimul petic de pământ pe care îl moșteniseră de la tatăl lor. Ar fi luat o nimica toată dacă ar fi vândut terenul pe bucăți. Până atunci, pământul fusese lucrat de un vecin, dar arenda era aproape modică. Totuși, ar fi putut obține o sumă frumușică dacă ar fi vândut tot pământul odată. Cu banii aceia puteau să-și acopere cheltuielile zilnice, plus taxele școlare ale lui Noriko.

La început nu le surâsese ideea să înstrăineze casa părintească, de aceea au încercat s-o închirieze, numai că, până să termine Noriko facultatea, casa fusese deja vândută. Sora sa urma să se căsătorească, așadar banii obținuți de pe urma casei fuseseră destinați pentru a-i acoperi taxele școlare. N-ar fi fost cinstit ca Noriko să pice pe capul familiei de-abia înfiripate.

Sora ei s-a tot scuzat că a făcut nunta prea devreme, însă Noriko știa cu câtă răbdare așteptase actualul ei cumnat să se însoare. O ceruse în căsătorie pe sora ei înainte de a pleca din Hokkaidō, în interes de serviciu.

Varianta transferului fusese mai mult de ochii lumii, dar altele erau dedesubturile. Familia lui se opusese căsătoriei cu o femeie ai cărei părinți nu mai trăiau și care, pe deasupra, mai avea și o soră de întreținut. Tânărul făcea parte dintr-o familie înstărită, iar ai lui credeau că sora ei umbla după banii fiului lor. Părinții lui au încercat în repetate rânduri să-i găsească o altă logodnică, doar-doar băiatul lor se va despărți de actuala iubită. Adevărul este că amândoi suportaseră cu greu genul acesta de presiuni.

Din fericire, tânărul se dovedise la înălțime și nu își părăsise iubita, în ciuda insistențelor părinților. Noriko îi era extrem de recunoscătoare pentru aceasta și era singura din familie care le susținea din toată inima căsătoria.

— Bine, dar putem păstra măcar casa? i-a zis Noriko surorii sale.

Știa că sora sa închiriase locuința ca să aibă cine avea grijă de ea și că, la bătrânețe, și-ar fi dorit să se întoarcă în casa părintească.

— Mai am un an până termin facultatea și atunci voi fi și eu pe picioarele mele.

Sora ei s-a înnegurat la față.

— De fapt, nu am găsit cui să i-o închiriez. Casa-i destul de veche. Chiriașul de dinainte zicea că vrea s-o renoveze dacă i-o vindem lui. Dacă nu, intenționează să se mute. Ne-a făcut o ofertă bunicică... Nici tu, nici eu nu o să mai stăm în Hokkaidō. N-avem cum să plătim întreținerea pentru o casă goală. Dacă am face câteva modificări, s-ar putea să găsim un alt chiriaș, dar ar fi un efort financiar prea mare. O casă nelocuită pe timp de iarnă nu va rezista ninsorilor.

Sora ei nu pusese niciodată problema astfel. Dintr-odată, Noriko a realizat câte sacrificii făcuse aceasta ca să-i asigure un trai decent. De dragul lui Noriko, sora sa ar fi renunțat bucuroasă și la casa la care și-ar fi dorit să se retragă la bătrânețe.

Noriko își promisese că într-o bună zi avea să-i întoarcă surorii sale binele făcut, dar, din păcate, sora și cumnatul ei muriseră mult prea devreme. Măcar se putea revanșa adoptându-l pe Satoru. Din păcate, în ciuda intențiilor sale lăudabile, era limpede că situația o depășea. De fapt, i se păruse că niciodată nu putuse să-i ofere lui Satoru prea multe.

„Iartă-mă, surioară, că n-am reușit să-l fac fericit. I-am împuiat capul cu o mie de prostii și mărunțișuri – ca mailurile de adineauri."

După adopție, băiatul fusese ascultător, grijuliu și foarte matur pentru vârsta lui. Dar oare aceasta să-i fi fost adevărata fire? Sora ei vorbea deseori de năzbâtiile pe care le făcea, dar o spunea cu zâmbetul pe buze, ca pe un fapt divers.

E adevărat că Satoru fusese destul de năzdrăvan pe vremea când ai lui trăiau. Când Noriko îi vizita, nepotul său se alinta și se prostea ca orice copil care știa că este iubit. Uneori se agăța de ea și se hlizea, alteori se bosumfla sau se dădea în spectacol din te miri ce.

Cu alte cuvinte, fusese un copil normal până să vină să stea la ea, când, dintr-odată, încetase să se mai poarte ca un mic egoist. Dar oare aceasta se întâmplase din cauză că ea îl forțase, într-un fel sau altul, să se schimbe, sau pentru că pierderea părinților îl făcuse să se maturizeze rapid? Înclina mai mult spre prima variantă...

Relația lor nu începuse tocmai bine, iar Noriko nu știuse cum să umple hăul care se căsca între ei. Așadar, îl lăsase pe Satoru să se prefacă că, de fapt, distanța dintre ei nu existase niciodată.

Spera ca măcar acum, într-al doisprezecelea ceas, Satoru să aibă parte de liniște și să nu fie împovărat cu tot felul de probleme. Numai că, după cât se pare, nu fusese în stare să-i trimită nici măcar câteva mailuri normale.

După această scurtă pauză în care își lăsase gândurile în voie, Noriko s-a ridicat de pe canapea. Era o persoană tăcută și retrasă, care nu se pricepea la subtilități psihologice, dar cel puțin era organizată și își făcea bine treaba. Măcar să facă puțină ordine înaintea să vină nepotul ei.

*

Satoru și-a făcut apariția pe la ora trei.

— Scuze de întârziere.

— Nu-i nimic. Oricum, mă descurc mai bine singură.

Voise să fie politicoasă, să-i spună să nu-și facă griji, dar Satoru s-a crispat. Văzându-i expresia de pe chip, Noriko și-a dat seama că făcuse o gafă. Sunase ca și cum și-ar fi dorit să stea singură, deși de acum încolo aveau să locuiască sub același acoperiș.

— Vreau să spun că nu mă deranjează să locuim împreună. Oricum sunt tutorele tău, a adăugat ea în grabă, dar, din nou, a regretat cuvintele acelea spuse în pripă.

Cu cât încerca să dea mai multe explicații, cu atât vorbea mai precipitat.

— Mai rămăseseră doar bagajele tale, așa că ți le-am dus în cameră. N-ai cu ce să mă mai ajuți. Am făcut deja ordine în celelalte încăperi.

Satoru făcuse ochii mari, iar Noriko și-a dat imediat seama că vorbise numai ea, fără să-i dea acestuia șansa să răspundă.

— Îmi pare rău. După cum vezi, nu m-am schimbat... a zis ea abătută, cu umerii căzuți.

Satoru a pufnit în râs, văzând-o atât de demoralizată.

— Mă bucur că nu te-ai schimbat. Au trecut treisprezece ani de când n-am mai locuit împreună. Sincer, chiar aveam emoții.

Satoru a pus jos cușca și geanta de pe umăr.

— Uite, Nana, aceasta este noua noastră locuință.

Satoru a deschis portița și din cușcă a ieșit un motan. Era în întregime alb, mai puțin coada neagră, în formă de cârlig. Pe frunte avea un semn ce aducea cu cifra opt și semăna mult cu pisica la care renunțase Satoru în copilărie.

Cotoiul părea neîncrezător și amușina în toate părțile.

— Îmi pare rău că ți l-am adus și pe Nana pe cap, a zis Satoru încruntat, cu un aer jenat. Am sperat să-i găsesc alt stăpân... Erau câțiva amici care ar fi putut să-l ia, dar...

— Nu-ți face probleme.

— Nu voiam să te silesc să te muți în alt apartament.

Îi spusese că o să găsească pe cineva să aibă grijă de Nana înainte să se mute din Tōkyō, dar, în cele din urmă, planul eşuase şi venise aici, cu motan cu tot. Noriko a trebuit să se mute din apartamentul de unde locuia şi să caute un loc în care să poată sta şi motanul lui Satoru.

Din fericire, găsise apartamentul acesta, destul de bine poziţionat, nu foarte departe de spital.

— Nana, ce avem noi aici? a zis Satoru mijindu-şi ochii.

Motanul mirosea cutiile goale, care nu fuseseră încă strânse şi pliate.

Noriko părea nedumerită.

— Pisicilor le place să stea în cutiile goale sau în pungile mari de hârtie. Se dau în vânt după spaţiile înghesuite, i-a explicat nepotul său.

Satoru stătea pe vine, jucându-se cu motanul. Noriko a observat că avea gâtul subţire ca al unui bătrân. Era atât de firav şi de fragil, că gulerul cămăşii părea îngrozitor de larg. Şi totuşi, cât de tânăr era!

Noriko a simţit că o ustură nasul şi a dat fuga în bucătărie. Era mai în vârstă ca el cu peste douăzeci şi cinci de ani. Normal era ca ea să se ducă înaintea lui. De ce el?

*

Îşi amintea perfect ziua în care Satoru îi dăduse telefon. La un banal consult medical i se descoperise o tumoare malignă. Trebuia să se opereze urgent, prin urmare avea nevoie de consimţământul ei.

Noriko s-a dus într-un suflet la Tōkyō. Doctorul era rezervat și, pe măsură ce acesta vorbea, simțea cum îi dispare orice speranță.

Satoru s-a operat, așa cum fusese sfătuit, dar intervenția chirurgicală n-a avut succes. Tumorile se răspândiseră în tot corpul, așadar l-au cusut la loc. Mai avea cel mult un an.

— Îmi pare rău, mătușă, i-a zis Satoru după operație.

Noriko îl rugase să nu-și mai ceară atâtea scuze. Satoru fusese cât pe ce să se scuze din nou, dar și-a înghițit repede cuvintele.

Nepotul său se hotărâse să-și dea demisia și să se mute din Tōkyō, să locuiască cu ea. Noriko urma să-l îngrijească când avea să se interneze.

Noriko era judecătoare în Sapporo, dar renunțase la slujbă ca să stea cu Satoru. Judecătorii erau transferați des, și, dacă n-ar fi demisionat, probabil ar fi fost din nou transferată tocmai când Satoru avea mai multă nevoie de ea. Așadar, și-a întins antenele și și-a găsit un post într-o companie de avocatură din Sapporo.

Satoru și-a făcut griji pentru ea, dar pe Noriko o bătuse de multă vreme gândul să lucreze ca avocat după ce împlinea vârsta legală de pensionare pentru judecători. Numai că lucrurile se precipitaseră... De fapt, regreta că nu făcuse pasul acesta mai de mult. Așa cum putuse să-și găsească acum de lucru, la fel ar fi putut să găsească și atunci. Îl forțase pe Satoru să se mute de colo-colo, smulgându-l din locurile cu care se obișnuise deja și îndepărtându-l de prieteni. Nu avusese o copilărie prea fericită, iar acum urma să moară atât de tânăr...

Noriko și-a făcut de lucru prin bucătărie ca să n-o podidească plânsul în fața lui Satoru.

— Mătușă, a strigat-o Satoru, te deranjează dacă lăsăm cutia mică de carton? Se pare că lui Nana îi place să stea în ea.

— De acord, dar o strângem când s-o plictisi de ea, a spus ea exagerat de tare, ca Satoru să nu-i observe tremurul din glas. Ai găsit repede parcarea? a continuat ea.

Închiriase un loc într-o parcare subterană, unde Satoru putea să-și lase dubița. Noriko își ținea mașina în parcarea închiriată din apropiere.

— Da. Am oprit la numărul șapte, din colț. L-ai ales special?

Satoru părea încântat, pentru că acesta era numele motanului lui.

— Nu neapărat. M-am gândit că un loc în colț e mai ușor de găsit – atâta tot.

Acesta era adevărul, dar, în astfel de împrejurări, ar fi putut să spună o minciună frumoasă. Ca să-și mascheze gafa, a început să-i pună tot felul de întrebări copilărești.

— Deci Nana vine de la cifra șapte?

— Da, de la coada lui, în formă de șapte. Uite...

Satoru a vrut să-l ia pe Nana să i-l arate mătușii, dar motanul era de negăsit.

— Nana?! l-a strigat el contrariat, dar a fost întrerupt de un țipăt.

Ceva moale se freca de gamba lui Noriko. A scăpat din mâini tigaia, care s-a rostogolit cât colo pe podea, făcând un zgomot infernal. A mai țipat o dată și motanul a zbughit-o de la picioarele ei și s-a refugiat în brațele lui Satoru, pe care l-a pufnit râsul. Țipetele lui Noriko îl luaseră și pe el prin surprindere.

— Scuze, a râs el, schimonosindu-se de durere. Nu prea îți plac pisicile? Ei bine, vrei, nu vrei, te-ai ales cu una!

— N-aș zice că nu-mi plac, doar că nu știu cum să mă port cu ele, a protestat ea.

Odată, când era mică, voise să se joace cu o pisică vagaboandă și se alesese cu o mușcătură de toată frumusețea. Mâna dreaptă, cu care încercase să mângâie pisica, i se umflase îngrozitor. De atunci, pisicile erau pe lista ei neagră.

— Dar nu de asta n-am vrut să te las atunci să păstrezi motanul.

— În regulă. Înțeleg.

Cu ani în urmă, Noriko îl luase la ea pe Satoru. Pentru că se muta des din cauza serviciului, nu putuse lua și motanul nepotului său. În apartamentele subvenționate de stat în care locuise până atunci nu era voie cu animale. Dacă ar fi păstrat motanul ar fi trebuit să-și caute singură un apartament. Dacă ar fi fost iubitoare de pisici, poate ar fi găsit o soluție și pentru motan sau ar fi înțeles ce era în inima unui copil care trebuia să se despartă de animalul la care ținea.

În gimnaziu, Satoru făcuse o excursie cu școala în Fukuoka și încercase să se furișeze noaptea afară din hotel. Profesorii îl prinseseră la gară. După ce îl urechiaseră bine, au luat legătura cu tutorele legal, iar Noriko a fost de-a dreptul șocată să afle ce se întâmplase.

Bănuia că Satoru încercase să-și vadă motanul, pe care îl luase o rudă îndepărtată din Kokura, un orășel la numai o stație distanță de gara Hakata. Odată, Satoru spusese, cu glas pierit, că ar fi vrut să-și vadă pisica, dar ea i-a retezat-o scurt, spunându-i că era prea ocupată pentru prostii. Din punctul ei de vedere, chestiunea se rezolvase imediat ce găsise pe cineva de încredere care să aibă grijă de motan. Ce rost avea să bată atâta drum să vadă un cotoi?

„Varianta oficială" fusese aceea că Satoru fugise de la hotel ca să-și întovărășească un prieten, dar, când Noriko ascultase povestea cu atenție, înțelesese că altul era adevărul. Ei spuneau că prietenul lui Satoru voise să meargă la un restaurant la care fusese cu părinții, înainte ca aceștia să divorțeze. Lui Noriko îi venea greu să creadă că un copil atât de ascultător ca Satoru ar fi încălcat regulile numai ca să-i țină de urât prietenului său.

Îl întrebase dacă voia să-l ducă să-și vadă pisica, dar Satoru refuzase, zicând că fuga lui n-avea de-a face cu motanul din Kokura. De atunci, Noriko nu mai adusese vorba despre asta.

Cotoiul murise când nepotul ei era la liceu. Satoru se dusese la mormântul lui cu banii strânși din slujba de peste vară.

— Îmi pare rău că nu mi-am dat seama cât de mult țineai la motan. Ar fi trebuit să-l luăm și pe el cu noi.

— Cred că Hachi a fost bine îngrijit. Asta-i tot ce contează. Îți sunt recunoscător că i-ai găsit o familie bună, care să aibă grijă de el.

Satoru l-a mângâiat pe Nana, care se cuibărise în poala lui.

— Nana mi-a dat peste cap toate planurile de a-i găsi stăpân. Nici nu știi ce bucurie mi-ai făcut când mi-ai zis că pot să-l iau și pe el.

Satoru i-a prins capul lui Nana în palme și i l-a întors spre Noriko.

— Nana, nu-i așa că o să te porți frumos cu mătușa Noriko?

*

Ia mai scutește-mă! Sunt un pachet de nervi.

Sincer, Noriko asta-i total lipsită de maniere. Știam că urma să locuim la ea, așa că m-am dus politicos s-o salut. M-am frecat prietenește de picioarele ei, așa cum se obișnuiește în lumea felinelor, iar ea a început să țipe de parcă văzuse o fantomă în miez de noapte.

În fine, o să-i trec asta cu vederea, pentru că ne-a primit pe amândoi…

Nu-mi plăcea, dar trebuia să mă obișnuiesc să trăiesc sub același acoperiș cu ea.

Mătușa lui Satoru era zero barat în materie de pisici. Ne-a luat ceva timp până să ne învățăm unul cu celălalt.

— Neața, Nana, a zis ea, întinzând temător mâna spre mine, în chip de salut.

În felul ei, făcea ce putea. Dar de ce naiba mă tot atingea pe coadă?! Nu-i las să mă pipăie pe coadă nici pe cei mai buni prieteni ai mei. În mod normal, i-aş fi tras câteva zgârieturi, dar, din respect pentru stăpâna casei, m-am mulțumit să-mi feresc coada.

Speram să-mi înțeleagă mesajul. Nu știu cum se făcea că, de fiecare dată când întindea mâna să mă mângâie, culmea, tot pe coadă mă nimerea!

Într-o dimineață, Satoru a văzut întreaga scenă și a venit să mă salveze.

— Lui Nana nu-i place să-l atingi pe coadă!

— Păi unde să-l ating?

— Pe cap... în spatele urechilor... Când se mai obișnuiește cu tine, poți să-l mângâi sub bărbie.

Agitând în aer periuța de dinți, Satoru a demonstrat pe viu care erau zonele pe care mă putea mângâia.

— Capul... în spatele urechilor... sub bărbie.

Am rămas interzis când am văzut că Noriko a repetat instrucțiunile și le-a notat pe un carnețel.

— A nu se mângâia pe coadă...

— Chiar trebuie să-ți notezi asta? a râs Satoru.

— Nu vreau să uit, a răspuns ea serioasă.

„Era cam grea de cap, săraca...", mi-am zis eu cu milă.

— Lasă teoria, mai bine treci la practică. Hai, mângâie-l puțin.

— Dar e prea aproape de bot.

— Și ce dacă?

— Poate mă mușcă.

Auzi la ea, neobrăzata! S-o mușc! Eu, un gentleman desăvârșit, care m-am abținut cu greu să n-o zgârii când mă pipăia pe coadă cu nerușinare. Ai tupeu, cucoană! Știi ce? Poate chiar te mușc pentru vorbele astea de ocară.

— Curaj, că nu te mușcă. Haide, încearcă.

La insistențele lui Satoru, Noriko a întins mâna cu frică. *Măiculiță, ce-aș mai fi capsat-o! Dar sunt un motan matur, care știe să se controleze, așa că merit din plin aplauzele dumneavoastră!*

Aaa! Ia stați așa! Abia acum mi-a picat fisa de ce mă tot apuca de coadă! Era zona cea mai departe de bot. Numai că un animal reacționează mult mai iute dacă e atins pe spinare sau pe coadă, decât dacă i se vântură o mână înaintea ochilor.

— Ce moale e!

Întotdeauna m-am mândrit cu blănița mea de catifea!

— Vezi? Îi place.

Sincer să fiu, mângâierile lui Noriko erau foarte stângace, dar, dacă putea exersa pe mine, eram dispus să mă prefac. În plus, voiam să se dezvețe să mă mai apuce de coadă.

— Aoleu! a scâncit Noriko și și-a retras mâna.

M-am făcut mic. *Acum ce mai făcusem?*

— Oasele din gât i se mișcă în sus și-n jos.

Stai calmă și nu ți-o lua în cap – torc mai mult de încurajare!

— Face așa pentru că-i place, i-a explicat Satoru.

În mare, era adevărat, dar cu Noriko era o excepție. Mă forțam din răsputeri să fiu drăguț, ca să-i dau puțină încredere în ea.

— Sunetul vine din străfundul gâtlejului, a zis ea.

Noriko și-a trecut degetul pe blana de pe gât.

— Păi de unde să vină, dacă nu din gât?!

— Credeam că din gură, a răspuns ea.

Ce tută! Cum naiba să torc pe gură?! Vai, îmi cer scuze, de obicei nu-s așa de slobod la gură!

Noriko s-a oprit din mângâiat, iar eu am considerat că torsesem destul, așa că am sărit în cutia din colțul camerei, cea pe care mi-o păstrase Satoru când ne mutasem aici. Cutia mi se potrivea mănușă, iar eu mă simțeam în ea ca un pașă.

— Satoru, cât mai ținem cutia aia?

— Lui Nana îi place, așa că mai las-o.

— Dar *mie* nu-mi place. Îmi dă senzația că n-am terminat de despachetat. I-am cumpărat lui Nana un pat de pisici și un stâlp de care să-și ascută ghearele.

Ar trebui să știi că o cutie nu-i nici pat, nici stâlp. E o cutie.

Încet-încet, mătușa lui Satoru începuse să se mai dea pe brazdă, dar încă avea multe de învățat.

— Ei, cum ți se pare? a întrebat Noriko.

Cumpărase de la poștă o cutie de carton – mai mare, dar mai puțin adâncă – și o bandajase zdravăn cu bandă adezivă. Voia cu orice chip să înlocuiască „odioasa“ cutie de carton în care îmi făceam veacul.

— Asta-i mai nouă și mai spațioasă, a zis încântată. Are două straturi de carton și va rezista mai mult când își va ascuți ghearele de ea. Cred că putem arunca jerpelitura asta, care nu mai are nici o formă.

— Hmm... Știu și eu?

Satoru a zâmbit chinuit și mi-a aruncat o privire scurtă.

— Ce zici, Nana?

Am căscat sugestiv. *Scuze! Mă lasă rece. O cutie mare n-are nici un chichirez.*

Ignorându-i „capodopera“, m-am strecurat înapoi, în vechea cutie. Noriko se dezumflase de tot. Satoru a izbucnit în râs.

— Nu trebuia să-i faci modificări. Dacă mai aduci vreodată una, las-o așa cum e.

— Dar să știi că m-am străduit să iasă bine.

Frecție la piciorul de lemn! Pisicilor le place să facă singure descoperiri, nu să li se dea mură-n gură. Mersi frumos, dar, cum ziceam, mă lasă rece!

Și cutia lui Noriko a zăcut stingheră într-un colț, lângă cea veche, până când, într-un final, a fost aruncată la gunoi.

*

Satoru a început să se ducă zi de zi la spital. Nu era departe și putea merge pe jos până acolo. Ajungea la prima oră, dar nu se întorcea decât pe seară, poate din cauză că era aglomerat sau analizele și procedurile îi luau mult timp.

Satoru avea în brațul drept o mulțime de urme de injecții și de vânătăi albăstrui, care-i treceau foarte greu. Curând, brațul stâng a ajuns să-i arate la fel ca dreptul. Eu, care nu puteam să sufăr vaccinul pe care îl făceam o dată pe an la veterinar, eram de-a dreptul uimit să văd că suporta atâtea injecții.

Și totuși, oricât de des se ducea la spital, Satoru mirosea din ce în ce mai rău. Așa cum observaseră câinii și șinșila de pe vas, „duhnea de parcă ar fi pe ducă“. Era valabil pentru oricine mirosea în halul acela.

Uneori Noriko plângea pe furiș. Singurul care știa eram eu. Se silea să nu plângă de față cu Satoru, dar nu i-a trecut prin minte că ar trebui să se ferească și de mine. Eu mă frecam de picioarele ei, iar ea, din fericire, nu mai țipa. După felul cum mă scărpina la ceafă, începuse să-și mai schimbe puțintel părerea despre mine.

După prima ninsoare, orașul se înveșmântase într-un alb imaculat, iar gerul făcea ca frunzele arțarilor de pe marginea drumului să pară de un roșu și mai aprins.

— Hai la o plimbare, Nana.

Pe Satoru îl lăsau tot mai mult puterile. După ce se întorcea de la spital, dormea toată ziua, dar nu rata niciodată o plimbare cu mine.

Deși afară era un ger năprasnic și pe jos se făcuse alunecuș, ne plimbam regulat, cu excepția zilelor când viscolea sau când Satoru trebuia să meargă la spital.

— N-ai prins niciodată o iarnă cu atâta zăpadă, nu, Nana?

Pernuțele de la labe îmi patinau pe străzile înghețate bocnă. Pe clădiri atârnau țurțuri de toate mărimile și nămeții de pe marginea drumului semănau cu niște prăjituri *millefeuille*. Vrăbiile zgribulite se înghesuiau pe firele electrice, câinii zburdau veseli prin zăpada din parc, iar pisicile se ascundeau de frig pe unde apucau. Iarna ne arăta o față pe care nici unul dintre noi nu o mai văzusem până atunci.

Era o zi frumoasă, cu soare. În parc, o doamnă în vârstă a intrat în vorbă cu noi.

— Ia te uită ce motan drăgălaș! Cum îl cheamă?

— Nana, de la forma cozii.

Satoru nu obosea niciodată să le explice tuturor celor interesați de unde mi se trăgea numele.

— Se vede că-i isteț dacă merge așa de cuminte alături de dumneavoastră, a spus doamna.

— Așa-i, e un motan tare deștept.

După ce ne-am despărțit de doamna cea drăguță, Satoru m-a luat în brațe.

— Toată lumea zice că ești isteț. Sunt sigur că o să fii cuminte și de-acum încolo.

Când n-am fost eu băiat cuminte? E cam târziu să-ți dai seama abia acum de uimitoarele mele calități, nu crezi?

Străzile erau împodobite cu luminițe de sărbătoare, iar la televizor se succedau una după alta reclamele de Crăciun. Când s-a făcut seară, Satoru și Noriko au tăiat o prăjitură specială de Crăciun, iar pe mine m-au tratat cu *sashimi*[1] de ton. A doua zi, când nici nu trecuse bine Crăciunul, ne-am pomenit prinși de febra pregătirilor de Anul Nou.

De revelion mi-au dat fâșii din piept de pui, dar miroseau de parcă ar fi fost tăvălite prin nisip. Sigur, n-am găsit fir de nisip în ele, dar…

— Ce-i, Nana, nu-ți plac? m-a întrebat Satoru nedumerit.

De obicei, aș fi mâncat fâșii din piept de pui până cădeam lat, dar astea miroseau tare ciudat.

— Mătușă, sunt aceleași fâșii ca de obicei?

1. Felii de pește crud.

— De revelion m-am gândit să le aduc o mică îmbunătățire și am înnăbușit carnea.

— Și ai pus ceva în ea?

— Puțin alcool, ca s-o mai frăgezească.

Noriko dragă, iar ai făcut exces de zel!

— Se pare că Nana nu le poate mânca pentru că miros a alcool.

— Da? Și n-am pus decât două-trei picături.

— Pisicile au un miros foarte dezvoltat.

— Eu știam de câini. Unii zic că ar avea un miros de șase mii de ori mai dezvoltat ca oamenii.

Per total, Noriko nu era o persoană rea, dar uneori se dovedea tare căpoasă. Adevărat, câinii erau faimoși pentru mirosul lor, dar asta nu înseamnă că pisicile n-au nas. Oricum, nu-ți trebuia un miros de șase mii de ori mai dezvoltat ca al oamenilor ca să-ți dai seama că pieptul de pui duhnea a alcool.

— Și pisicile au un miros foarte bun.

Satoru s-a dus la bucătărie să-mi pregătească porția clasică de piept de pui. După ce a terminat, mi-a așezat-o pe o farfurie curată, luând din fața mea „inovația“ mătușii Noriko.

— O să pun carnea înnăbușită în alcool în supa mea *ozōni*[1].

Noriko a oftat din toți rărunchii.

— Nu mi-aș fi închipuit vreodată că un om e în stare să mănânce resturile de la o pisică.

---

1. Supă tradițională de Anul Nou, care conține turtițe din orez (*mochi*), legume și fructe de mare.

— A, se mai întâmplă. Dar nu-s resturi, Nana nici nu s-a atins de ele.

Și Satoru și-a ornat supa *ozōni* cu carnea *à la* Noriko.

— Oare ce-ar zice lumea dacă ar afla că ți-am dat de mâncare ceva de care nici pisica n-a vrut să se atingă? Să nu cumva să te scapi cuiva, că mă faci de râs!

— Stăpânii de pisici m-ar înțelege.

— Pisicile sunt niște creaturi foarte ciudate! Pot spune asta cu mâna pe inimă, deși Nana nu stă la noi decât de trei luni!

Bravo, Noriko! Asta, în loc să mă felicițí de Anul Nou!

— De exemplu, cutia aia...

Era vorba, bineînțeles, de cutia de carton rămasă de la mutat, care trona în continuare în colțul camerei de zi. Noriko declarase țâfnoasă că voia să scape de ea până de revelion.

— O cutie nouă ar da mai bine, ar fi mai curată...

Habar n-ai tu ce-i bun!

— De ce s-o încăpățâna să intre într-o cutie care-i, evident, mult prea mică pentru el?

Hei, nu te ambala!

— Zilele trecute l-am găsit cu labele într-o cutie de bijuterii. Noroc că era goală!

— Așa-s pisicile, a încuviințat voios Satoru.

— Odată a încercat să-și vâre laba într-o cutiuță cu un ceas de mână.

Ce să zic? Așa funcționează instinctul. De când lumea și pământul, pisicile sunt veșnic în căutare de locuri mici și dichisite.

Dacă zăresc o cutie pătrată, drăguță, cu capacul deschis îmbietor, instinctul urlă în mine. Nu mă pot abține să nu bag nițeluș laba să văd dac-o pot lărgi... Sigur, până acum nu mi-a reușit, dar încercarea moarte n-are.

— Scuze, dar nu mai pot.

Satoru și-a lăsat deoparte bețișoarele. O clipă, mi s-a părut că surprind o privire tristă pe chipul lui Noriko. Pusese doar o turtiță *mochi* în castronul lui Satoru, iar el de-abia dacă pusese gura pe bunătățile de Anul Nou.

— A fost foarte bună. Și mama punea în supa *ozōni* rădăcină de *taro*[1], morcovi și păstăi fragede de mazăre. Gătești exact ca ea.

— Asta fiindcă pentru mine mâncarea făcută de sora mea era mâncarea „de acasă".

— Îmi amintesc când am venit să stau cu tine, cât de ușurat am fost că mâncarea ta avea același gust ca aceea făcută de mama. Cred că de asta m-am acomodat atât de repede la tine, a zâmbit el larg. Mă bucur că tu ai fost cea care a avut grijă de mine.

Noriko a înghițit în sec, surprinsă, apoi și-a ferit privirea.

— N-am fost cine știe ce tutore, a spus ea cu glas pierit, uitându-se în pământ. Poate ți-ar fi fost mai bine cu altcineva...

— Mă bucur că tu ai fost cea care a avut grijă de mine, a repetat Satoru, ignorându-i cuvintele.

Noriko a înghițit din nou, scoțând un sunet ciudat, ca un orăcăit.

Uite la ea! Și ce s-a mai oripilat când m-a auzit prima dată torcând! Las' că acum nici tu nu ești mai brează.

---

1. Urechea elefantului (Colocasia Esculenta).

— Îmi amintesc ce grozăvie ți-am zis când ne-am mutat împreună.

— Nu-i vina ta. Nu te mai frământa atât.

— Da, dar...

Noriko și-a tras nasul, cu privirea în pământ, înghițind greu, ca o broască, și repetând printre suspine:

— Îmi pare rău, îmi pare așa de rău... N-ar fi trebuit să-ți spun asta.

Vocea îi suna dogit.

*

Când Noriko a aflat vestea morții surorii ei, s-a dus la înmormântare hotărâtă să-l ia la ea pe Satoru, chiar dacă nu era căsătorită și n-avea familie. În felul acesta, voia să se revanșeze față de sora ei, care sacrificase atât de multe de dragul său. Era rândul ei să facă tot ce-i stătea în putință pentru nepotul său.

La funeralii au venit mai multe rude din partea cumnatului ei, dar au plecat fără să pună problema adopției. Pentru ei, Satoru nu făcea parte din familie, așa cum nici mama lui nu făcuse.

Nici rubedeniile din partea sa nu s-au înghesuit să aibă grijă de orfan. Când Noriko le-a dat de știre că-l va lua la ea, unii i-au spus, îngrijorați, că era o responsabilitate prea mare pentru o femeie nemăritată, iar alții i-au sugerat să dea copilul spre adopție.

Satoru era fiul surorii sale și nepotul ei. Sigur, altfel ar fi stat lucrurile dacă acesta n-ar fi avut pe nimeni apropiat, dar, de vreme ce un membru al familiei dispunea de mijloacele materiale să-l crească, ar fi fost nelalocul lui să-l trimită la orfelinat.

Își căutase cuvintele cu mare grijă pentru această discuție delicată, dar rudele tot s-au ofuscat. Noriko rămăsese nemăritată până la această vârstă tocmai pentru că nu avea pic de diplomație și vorbea prea pe șleau – sau cel puțin așa susținuseră câțiva unchi de-ai ei, după cum avea să afle mai târziu. În orice caz, vorbele lor o duruseră.

După încheierea funeraliilor, Noriko a ținut să stea chiar ea de vorbă cu Satoru și să-i spună că urma să rămână în grija ei.

— Cred că e mai bine să afli de la mine, decât de la altcineva. Satoru, tu nu ești fiul lor.

Era adevărul gol-goluț. Ce mai conta dacă afla acum sau peste câțiva ani? Numai că, după expresia de pe chipul lui, și-a dat seama că făcuse o altă gafă.

Satoru se făcuse alb ca ceara, de parcă i se scursese tot sângele din obraji. Se vedea pe fața lui că suferise un șoc. Avea aceeași privire goală ca atunci când aflase de moartea părinților. La fel arătase și când se apropiase de cele două sicrie expuse în Centrul Comunitar și realizase că-și pierduse cele mai de preț persoane din viața sa.

Oricât de lipsită de tact ar fi fost, Noriko a priceput numaidecât că făcuse o mare greșeală. Din cauza ei, întregul univers al nepotului său se prăbușise a doua oară.

Satoru își dăduse frâu liber lacrimilor abia după ce se întâlnise cu prietenii săi la priveghi, dar și atunci se oprise repede din plâns. Noriko știa că făcuse un lucru de neiertat, de la care nu mai exista cale de întoarcere.

— Și cine sunt părinții mei? a întrebat Satoru.

— Părinții tăi sunt sora și cumnatul meu. Vrei să zici cine sunt părinții tăi biologici, nu?

Noriko era cu nervii la pământ, pentru că îi vorbea pe un ton țâfnos, deși Satoru nu-i făcuse nimic.

— Părinții tăi sunt sora și cumnatul meu, a repetat ea. Părinții tăi biologici sunt cei care ți-au dat viață și atât – doi inconștienți care au lăsat un bebeluș să moară de foame.

Acesta fusese primul proces important pe care îl judecase Noriko: un cuplu acuzat de tentativă de omor pentru că își abandonaseră bebelușul. Cei doi tineri își înfometaseră copilul până când micuțul nu mai avusese putere nici să scâncească. Apoi, îl înfășuraseră într-o pungă de plastic și îl aruncaseră la gunoi în ziua în care știau că vin gunoierii. Un vecin dăduse peste punga de plastic care se tot mișca și o deschisese. În cele din urmă, a intervenit poliția ca să-i aresteze pe cei doi tineri care încercaseră să-l bruscheze pe vecin, pentru că voise să-i împiedice să fugă.

Procesul s-a încheiat și părinții biologici ai lui Satoru au fost condamnați, pe bună dreptate, la închisoare, dar nimeni nu s-a pronunțat în privința copilului. Rudele celor doi delincvenți nu au vrut să-și asume această responsabilitate. Așadar, mai rămăsese o singură opțiune: orfelinatul.

Fusese un caz dificil pentru Noriko. Dăduse o sentință dreaptă, dar era cu mâinile legate în ceea ce privește copilul. Sora sa i-a fost tot timpul alături, ajutând-o să treacă peste momentele grele din timpul procesului.

— Unii nu-s făcuți pentru căsătorie. Ar trebui să se inventeze un act în care să scrie clar cine este și cine nu este apt de căsătorie, a bombănit Noriko. Lumea ar fi mai bună dacă toate cuplurile ar fi ca sora și cumnatul meu.

Prea târziu... Îi scăpase deja porumbelul. A simțit cum îi alunecă pe șira spinării câteva picături reci de transpirație. După căsătorie, sora ei aflase că nu poate avea copii. Socrii au pus-o la zid, dar soțul ei a luat distanță de ai săi. Din păcate, sora ei rămăsese marcată....

Când copilul era pe punctul de a fi trimis la orfelinat, sora ei i-a zis că vrea să-l adopte.

— Și asta pentru că ne-ai spus că o să fim niște părinți buni, i-a mărturisit ea, zâmbind. De fapt, ne gândeam mai demult la adopție. Tu ne-ai ajutat să ne hotărâm mai repede. În plus, ne bucurăm că micuțul este cumva legat și de tine.

Noriko rămăsese fără cuvinte. Cu siguranță că familia cumnatului ei avea să protesteze.

— Și soțul tău ce zice?

Era o întrebare indirectă.

— Dacă soțul meu n-ar fi fost de acord, n-aș fi adus vorba. Și el e de aceeași părere. Poate că soarta l-a adus în viața noastră prin tine. Socrii mei ne-au scos oricum ochii că nu putem avea copii. Măcar să ne facem de cap, nu? a râs ea amuzată.

*

Pe Satoru vestea îl dărâmase.

— Părinții tăi naturali ți-au dat viață și atât, l-a asigurat Noriko. Părinții tăi adevărați sunt sora și cumnatul meu. Este de datoria mea să am grijă de tine.

Voise să-i dea de înțeles că n-o deranja să rămână la ea, că nu trebuia să se simtă o povară, dar cuvântul „datorie" sunase rigid și convențional.

— Satoru, n-ai de ce să-ți faci griji, a încercat ea să repare situația, deși încă îi mai răsuna în urechi cuvântul „datorie".

Bineînțeles, toți bărbații din familie au criticat-o aspru: trebuia să fi fost mai atentă la ce vorbea. Cum de-i zisese lui Satoru secrete pe care n-ar fi trebuit să le audă niciodată? Cum de se gândise să înceapă relația cu băiatul spunându-i, practic, ultimul lucru pe care acesta s-ar fi așteptat să-l audă?

— Uite, de asta a rămas nemăritată, au conchis neamurile.

Pe atunci avea un iubit, dar ruptura s-a produs la scurt timp după adopția lui Satoru. Urma să crească un copil, fără să fie căsătorită, iar prietenul ei îi reproșase că ar fi trebuit să se fi consultat și cu el într-o chestiune atât de importantă. Noriko îi explicase că nu înțelegea de ce i-ar cere părerea de vreme ce situația îl privea pe Satoru, nu pe el. Și, astfel, izbutise să ridice un zid între ei. Pentru Noriko era mai ușor să termine cu zece pe linie Facultatea de Drept decât să priceapă subtilitățile psihologice.

Motanul lui Satoru a fost dat unei rude îndepărtate, din Kokura, pe care Noriko n-o cunoștea prea bine.

— Stai liniștit, a spus noul stăpân al lui Hachi. Toți din familia mea iubesc pisicile, așa că-i pe mâini bune.

Satoru a încuviințat. De mult nu-l mai văzuse Noriko atât de încântat.

Uneori primeau poze cu motanul, dar, treptat, scrisorile s-au împuținat. Doar ilustrata de Anul Nou ajungea cu regularitate. Felicitarea era, de fapt, o poză cu motanul, sub care scria lapidar: „Hachi este bine."

Când murise cotoiul, ruda din Kokura ținuse să-i dea personal vestea, iar când Satoru vizitase mormântului lui Hachi, fusese primit cu brațele deschise.

„Poate Satoru ar fi fost mai fericit dacă l-ar fi adoptat familia aceea din Kokura" își spunea adesea Noriko. Când ceilalți se codiseră să ia un copil cu care nu erau rude de sânge, cei din Kokura ziseseră că l-ar fi luat cu dragă inimă dacă n-ar fi fost atât de strâmtorați. Aveau deja patru guri de hrănit.

— Din păcate, nu dispunem de atâția bani, au zâmbit ei jenați.

Și totuși, Noriko i-ar fi putut ajuta financiar, dacă acesta era într-adevăr singurul impediment. Poate că hotărârea de a-l crește pe Satoru fusese cât se poate de egoistă, pentru că se încăpățânase să păstreze pentru sine unicul lucrul de preț rămas de la sora sa.

*

Noriko a izbucnit în plâns.

— Cred că ți-ar fi fost mai bine dacă familia din Kokura te-ar fi luat la ea.

— De ce? a făcut Satoru ochii mari. Sunt convins că erau oameni de treabă, dar mă bucur că tu ai fost cea care m-a adoptat.

Acum era rândul lui Noriko să întrebe de ce.

— Pentru că ești sora mai mică a mamei și mi-ai cunoscut cel mai bine părinții. Și ești cea care încă mai știi o mulțime de povești despre ai mei.

— A fost o cruzime din partea mea să-ți spun ce ți-am spus...

Satoru i-a retezat-o.

— Am fost șocat, nimic de zis. Dar tocmai de asta am apreciat și mai mult tot ceea ce ai făcut după aceea pentru mine.

Noriko îl privea neîncrezătoare. Satoru a pufnit în râs.

— Nici prin cap nu mi-a trecut că nu erau părinții mei adevărați. S-au purtat cu mine ca și cum aș fi fost într-adevăr fiul lor. Deși părinții mei biologici nu m-au vrut, am găsit un alt tată și o altă mamă care m-au iubit enorm. E greu să ai parte de o dragoste ca a lor, și pentru asta mă consider extrem de norocos, a spus Satoru fericit.

*

Satoru îmi povestise și mie întâmplarea. Cum să nu-l înțeleg? Când Satoru mă adunase de pe drumuri și mă adusese la el, și eu m-am simțit la fel de norocos.

În principiu, pisicile maidaneze au ajuns pe străzi pentru că stăpânii lor le-au abandonat, dar eu fusesem salvat de Satoru, care îmi îngrijise piciorul rupt. După ce mă vindecasem, Satoru mă adoptase cu totul, ceea ce pentru mine fusese un mic miracol. Prin urmare, și eu mă consideram norocos. Datorită lui am aflat ce înseamnă să fii fericit. Datorită lui am primit un nume (chiar dacă-i mai mult un nume de pisică decât de motan) și am trăit cinci ani lipsiți de griji.

Am atâtea amintiri plăcute...

Orașul în care a crescut Satoru.

Tulpinile verzi de orez, legănându-se pe câmp în bătaia vântului.

Marea, cu înfricoșătorul ei vuiet apăsător.

Muntele Fuji, profilându-se semeț deasupra capetelor noastre.

Televizorul-cutie – paradisul tuturor pisicilor.

Momo, doamna cu purtări alese.

Toramaru, dulăul obraznic, dar dezarmant de sincer.

Uriașul feribot alb, în pântecele căruia încăpeau zeci de mașini.

Câinii din camera de pe vapor, care dădeau din coadă ori de câte ori îl vedeau pe Satoru.

Șinșila cu gura mare, care la despărțire mi-a urat *good luck*.

Întinderile nesfârșite din Hokkaidō.

Florile mov și galbene ce împestrițau marginea drumului.

Câmpul cu stuf chinezesc care se unduia asemenea unui ocean.

Caii ce pășteau pe pășune.

Boabele rubinii ale scorușilor.

Nuanțele de roșu, învățate de la Satoru.

Trunchiurile zvelte și albe ale mestecenilor.

Panorama liniștitoare din cimitir.

Buchetul de flori în culorile curcubeului.

Căprioara și peticul alb de blăniță, în formă de inimioară.

Curcubeul dublu, cu capetele rezemându-se pe dealuri.

O să-mi amintesc de toate câte zile voi mai avea.

Nu-i voi uita nici pe Kōsuke, Yoshimine, Sugi și Chikako, și, mai presus de toate, pe cea care l-a crescut pe Satoru și care a făcut posibilă întâlnirea noastră – Noriko.

Ce să-mi doresc mai mult?

*

— Bănuiesc că nu ți-a fost ușor că ne-am mutat atât de des. Nici nu-ți făceai bine prieteni, că iar trebuia să o luăm din loc.

— Da, dar pe unde mergeam, mi-am făcut alți prieteni. Mi-a părut rău să mă despart de Kōsuke, dar la gimnaziu l-am întâlnit pe Yoshimine și, după aceea, pe Sugi și pe Chikako, prietenii mei din liceu. Nana mi-a dat peste cap planurile, dar toți mi-au sărit în ajutor și mi-au zis că vor să aibă grijă de motan. Am mare noroc cu așa prieteni!

Satoru i-a luat în palme mâna lui Noriko.

— Și totuși, nici unul dintre ei n-ar fi fost potrivit pentru Nana. Mă bucur c-ai fost de acord să-l luăm și pe el aici.

Noriko se uita în jos, iar umerii începuseră să-i tremure.

— A, să nu uit! Și mi-ai găsit niște părinți minunați, înainte să mă adopți tu însăți. Sunt bucuros că pot vorbi cu tine despre ei. Deci cum să nu fiu fericit pentru asta? Haide, nu mai plânge, mătușă. Nu mai bine zâmbești puțin decât să suspini și să te amărăști?

*

Satoru a început să rămână și peste noapte la spital.

— Mă întorc peste câteva zile, a spus el, mângâindu-mă pe cap.

Apoi a ieșit cu o geantă mare în mână.

Pe nesimțite, a ajuns să stea din ce în ce mai mult. Zicea că o să se întoarcă peste trei-patru zile, dar uneori venea peste o săptămână. Sau, dacă spunea că se întoarce peste o săptămână, se făceau zece zile.

Hainele pe care și le luase din Tōkyō nu i se mai potriveau. Pantalonii îi erau atât de largi, că aproape îi cădeau în vine, iar prin casă a început să poarte o căciulă de lână. Părul îi era subțire și fragil, până când, la un moment dat, am observat că era chel de-a binelea. M-am gândit că poate îl răseseră la spital, sau se hotărâse să se lase pe mâna unui frizer nebun.

Într-o zi, pe când se pregătea să meargă la spital, am văzut cum și-a pus în bagaj o fotografie cu noi doi, făcută într-una din călătoriile noastre. Era exact poza pe care o ținea în Tōkyō la capul patului.

Și atunci mi-a picat fisa…

M-am frecat de cușca din colțul camerei, mieunând. *Alo, nu cumva ai uitat ceva?*

Satoru a tras fermoarul genții de voiaj și mi-a zâmbit încurcat.

— Vrei să vii cu mine, nu?

Satoru a deschis cușca, iar eu am intrat repejor în ea. După ce a închis-o, a întors-o cu portița la perete.

Hei, domnu'! Și eu cum mai ies? Termină cu glumele proaste!

— Ești un motan deștept. Să fii cuminte, da?

Să nu-ndrăznești să-mi faci una ca asta! Am început să zgârii din toate puterile zăbrelele. *Satoru, ce-s fițele astea?*

Dar el s-a ridicat în picioare, a luat geanta de voiaj și a deschis ușa fără să ia cușca.

Nu pleca! Am început să zgârii ca bezmeticul cușca și să mă împing în ea, cu blana zbârlită și miorlăind sfâșietor.

— Să fii cuminte!

Cuminte? Lasă vrăjeala! Nu mă părăsi! N-o să te iert niciodată pentru asta!

— Să fii cuminte, nătăflețule! a repetat el.

Fraiere, întoarce-te! Întoarce-te imediat!

Ia-mă cu tine!

— Știi că nu vreau să plec, dar deja nu mai depinde de mine. Te iubesc mult, motan căpos ce ești!

Și eu te iubesc, fraiere!

Satoru a ieșit repede din cameră, trântind ușa, ca și cum ar fi vrut să-și scoată din minte miorlăiturile mele disperate.

Întoarce-te! Întoarce-te! ÎNTOARCE-TE!

Nu mă părăsi!

Am urlat cât m-au ținut plămânii, dar ușa a rămas închisă. Am plâns și am țipat, și iar am plâns și am țipat până am răgușit.

Nu știu cât timp se scursese de la plecarea lui Satoru, dar se făcuse deja întuneric în cameră. Ușa s-a deschis încet.

Era Noriko. A luat cușca de la perete și a deschis portița.

Am rămas în colțul cuștii, supărat că Satoru nu se întorsese. O mână mică s-a strecurat înăuntru cu șovăială.

M-a atins pe cap, m-a scărpinat după urechi și mi-a trecut degetul pe sub bărbie. Lui Noriko nu-i mai era teamă c-o s-o mușc.

În urmă cu câteva luni, fusese zero barat în materie de pisici, dar acum se dăduse binișor pe brazdă.

— Satoru mi-a zis să am grijă de tine. Știi cât de mult ține la tine.

Știu. Sigur că știu!

— Haide la masă. Am pregătit fâșii de pui. Satoru mi-a zis ca azi să te răsfăț puțin.

S-o creadă el că pentru trei bucățele amărâte de carne o să-l iert că m-a lăsat cu ochii-n soare!

— Camera lui Satoru este micuță, dar cel puțin nu mai stă cu altcineva. Nu seamănă deloc cu o cameră de spital. Asistentele sunt foarte cumsecade. A fost dorința lui Satoru să-și petreacă în liniște ultimele clipe din viață, a zis Noriko, mângâindu-mă.

Vocea îi tremura îngrozitor.

— Mi-a spus că nu trebuie să-ți faci griji pentru el.

Cred că îi e groaznic de urât fără mine...

— Primul lucru pe care l-a făcut când a ajuns în cameră a fost să-și pună pe noptieră fotografia cu voi doi. Acum, poza stă la capul patului, acolo unde o ținea și acasă. Mi-a zis să-ți transmit că totu-i în ordine.

Prostii! E doar o poză. Eu sunt cald și moale precum catifeaua, pe când o fotografie... ce face o fotografie?

I-am lins mâna lui Noriko. Prima dată când i-o linsesem nu-i plăcuse deloc – îmi zisese că am limba prea aspră.

O să mănânc mai târziu. Văd că te-ai întrecut pe tine cu fâșiuțele astea din piept de pui!

*

Tot timpul am rămas în camera lui, cu excepția momentelor în care mâncam sau aveam nevoie la litieră.

De fiecare dată când se deschidea ușa, săream ca ars, sperând că se întorsese Satoru. Însă era mereu Noriko...

Îmi lăsam dezamăgit coada în jos și o porneam înapoi, spre camera lui. Nu mă mai oboseam să mă ascund de Noriko, pentru că era normal să fiu trist.

Satoru o rugase să mă ducă din când în când la plimbare, dar fără el n-avea nici un haz să tremur de frig pe străzile înghețate, acoperite cu zăpadă.

Zi de zi mă holbam pe fereastră. Îmi imaginam cum peisajele comunicau unul cu altul ca într-un carusel, astfel încât priveliștea de la fereastra mea se învecina cu o alta, care la rândul ei dădea într-alta alăturată, și tot așa, la nesfârșit, până ajungeau în camera de spital a lui Satoru.

Bună, Satoru! Ești bine?

Azi e un viscol teribil. Afară totu-i încremenit în alb și de-abia dacă se mai zăresc luminile orașului. La fel se vede și de la tine?

Acum e senin. Nu-i nici un nor pe cer. Dar cred că-i soare cu dinți.

Astăzi vrăbiile de pe liniile electrice sunt atât de zgribulite, că mi se pare că au stabilit un nou record. Afară e puțin înnorat. Nu ninge, dar cred că-i ger de crapă pietrele.

Am văzut o mașină stacojie venind pe drumul din față. E de culoarea boabelor de scoruș, pe care mi le-ai arătat în călătoria noastră, deși roșul acela nu-mi taie respirația, așa cum mi se întâmplă când privesc scorușele. Nuanțele închipuite de oameni, oricât de frumoase ar fi, nu au forța culorilor naturii.

*

Într-o zi, Noriko a intrat în camera lui, care acum devenise a mea.

— Nana, hai să-l vedem pe Satoru.

Poftim?

— Lui Satoru îi este urât fără tine, așa că m-am încumetat și am întrebat dacă te pot aduce la spital. Doctorul mi-a zis că nu ai voie înăuntru, dar poți să-l vezi pe Satoru când iese la plimbare în grădină.

Bravo, doamna mea!

Noriko mi-a ținut cușca, iar eu am intrat înăuntru. Ea mai folosise dubița cât Satoru fusese internat, dar pentru mine era prima dată când mă aflam în ea după călătoria noastră.

Am făcut cam douăzeci de minute.

Ce aproape era Satoru!

Dacă aș fi fost în dubiță doar cu Satoru, aș fi deschis imediat portița și m-aș fi strecurat afară, dar, pentru că eram cu Noriko, am rămas cuminte în cușcă. Fiindcă nu era obișnuită să vadă lucrurile din perspectiva unei pisici, Noriko pusese cușca pe jos, în spatele dubiței, așa că singura mea priveliște era interiorul întunecos.

— Rămâi aici. Mă duc după Satoru, a zis ea coborând din mașină.

Am așteptat răbdător, așa cum îmi zisese.

Bineînțeles că pot să fiu cuminte. Sunt un motan isteț. Același lucru mi-l spusese și Satoru, înainte de a pleca la spital.

În cele din urmă, Noriko s-a întors și a scos cușca din dubiță.

Spitalul era într-un cartier liniștit. Dincolo de parcare se întindea un câmp acoperit cu omăt moale. Băncile de lemn și copacii erau împodobiți cu un strat de zăpadă. Îmi închipuiam că, sub nămeți, își dormeau somnul de iarnă straturile de flori și firele de iarbă.

În prelungirea clădirii spitalului se afla o terasă acoperită, unde erau așezate scaune și mese pentru bolnavii care doreau să ia o gură de aer când era vreme urâtă. Acolo l-am găsit și pe Satoru, într-un scaun cu rotile.

Eram așa de nerăbdător că am fost cât pe ce să ies din cușcă, dar, pentru că eram cu Noriko, m-am abținut cu greu.

— Nana!

Satoru avea pe el o jachetă matlasată foarte voluminoasă, dar se vedea că e mai slab decât ultima dată când îl văzusem. Obrajii supți și palizi au prins a i se colora ușor. Cred că datorită mie – dacă-mi iertați lipsa de modestie!

— Mă bucur că ai venit!

Satoru aproape că se ridicase de pe scaun. Ca și mine, nu știa cum să micșoreze mai repede distanța dintre noi. Aș fi vrut să deschid portița și să-i ies în întâmpinare, dar Noriko nu știa de ce eram în stare, așa că, prevăzător, m-am controlat să nu mă dau de gol.

Noriko a ajuns în sfârșit lângă Satoru. Nici n-a apucat să deschidă bine portița, că i-am și sărit în poală.

Satoru m-a strâns în brațe în tăcere, iar eu m-am frecat de el și am tors până m-a durut gâtul. Eram o pereche desăvârșită! Cum am putut sta despărțiți atâta vreme?

Aș fi rămas o veșnicie în brațele lui, dar se vedea că Satoru era slăbit și nu putea suporta prea mult frigul mușcător.

— Satoru, a zis Noriko șovăitor.

Satoru știa ce vrea să spună, dar nici lui nu-i venea să mă lase.

— Am pus poza cu noi doi la capul patului.

Știu, mi-a zis Noriko.

— Așa că nu mai sunt singur.

Ce baliverne! Cred că Yama[1], în loc să-ți taie pe loc limba pentru minciună, mai degrabă s-ar tăvăli pe jos de râs.

1. În mitologia vedică, suveranul regatului morților și judecătorul suprem. Yama a intrat în cultura japoneză pe filieră budistă.

— Rămâi cu bine, Nana.

M-a mai strâns o dată, mai-mai să mă sufoce, și, în cele din urmă, mi-a dat drumul. La insistențele lui Noriko, am intrat cuminte în cușcă.

— Stai să-l duc pe Nana la mașină.

Noriko m-a băgat în dubiță și s-a întors la Satoru.

Acesta era momentul! Am deschis portița cu laba și m-am așezat pe scaunul șoferului, așteptând-o pe Noriko.

S-a întors abia peste o oră. O zăpadă fină se cernea din cer, iar Noriko venea zgribulită de frig, cu capul între umeri.

Ușa din dreptul șoferului s-a deschis cu un zgomot surd.

Pe locuri, fiți gata, start! Am țâșnit ca un fulger de pe scaunului șoferului și am zbughit-o afară.

— Nana?

Noriko a dat să mă prindă, dar, noi, patrupedele, suntem campioane la alergat. M-am ferit cu agilitate și am luat-o la sănătoasa spre mijlocul parcării.

— Nana. Vino înapoi!

Vocea lui Noriko era un țipăt sfâșietor.

Scuze, dar de data asta nu te mai ascult! Sunt un motan isteț, care știe să se descurce și singur.

M-am mai oprit o clipă să mă uit înapoi, la Noriko.

Apoi mi-am pus coada pe spinare și dus am fost.

Te pup, pa-pa!

Și m-am avântat în nămeții înalți, fără să mă mai uit în urma mea.

*

Oi fi pornit eu de jos, ca motan maidanez, dar, oricât de mare aș vrea să mă dau, iarna în Hokkaidō era tare afurisită. Viscolea așa de tare, că nu vedeai la doi pași în față. Zăpada din Tōkyō nici n-ar trebui să se numească zăpadă. Aici zăpadă, nenică!

Cred că plimbările cu Satoru mi-au prins bine.

Mâțele de prin oraș erau meștere în a se adăposti de frig în te miri ce cotlon, și printre ele se numărau și pisicile-eroine, pripășite în preajma spitalului.

Fruntea sus! Fusesem tot timpul pregătit să mă întorc la viața de motan vagabond!

Îmi stabilisem cartierul general la spital, dar ochisem și câteva locuri bune unde puteam sta când se lăsa gerul. Spitalul era mare și nu mi-a fost greu să găsesc câteva spărturi în garaj sau în depozit, prin care mă puteam strecura cu dibăcie înăuntru. Mi-am extins teritoriul și la câteva porțiuni de sub veranda unor case tradiționale sau sub boilere, care, la o adică, se transformau în niște culcușuri faine. Câteodată, o altă pisică mi-o lua înainte, dar frigul crunt al iernii ne făcuse să ne dezvoltăm un sentiment de camaraderie, și, în loc să ne încăierăm, ajungeam să împărțim colțișorul acela călduț.

În Hokkaidō pisicile învățaseră să fie drăguțe unele cum altele, la fel și oamenii. Auzisem mai demult de la Noriko că locuitorii de aici se purtau foarte frumos cu necunoscuții. Era absolut normal să pescuiești de pe străzi călători sau bețivi și să-i lași să stea noaptea la tine. Altfel, ar fi murit de frig.

Pisicile din partea locului mi-au spus de unde să fac rost de potol și mi-au arătat casele și magazinele unde se găseau rămășițe gustoase sau parcurile în care câteva doamne miloase lăsau de mâncare pentru sufletele înfometate. Deseori, mi-am pus la bătaie farmecele la minimarketul de lângă spital ca să primesc de-ale gurii.

Dar mă descurcam binișor și cu vânătoarea! Frigul amorțea șoarecii și păsările zgribulite, așa că erau o pradă ușoară.

Pisicimea din cartier mă privea ca pe un ciudat care dăduse cu piciorul la o viață în puf ca să ajungă pe coclauri. „Ce naiba o fi fost în mintea ta?" mă tot întrebau tovarășii mei, care, până la urmă, ca să nu-și mai bată capul cu mine, au tras concluzia că eram nițeluș într-o dungă.

Dar pentru mine miza era cu totul alta.

Nu mai ningea și mai era puțin și se însera. M-am furișat într-un colț al depozitului de unde puteam pândi intrarea spitalului. Răbdarea mi-a fost răsplătită! Satoru venea spre ușă în scaunul său cu rotile.

M-am repezit în întâmpinarea lui, cu coada în sus. Satoru nu știa dacă să râdă sau să plângă.

— Trebuie să te întorci acasă, mi-a zis.

Să nu care cumva să vrei să mă prinzi, că te zgârii de nu te vezi!

Satoru știa că sunt în gardă, așa că mi-a spus cu un zâmbet amar:

— Bine, bine, mă dau bătut.

Se speriase îngrozitor când auzise de la Noriko că fugisem. Fusese atât de șocat, că după aceea făcuse febră mare.

Noriko mă căutase disperată pe străzi, dar eu nu eram atât de bătut în cap să mă las găsit!

După mai multe zile, îmi făcusem apariția în fața lui Satoru, care stătea abătut pe terasă. Ce surpriză pe el! Rămăsese pur și simplu gură-cască, ca un personaj din desene animate.

He-he, nu ți-am promis că stau cu tine până la sfârșit?!

Satoru încercase să mă prindă, deși era în scaunul cu rotile. Eu îi alunecasem din mâini, agil ca un somon, iar el rămăsese cu buza umflată. Din locul de unde mă refugiasem, Satoru arăta ca un copil gata să izbucnească în plâns

— Nana, prostuțule, ce-i cu tine? îmi șoptise el cu o strâmbătură. Ai venit să mă saluți?

Ai uitat că suntem amici? Un cotoi orgolios ca mine nu-și lasă niciodată prietenul la nevoie. Ți-am zis doar că nu te părăsesc și am de gând să-mi țin promisiunea, chiar dacă pentru asta trebuie să mă întorc pe străzi!

Când Noriko auzise veștile de la Satoru, se urcase valvârtej în dubiță și venise la spital. Nu știu de unde naiba făcuse rost de o ditamai capcana de animale, pe care o lăsase în garaj. *Cât de prost mă crezi să mă las prins în drăcia aia?*

O vreme nu m-am putut încrede în cei de la spital, care fuseseră bine instruiți de Noriko și de Satoru și încercau să mă ducă cu zăhărelul, doar-doar m-oi lăsa prins.

Cât despre mine, apăream când Satoru ieșea pe terasă și îmi luam tălpășița imediat ce pleca. Cred că până la urmă au înțeles mesajul, pentru că Noriko a dus la loc cușca cea mare din garaj, iar celor de la spital le-a venit mintea la cap și n-au mai încercat să mă prindă. Se pare că mă transformasem din nou într-un veritabil motan vagabond, care dădea târcoale spitalului să vadă dacă Satoru era pe terasă.

În zilele în care nu ningea, Satoru ieșea afară câteva minute. Eu ronțăiam fâșiuțele de piept de pui și alte bunătăți pe care mi le aducea și mă cuibăream în poala lui, torcând de zor, în timp ce el mă scărpina în spatele urechilor sau sub bărbie. Exact ca în prima zi...

*

— Domnule Miyawaki? l-a strigat asistenta, o femeie durdulie, cam de-o vârstă cu Noriko.

— Da, intru imediat.

Satoru m-a strâns în brațe, cum făcea de fiecare dată când ne despărțeam, dar mie mi-a stat inima în loc ca nu cumva să fie ultima noastră întâlnire, judecând după cât de ușoare îi simțeam brațele în jurul meu.

La revedere, pe mâine, rămâi cu bine!

I-am lins mâinile și m-am dat jos din poala lui.

*

De când am redevenit maidanez, pisicile din jurul meu o duceau într-un veșnic huzur, mai ales că angajații spitalului și vizitatorii împânziseră curtea cu tot felul de „atenții". Era tare amuzant, deoarece fiecare credea, în sinea lui, că era singurul care îmi pusese pe ascuns de-ale gurii, când, de fapt, lista era lungă.

Oricum, pentru mine era mult prea multă mâncare, așa că le dădeam din ea și celorlalte pisici, care fuseseră cândva drăguțe cu mine și mă învățaseră diverse trucuri.

*

Ninsese câteva zile la rând, dar, de îndată ce a stat ninsoarea, m-am furișat într-un colț al depozitului, cu ochii la intrarea spitalului.

Deși era vreme frumoasă, Satoru nu venise pe terasă.

Pe înserate Noriko și-a făcut apariția în dubița argintie. Era palidă și avea părul răvășit.

Am dat fuga la ea, dar mi-a tăiat repede avântul.

— Scuze, Nana. N-am timp de tine acum.

Și a intrat numaidecât în spital.

*

Sinusoidele de pe monitorul EKG aveau tresăriri din ce în ce mai slabe.

Noriko își vedea nepotul printre halatele albe ale medicilor care se agitau în jurul lui.

În vânzoleala generală, o soră medicală s-a lovit de noptiera de pe care au căzut două fotografii înrămate: o poză de familie cu Noriko și o fotografie cu Nana. Asistenta le-a cules repede de pe jos și le-a pus la locul lor. Acasă, poza de familie stătea în camera de zi, iar cea cu Nana, în dormitor.

De undeva de afară se auzea o pisică. Mieuna cu atâta jale, de-ți rupea inima.

— Se poate să-l aduc înăuntru? E motanul lui Satoru.

Fusese o întrebare îndrăzneață, pe care în mod normal n-ar fi pus-o niciodată.

— Vă rog, lăsați-mă să-l aduc aici.

— Nici nu se pune problema, i-a răspuns ofuscat doctorul. Știți bine că nu aveți voie cu animale.

Noriko a ieșit în goană din salon, ignorând afișul pe care scria „Nu alergați pe coridor!" și a coborât scările două câte două. Într-o clipă era afară din spital.

— Nana! Vino aici!

Motanul a țâșnit din noapte ca un glonț alb și a aterizat în brațele ei, lipindu-se strâns de ea.

Noriko nici nu-și mai amintea cum a ajuns înapoi, în salon.

— Satoru!

Medicii erau în ultima parte a procedurii. Noriko s-a văzut nevoită să dea din coate pentru a-și croi drum până la nepotul său.

— Satoru, ți l-am adus pe Nana.

Pleoapele închise ale lui Satoru au tremurat, apoi s-au deschis încet, de parcă se luptau cu gravitația. S-a uitat la Nana, apoi la Noriko, și din nou la Nana.

Noriko era de-a dreptul distrusă. I-a luat mâna și i-a pus-o pe fruntea lui Nana.

Buzele lui Satoru s-au mișcat imperceptibil. Noriko aproape că l-a auzit murmurând: „Mulțumesc!"

Apoi, sinusoidele EKG s-au transformat într-o linie dreaptă.

Nana și-a împins de câteva ori capul în mâna lui Satoru, frecându-se de ea.

— Mă tem că a decedat, a spus doctorul. V-am spus că n-aveți voie cu pisica. Trebuie s-o scoateți imediat.

Dintr-odată, aerul din jur a părut că devine mai ușor. Asistentele s-au destins, iar Noriko a izbucnit în plâns, de parcă toate zăgazurile lăuntrice s-ar fi rupt dintr-odată. Nu mai plânsese așa din copilărie!

Personalul medical a deconectat aparatele și le-a scos din salon.

— Nu uitați să luați pisica, a insistat doctorul, înainte să iasă pe ușă.

Noriko a plâns până când a simțit că o doare gâtul. Pe când încă mai suspina, a simțit o limbă aspră lingându-i vârfurile degetelor, încet, cu delicatețe.

— Nana, hai să-l luăm de aici pe Satoru!

De parcă i-ar fi răspuns, motanul i-a mai lins o dată mâna.

— Crezi că Satoru a fost fericit?

Drept răspuns, Nana și-a frecat fruntea de palma ei și a lins-o cu o infinită blândețe.

Epilog

Flori mov și galbene cât vezi cu ochii.

Culorile calde, vibrante, ale începutului de toamnă în Hokkaidō.

Eu, urmărind o albină.

Termină, Nana! se aude o voce agasată, gata să-mi taie avântul. Cineva mă apucă și mă strânge cu putere în brațe.

Ce te făceai dacă te înțepa?

Satoru mă dojenește cu zâmbetul pe buze.

Hei, nu ne-am mai văzut de mult! Ce bine arăți!

Îmi frec obrajii de mâinile lui.

Mulțumesc mult. Ce mai faci, Nana?

Bine, mersi de întrebare.

Satoru vine deseori și mă vizitează pe câmpul acesta înflorit – aceeași întindere vastă, pe care o văzusem în ultima noastră călătorie.

Mă întreb oare câte ierni voi mai apuca.

Ai îmbătrânit, Nana!

Nu zău? Ia nu te mai împăuna atât doar pentru că aici arăți mai tânăr!

Un soare cu raze domoale strălucește deasupra noastră, iar fulgii de nea dănțuie în aer. În jur se așterne o zăpadă atât de fină, că pare mai mult o iluzie.

Iarna vine cu pași repezi, iar eu mă apropii de finalul poveștii.

*

La funeralii au participat Noriko și câteva rude din partea mamei. Satoru nu apucase să-și facă prieteni în Sapporo. Eu am așteptat acasă. Nu mă pasionează ceremoniile complicate ale oamenilor.

Satoru se dusese. Îmi luasem rămas-bun de la el chiar în ziua morții sale. N-aveam nevoie de nici o ceremonie care să-mi spună că rămăsese veșnic în inima mea.

Satoru lăsase un bilet cu o listă de prieteni și cunoștințe care la un moment dat îl ajutaseră în timpul vieții. Noriko a luat legătura cu ei să le mulțumească pentru tot ce făcuseră pentru nepotul său.

Am fost surprins de cât de multe scrisori și telefoane de condoleanțe am primit: de la prieteni, de la colegi, de la șefi, ba chiar și de la profesorii de școală. Toți cei care aflaseră veștile triste, dar nu putuseră veni la înmormântare, au ținut să-i spună mătușii lui Satoru o vorbă de încurajare.

Noriko a fost ocupată până peste cap să răspundă avalanșei de mesaje – ceea ce nu era un lucru rău, pentru că nu mai avea timp să se gândească prea mult la moartea lui Satoru. Eu o observam cu îngrijorare. Mi-era frică să nu cadă într-o depresie urâtă.

— Cred că la moartea mea mătușa o să îmbătrânească cu zece ani. Să fii alături de ea, Nana, îmi zisese Satoru de pe patul de spital.

Din fericire, n-a îmbătrânit decât cu vreo doi-trei ani, maximum. Oricum nu mai conta, fiindcă nu mai era la prima tinerețe (în ani pisicești, s-ar putea să fi fost de vârsta lui Momo). Aoleu, să nu mă audă Noriko sau Momo!

— Satoru a cunoscut atâția oameni minunați, Nana!

Se vedea că-i mulțumită.

Da, nepotul tău a fost foarte iubit!

Satoru le scrisese tuturor scrisori. Pe lângă mesajele de condoleanțe, unii au venit personal să aprindă bețișoare parfumate în amintirea lui.

Mai la sud, în Honshū, cireșii se ofiliseră deja. Era timpul să înflorească și aici, în Hokkaidō, dar copacii au rămas golași. Pe străzile din Sapporo se mai vedeau încă petice de zăpadă.

Câteva zile la rând vremea a fost mohorâtă, dar în ziua funeraliilor a ieșit soarele, ca și cum Satoru și-ar fi întâmpinat oaspeții cu timp senin.

*

Noriko a primit vizita lui Kōsuke, Yoshimine, Sugi și Chikako. Erau cu toții îndoliați, cu buzele strânse și fără prea mult chef de vorbă.

S-au perindat prin fața altarului cu poza lui Satoru mai întâi Kōsuke, urmat de Yoshimine și apoi de Sugi și Chikako.

Kōsuke avea chipul răvășit. A stat multă vreme în fața altarului cu mâinile împreunate în rugăciune.

Yoshimine a fost mai expeditiv și s-a rugat cu gesturi stângace. La sfârșit și-a pus bărbia în piept și și-a plecat capul în fața altarului.

Sugi părea pierdut și își mușca mereu buzele. Lui Chikako îi dăduseră lacrimile, dar și le-a șters repede. Toți cei de față și-au dat seama de manevră, dar s-au prefăcut că nu văzuseră nimic.

— Faceți-vă comozi. Am comandat *sushi*. O să fac și niște supă. Mă întorc imediat, a zis Noriko.

— Vă rog să nu vă deranjați, a spus Kōsuke, iar ceilalți i-au ținut isonul.

— Vai, dar nu-i nici un deranj. Mă bucur să-i am oaspeți pe cei mai buni prieteni ai lui Satoru.

— Vă pot ajuta cu ceva? a întrebat Chikako, dând să se ridice, dar Noriko i-a făcut semn să se așeze.

— Stai liniștită. M-am obișnuit să fiu singură în bucătărie.

Noriko nu voise să facă o remarcă răutăcioasă, dar lui Chikako nu i-a picat prea bine. Dacă ar fi fost de față Satoru, ar fi zâmbit și i-ar fi spus:

— N-o lua în seamă! Este cât se poate de bine intenționată!

Dar Noriko n-a observat stinghereala lui Chikako pentru că era prea ocupată să taie zarzavaturile de supă. Poate că dacă și-ar fi dat seama de gafă, ar fi vrut s-o îndrepte, ceea ce ar fi înrăutățit și mai mult lucrurile.

— Mai bine jucați-vă cu Nana.

Bravos, Noriko, bagă-mă pe mine la înaintare! M-am apropiat de Chikako și m-am frecat de ea.

— Bună, Nana. Nu te-am mai văzut de mult. Îmi pare rău că nu te-am putut lua la noi, mi-a zis ea.

— Ce? a exclamat Kōsuke. Satoru a aranjat o întâlnire și cu voi?

— Da! au spus Sugi și Chikako într-un glas. Din păcate, câinele nostru, Toramaru, nu s-a înțeles deloc cu Nana… au zâmbit ei jenați.

— La mine a fost pisoiul, a intervenit Yoshimine.

Super! Acum mă puteți bârfi în voie! Bine că aveți de cine vorbi!

— Nana are în cap tot felul de fițe, a comentat Kōsuke.

Uite cine vorbea, plângăciosul care se jelea că s-a certat cu nevasta!

Am aflat că până la urmă Kōsuke și soția își luaseră o pisică. Kōsuke le-a arătat pe telefon niște poze cu o pisică frumușică, vărgată, de culoare cenușie. *Oi fi fost tu prietenul din copilărie al lui Satoru, dar, zău, prea te dai rotund!*

Yoshimine și-a scos și el mobilul.

— Asta-i pisica mea, a spus el, dând telefonul din mână-n mână.

Era, bineînțeles, mâța aceea cu nume ciudat, Chatoran. Chipurile se transformase într-un mare vânător de șoareci. Bine măcar că eforturile mele au dat roade!

— Miyawaki a întâlnit-o odată, așa că m-am gândit să-i arăt și lui fotografia.

Yoshimine s-a ridicat și a dus poza în fața altarului.

— Dacă știam, mi-aș fi adus albumul de fotografii, a zis Chikako.

Chikako și Sugi, care nu voiau să se lase mai prejos, și-au scos mobilele să le arate celorlalți poze cu Momo și Toramaru.

— Avem și o pensiune în care puteți sta cu animalele, a zis Sugi, dându-le celorlalți prieteni ai lui Satoru câteva cărți de vizită.

Știi ceva, Satoru? Oamenii care au ținut la tine în timpul vieții ajung să se lege unul de altul și după moartea ta!

— Vă rog să luați și dumneavoastră una, i-a spus Sugi lui Noriko, întinzându-i una dintre cărțile de vizită.

Foarte bine! De-abia aștept să lenevesc pe televizorul-cutie!

— Mulțumesc, n-am mai fost de mult pe muntele Fuji, a zis Noriko după ce a așezat pe masă platoul cu *sushi*.

Sper să nu mă cari și pe mine acolo! Prefer să mă lăfăi în pensiunea lui Sugi!

La masă au depănat cu toții amintiri cu Satoru.

— Cum? Satoru n-a mai făcut înot la gimnaziu? a întrebat surprins Kōsuke, făcând ochii mari.

— Nu, a răspuns Yoshimine. În gimnaziu ne-am înscris amândoi la clubul de grădinărit. Habar n-aveam că era bun la înot.

— În generală am mers amândoi la înot. Satoru a câștigat o mulțime de premii, iar antrenorii vedeau în el o tânără speranță... Nici în liceu nu s-a reapucat?

Sugi și Chikako au scuturat din cap.

— Avea mulți prieteni, dar nu era înscris la nici un club.

— Păcat, era un înotător excelent. Mă mir că s-a lăsat.

— Probabil pentru că n-a mai avut o companie așa de plăcută, a spus Noriko, în timp ce mă servea cu o porție de *sushi* de ton, de pe care avusese grijă să dea deoparte hreanul verde.

Noriko, mă uimești! De obicei ești regina gafelor, dar câteodată mă ungi pe suflet cu vorbele tale!

Kōsuke era la fel de tulburat ca atunci când se rugase în fața altarului.

— Știu asta din scrisori. Mi-a scris cum ați fugit de acasă cu pisica... cum te-ai certat cu soția.

Hait! Iar ți-a luat-o gura pe dinainte!

— Ne-am împăcat, s-a grăbit să adauge Kōsuke.

— Mi-a povestit că mergea cu plăcere la câmp, să vă ajute pe tine și pe bunica ta. Tot de la el știu că ai fugit din oră să ai grijă de seră și că nu-ți place să fii scos dintr-ale tale.

Yoshimine se uita îngândurat pe fereastră.

— Mi-a zis și de voi, Chikako, Sugi, că iubiți mult animalele și că sunteți un cuplu frumos. Știu că în studenție voi trei ați fost nedespărțiți.

Sugi părea îndurerat, iar Chikako și-a șters o lacrimă.

— Dar de ce... de ce nu ne-a spus că e bolnav? a izbucnit Sugi.

Hai că-mi placi! Nu credeam că ești așa de greu de cap...

— Într-un fel, îl înțeleg, a zis Yoshimine, despre care credeam în continuare că într-o altă viață ar fi putut fi o mândrețe de motan. A vrut să-și ia rămas-bun de la noi toți cu zâmbetul pe buze.

Exactamente!

Satoru a vrut să-și amintească zâmbetele, nu chipurile voastre plânse. Simplu ca bună ziua!

— Scrisorile…

Kōsuke se străduia să zâmbească, deși îi tremura vocea.

— Scrisorile lui erau pline de tot felul de glumițe. După ce le-am recitit, mi-am zis amuzat: „Astea să fie ultimele lui scrisori?“

Ceilalți l-au aprobat, chicotind pe înfundate.

Ar fi stat la palavre ore întregi, dar mai aveau puțin și pierdeau avionul. Noroc cu Noriko, care i-a dus la aeroport cu mașina. Din punctul meu de vedere, dubița își pierduse aura magică – nu mai era deloc aceeași mașină care ne purtase pe mine și pe Satoru spre atâtea locuri minunate… Devenise pur și simplu dubița argintie a lui Noriko.

Buun. Acum, că rămăsesem singur, mai aveam ceva important de făcut…

*

Noriko s-a întors pe înserate. Nici n-a intrat bine, că a început să țipe la mine.

— Nana! Ce te-a apucat?

Smulsesem din cutie toate șervețelele și le împrăștiasem prin cameră, după care mă așezasem într-un colț, contemplându-mi mulțumit opera.

— De ce naiba le-ai scos, dacă nu le folosești?

Bună întrebare! Mai bine îți verși nervii pe mine, decât să te văd cum te perpelești că Satoru s-a dus…

— Ce risipă! Ce risipă! a bombănit ea în timp ce aduna șervețelele. Apoi a pufnit-o râsul.

*

Au trecut anii.

Kōsuke avea acum un studio specializat în poze cu animale de companie. Fusese ideea lui Satoru, iar eu eram oricând binevenit la o ședință foto. În schimb, pe mine mă îngrijorau felicitările de Anul Nou, care o înfățișau invariabil pe pisica lor cenușie, îmbrăcată în costume care mai de care mai trăsnite, uitându-se îmbufnată la obiectiv. Nu, mersi, mai bine mă lipsesc!

Din când în când Yoshimine ne trimitea legume de la fermă. „Știu că și în Hokkaidō aveți zarzavaturi gustoase...", ne scria el pe un bilețel. După aceea, Noriko alerga în dreapta și-n stânga să dea din bunătățile primite, pentru că singură nu le-ar fi putut mânca niciodată.

Odată, Noriko m-a luat cu ea la pensiunea familiei Sugi. Voia să urce pe muntele Fuji, iar Sugi și Chikako urmau să aibă grijă de mine. Cât a fost plecată, am tronat ca un pașă pe televizorul-cutie.

Momo era o bătrână doamnă rafinată, iar nevricosul Toramaru se transformase într-un dulău înțelept, care și-a cerut scuze pentru că se purtase urât cu mine și mi-a transmis condoleanțe pentru moartea lui Satoru.

A, să nu uit. Sugi și Chikako aveau un copil, o fetiță isteață, care a întâmpinat-o pe Noriko cu „bine ai venit, buni!" – ceea ce a făcut-o să roșească până în vârful urechilor.

În curând avea să dea prima zăpadă. Pe străzi tufele de scoruș erau încărcate de boabe rubinii, pe care le priveam de fiecare dată cu o uimire nostalgică.

Într-o zi, Noriko a adus o cutie de carton din care se auzeau niște țignale supărate. Înăuntru era un pisoi cu pete albe, negre și maro – un pisoi calico veritabil nu ca mine, sau ca Hachi. Era, bineînțeles, fetiță.

— Cineva a abandonat-o lângă bloc. Mă gândeam că, dacă tot te am pe tine...

Am amușinat în direcția scandalagioaicei și am lins-o cu blândețe.

Bine ai venit! Deci tu vei fi pisica de după mine...

— Am dus-o și la veterinar. Nana, crezi că te vei înțelege cu ea?

Mai vedem noi. Până una, alta, adu-i niște lapte. Domnișoara e lihnită de foame.

Am intrat în cutie și m-am apropiat de mâță, ca să-i țin de cald, dar m-am pomenit că mă luase la pipăit după sfârcuri. *Scuze, drăguță, nexam lapte la nenea.*

— Ah, ți-e foame, nu? Stai să-ți dau laptele de la veterinar, numai să-l încălzesc puțin.

Din acel moment, pisicuța cea simandicoasă a făcut ce-a vrut din Noriko.

*

Un șuvoi nesfârșit de galben și mov.

Câmpul pe care îl văzusem în ultima noastră călătorie era înțesat de flori până departe, dincolo de linia orizontului.

Când visam asemenea culori, Satoru era întotdeauna aproape.

Bună, Nana. Ce mai faci? Mi se pare că ești cam obosit.

Un pic. Momo, de la pensiunea lui Sugi, a murit de mult. Eu s-ar putea să nu apuc anii ei. Avem o pisică nouă, care va duce mai departe moștenirea de familie.

Mătușa Noriko-i bine?

Parcă a întinerit de când și-a luat pisicuța. A botezat-o Mike[1]*, datorită petelor de pe blăniță. Se vede că sunteți rude! Aveți un talent la pus nume!*

Nu-mi vine să cred că a luat o pisică de pe stradă!

Satoru părea vădit impresionat.

Noriko s-a transformat într-o mare iubitoare de pisici. Când cumpără sushi, *eu primesc cea mai bună bucată de ton.*

Nici eu nu te-am răsfățat atât! a râs Satoru. *Se vede că Mike e prima ei pisică.*

Exact. De locuit, locuim împreună, dar știu că nu-s pisica ei. Am fost dintotdeauna pisica ta, Satoru.

Nu vii și tu aici?

Mi-ar plăcea, dar mai am câte ceva de făcut.

Satoru era nedumerit.

Ăă, am zis eu, cu mustățile tresărindu-mi nervoase, *trebuie să mă ocup puțin de Mike, pentru că Noriko o cam cocoloșește. Ce-o să se facă dacă la un moment dat o să ajungă pe străzi? Măcar s-o învăț principiile de bază ale vânătorii. E mai dotată ca Chatoran al lui Yoshimine.*

---

1. Mike – literal, trei fire de păr, aluzie la cele trei culori pe care le aveau petele de pe blană.

Când o prinzi de ceafă, își trage hotărâtă labele în sus. Îndată ce Mike va fi pe picioarele ei, o s-o pornesc și eu spre locul care-mi apare mereu în vis.

Spune-mi, Satoru, ce e dincolo de câmpie? Ți-ar plăcea să mai mergem împreună într-o călătorie?

Satoru îmi zâmbește larg și mă ia în brațe ca să privesc de la nivelul lui linia îndepărtată a orizontului.

*

Atâtea amintiri!

Orașul în care a crescut Satoru.

Tulpinile verzi de orez, legănându-se pe câmp în bătaia vântului.

Marea, cu înfricoșătorul ei vuiet apăsător.

Muntele Fuji, profilându-se semeț deasupra capetelor noastre.

Televizorul-cutie – paradisul tuturor pisicilor.

Momo, doamna cu purtări alese.

Toramaru, dulăul obraznic, dar dezarmant de sincer.

Uriașul feribot alb, în pântecele căruia încăpeau zeci de mașini.

Câinii din camera de pe vapor, care dădeau din coadă ori de câte ori îl vedeau pe Satoru.

Șinșila cu gura mare, care la despărțire mi-a urat *good luck*.

Întinderile nesfârșite din Hokkaidō.

Florile mov și galbene ce împestrițau marginea drumului.

Câmpul cu stuf chinezesc care se unduia asemenea unui ocean.

Caii ce păşteau pe păşune.

Boabele rubinii ale scoruşilor.

Nuanţele de roşu, învăţate de la Satoru.

Trunchiurile zvelte şi albe ale mestecenilor.

Panorama liniştitoare din cimitir.

Buchetul de flori în culorile curcubeului.

Căprioara şi peticul alb de blăniţă, în formă de inimioară.

Curcubeul dublu, cu capetele rezemându-se pe dealuri.

Şi, mai presus de toate, zâmbetele oamenilor pe care i-am iubit.

*

Am ajuns aşadar la final, dar să nu credeţi că v-am spus o poveste tristă! Dimpotrivă, cronica aceasta m-a făcut să-mi amintesc de momentele frumoase din călătorie şi mi-a dat curaj să pornesc iar la drum. Sper ca, într-o bună zi, toţi cei plecaţi înaintea mea şi toţi cei de după mine să se întâlnească pe câmpul acesta cu flori, de dincolo de linia orizontului.

Cuprins

La prețul de vânzare se adaugă 2%,
reprezentând valoarea timbrului literar.